Hedwig van de Velde

AUFSTAND GEGEN ROM

Hedwig van de Velde

AUFSTAND GEGEN ROM

Aus dem Niederländischen von Agnes Dom-Lauwers

Urachhaus

Für Greet und Wim

Mit einem Dank an Freunde und Kollegen
und an die Forscher aus Nijmegen

Titel der niederländischen Originalausgabe:
De wil van Wodan

Wir danken dem Ministerie van de Vlaamse Gemeenschap
für die finanzielle Förderung der Übersetzung.

ISBN 3-8251-7151-5

Nach den Richtlinien der neuen Rechtschreibung

Erschienen 1997 im Verlag Urachhaus

Umschlag: Gieb van Enckevort
Gesamtherstellung: Clausen & Bosse, Leck

INHALT

PROLOG

I

Der Wald wurde jetzt so dicht, dass die römischen Kohorten nur noch in Dreierreihen marschieren konnten.

»Bist du ganz sicher, Kommandant, dass es hier in den Wäldern keine Kelten mehr gibt?«

Der Tribun Marcellus schaute den Leutnant an. Er schätzte ihn auf jünger als zwanzig.

»Meinst du, Vespasianus hätte diesen Auftrag erteilt, wenn er sich nicht sicher wäre, dass keine Gefahr mehr besteht?«

Der Leutnant beobachtete unruhig die Umgebung. Die Soldaten zogen nun langsam in ein Tal hinein, das von dunklen Wäldern umgeben war.

»Kommen uns die Bataver nach, Kommandant?«

Marcellus reagierte gereizt, denn mit einem Offizier, der nur lästige Fragen stellte, konnte er nichts anfangen.

»Civilis mit seiner Reiterbande kann mir gestohlen bleiben!«, schnauzte er ihn an.

Es sah aus, als ob tausend Gladiatoren ein von der Natur geschaffenes Amphitheater füllten. Dieser Anblick stimmte Marcellus milder.

»Zieh weiter!«, rief er dem Leutnant zu. Er selbst bezog mit seinem Pferd auf einem Hügel Posten, von dem aus er einen guten Überblick hatte. An der Ostseite drängten die letzten Soldaten in die breite Talsohle hinein. Marcellus musste zugeben, dass die Befürchtungen des Leutnants von militärischem Blick zeugten. Wenn sich in den Wäldern tatsächlich Kelten versteckt hielten, wären die Römer hier hoffnungslos verloren. Tausend teure Rekruten, die er von der Küste zum Hauptquartier bringen sollte, würden dann niedergemetzelt werden. Aber gewiss waren die Kelten alle weit ins Landesinnere geflüchtet. Er wusste Bescheid, denn er hatte in Britannien an dem Eroberungszug des Kaiser Claudius teilgenommen.

Eine blasse Sonne schien durch die Wolken und ließ die wogenden Helme aufblitzen. Marcellus' Herz hüpfte. Wenn seine Kameraden in Rom das sehen könnten! Er als zweiundzwanzigjähriger Tribun führte den Befehl über zwei Kohorten! Unterwegs hatte er sich ausgemalt, wie er von diesem Felsen aus wie ein General seine Heerscharen überschauen würde.

Ein plötzlicher Tumult riss ihn jäh aus seinen Träumereien. Was war da los an der Spitze? Machte der Leutnant Schwierigkeiten? Marcellus wurde blass. Dort wurde gekämpft! Der Tribun erkannte die gefürchteten Schlachtschwerter der Kelten!

»In Schlachtordnung!«, wollte er schreien, aber der Befehl blieb ihm im Halse stecken. Plötzlich war die unheimliche Drohung Wirklichkeit geworden. Von den grünen Hügeln strömten Tausende von Kriegern, wüste, bärtige Gestalten in das Tal. Marcellus musste erkennen, dass er für seinen Übermut böse bestraft wurde. Aber seine Selbstdisziplin überwand seine Ratlosigkeit.

»Schildkrötenaufstellung!«, befahl er dem nächsten Centurio.

Es wirkte wie ein Wunder, aber in Wirklichkeit war es die Folge monatelanger Übung. Überall bildeten sich blitzschnell kleine Gruppen von ungefähr dreißig Soldaten, die sich nach allen Seiten, auch nach oben, mit ihren rechtwinkligen, gewölbten Schilden abschirmten. Wie angewurzelt sahen die Kelten dem Manöver zu. Dadurch verloren sie kostbare Zeit, die den Römern zugute kam. Ein Hornsignal erschallte. Die Kelten stürmten mit höllischem Geschrei vorwärts. Doch die römische Panzerung hielt stand und fing den Ansturm auf. Der schwere Druck des Feindes wuchs allerdings und langsam gaben die Formationen dann doch dem gewaltigen Drängen nach. Falls die Soldaten zu eng zusammengepfercht würden, wäre eine Verteidigung unmöglich und der Kampf würde in einem fürchterlichen Blutbad enden.

Wiederum ertönte ein Horn, jetzt aber von der Seite, aus der die Römer in das Tal hineingezogen waren. Diesmal war es aber das batavische Horn, das zum Kampf rief. Marcellus atmete auf. Mit großer Erleichterung sah er, wie die Nachhut der Kelten von der batavischen Reiterei auseinander geschlagen wurde. Auch in der Talmitte wurden die Attacken der Angreifer zusehends schwächer. Verwirrung breitete sich in den keltischen Reihen aus. Marcellus gab den Befehl zum Gegenangriff und die Kelten wichen allmählich zurück. Ohne die Stoßkraft des Ansturms verlor der keltische Kampf seinen inneren Zusammenhalt. Die Bataver verteilten sich nun von zwei Seiten aus über die Hügel, wie um ihre Gegner einzukesseln. Da nahmen die Kelten die Beine in die Hand, und genauso schnell wie sie gekommen waren, wurden sie von den dunklen Wäldern verschlungen.

II

»Hauptmann, ein römischer Offizier möchte dich sprechen.«

Civilis blickte auf. Ein Römer hier vor seinem Zelt?

»Lass ihn herein.«

Der Tribun Marcellus stand in der Zeltöffnung, den Helm unterm Arm, in völlig zwangloser Haltung.

»Sei gegrüßt, Kommandant, womit kann ich dir dienen?«

»Vespasianus schickt nach dir. Ich wollte dir diese Botschaft persönlich überbringen.«

»Du musst dich nicht erniedrigen, ich tat nur meine Pflicht.«

»Ich kann mich nicht vor einem Manne erniedrigen, der meine Ehre und mein Leben gerettet hat.«

»Ich wiederhole, ich tat nur meine Pflicht.«

»Civilis, können wir Freunde sein?«

Der Bataver zog die Augenbrauen zusammen. Dann lächelte er. »Ja«, sagte er, »weil du zu mir wie einer meines Ranges gekommen bist.«

Sie umarmten sich.

»Vespasianus will mich also sprechen? Ich mag dieses förmliche Getue nicht.«

»Lass es geschehen, Civilis, lass die Römer dir danken.«

»Aber bei Donar, ich tat, was von mir verlangt wurde. Heute so, morgen so. Wenn ich morgen eine Dummheit mache, werde ich bestraft.«

Marcellus schaute etwas betreten drein, aber genauso schnell entspannte sich sein Gesicht wieder und er klopfte seinem neugewonnenen batavischen Freund auf die Schulter: »Solltest du jemals in Schwierigkeiten geraten, werde ich dir helfen. Darauf kannst du dich verlassen!«

Zusammen gingen sie zu Vespasianus. Der Legat war in großer Aufmachung: eindrucksvoller Helmbusch, silberne Rüstung und flammend roter Mantel mit gelben Fransen. Dahinter verbarg sich eine zähe, muskulöse Gestalt.

»Civilis, Kaiser Claudius will dir persönlich Dank sagen.«

»Aber General ...«

»Kein aber, komm mit.«

Von einer Eskorte begleitet, gingen sie zum kaiserlichen Zelt.

Nachdem die Leibwache sie angemeldet hatte, wurden sie hereingelassen. Als Civilis das Zelt betrat, sah er keinen Kaiser, sondern nur einen Schreiber, eine dieser wunderlichen Personen, die die Fähigkeit besaßen, die Gedanken der Menschen zu Papier zu bringen.

»Kaiser, ich grüße dich und bringe dir Civilis, Befehlshaber der batavischen Reiter.«

Der Schreiber sprang auf und humpelte mit ausgestreckter Hand dem Bataver entgegen:

»N-n-nimm P-p-platz, n-n-nimm P-p-platz.«

War das der Kaiser? Ein Stotterer, ein Behinderter? Bei den Batavern wurde der Tapferste und Stärkste zum König gewählt. Diese lächerliche Person, die stammelte und hinkte, sollte der Kaiser sein? Doch der Gastgeber lachte entwaffnend und lud die Gesellschaft ein, mit ihm einen Becher Wein zu trinken.

»Du bist also Civilis, Sohn von Wernar, dem König der Bataver?«

»Ja, Herr.«

»Und du verstehst und sprichst Latein?«

»Wenn es nicht zu schwierig ist, Herr.«

»Und du benützt die richtige Anrede: Herr. Woher kennst du die römischen Bräuche?«

»Auf Wunsch meines Vaters wurden mein Bruder Paulus und ich ein Jahr lang zum Legionsoldaten ausgebildet.«

Merkwürdig, dachte Civilis, das Stammeln des Kaisers hat aufgehört.

»Sieh her«, sagte der Kaiser, während er das Papier vom Tisch nahm, »schon früher hast du Rom die Treue gehalten und von meinem Vorgänger hast du den Namen ›Civilis, der Gutwillige‹ erhalten. Heute hast du aufs Neue deinem Namen Ehre gemacht. Durch deinen bedingungslosen Einsatz hast du viele Rekruten vor einem ruhmlosen Tod bewahrt. Deshalb verleihe ich deiner batavischen Einheit eine kaiserliche Auszeichnung. Fortan bist du, Iulius Civilis, ein hoher Gast in Rom!«

DAS BÜNDNIS IST IN GEFAHR

I

Kunjar sprengte seinem kleinen Bruder Wasser ins Gesicht. Dieser schrie, als hätte man ihn in den Rhein geworfen, und flüchtete sich auf die andere Seite des Bootes in die Arme seiner Mutter. Asminda sprang erschrocken auf, so dass das Boot ins Schaukeln geriet:

»Kunjar, du Quälgeist!«

Mürrisch verkroch sich Kunjar im hinteren Teil des Bootes. Seit sein Vater Civilis im Gefängnis war, konnte seine Mutter nichts mehr ertragen.

Der Fluss machte nun eine breite Biegung und sie fuhren jetzt direkt nach Westen. Das Segeltuch schlug heftig gegen den Mast, denn der Wind wehte schräg zum Bug. Der Schiffer strich das Segel.

»Merkwürdig«, murmelte er, »was mag dieses Fischerboot im Sinn haben?«

Auf einen Bogenschuss Entfernung folgte ihnen ein Schiff, das ebenfalls das Segel strich.

»Die wollen keine Zeit verlieren«, bemerkte der Schiffer, »denn sie legen die Ruder aus.« Tatsächlich bewegten sich auf dem anderen Schiff die Ruder im Takt. Der Abstand zwischen den Schiffen wurde noch ein Stück kleiner.

»Bootsführer, was hältst du von diesem Schiff?«, fragte Asminda besorgt.

»Ich weiß auch nicht, Frau Asminda, sie halten immer den gleichen Abstand zu uns. Seht hin, jetzt ziehen sie wieder die Ruder ein. Auch sind mehr Leute an Bord als auf einem Frachtkahn oder Fischerboot normalerweise nötig wären.«

Es wurde still an Bord. Die zwei Dienerinnen, die diese Reise bis jetzt wie eine Lustfahrt aufgefasst hatten, kicherten nicht mehr vor lauter Reisefieber. Ängstlich schauten sie zum anderen Boot hinüber; der Schiffer musterte das Ufer, als ob er auch noch von anderswoher Unheil erwartete.

»Mutter, hat man denn in Colonia den Auftrag gegeben, uns zu folgen?«, fragte Kunjar.

»Wie soll ich das wissen?«, antwortete Asminda. »Es kam mir schon merkwürdig vor, dass kein Kriegsschiff uns an Bord nehmen wollte. Es schien fast, als wäre es den Kapitänen verboten worden, uns aufzunehmen.«

»Geht es nicht schneller, Bootsführer?«, fragte Kunjar.

»Natürlich, wenn wir auch die Ruder benützen, aber ich fürchte, dass es unseren feinen Damen an Übung fehlt.«

»Warum hast du keine Ruderer in Dienst?«, warf Asminda ihm vor.

»Sie sind mit einem Frachtschiff gefahren, liebe Frau. Aber für die Rückfahrt flussaufwärts kommen sie in Batavodurum wieder an Bord. Seht, da vorne biegt der Fluss nach Norden ab, und wir werden wieder etwas Wind in die Segel bekommen.«

Sobald sie wieder Segel gesetzt hatten, wurden die Ruder auf dem anderen Schiff erneut ausgelegt und ein wenig später wurde auch dort das Segel in die Höhe gezogen.

»Frau Asminda, es ist Wahnsinn, die Reise in zwei Tagen hinter sich bringen zu wollen. Vor der Abenddämmerung erreichen wir Batavodurum nicht mehr. Wir hätten in Vetera übernachten sollen.«

»In dieses Soldatenlager, das dazu noch ein Verräternest ist, setze ich nie wieder einen Fuß.«

»Schon gut, aber wir müssen doch irgendwo für die Nacht unterkommen.«

Der Schiffer stand auf und spähte zum westlichen Ufer hin, über dem die Abendsonne rötlich glühte.

»Da ist eine Bucht. Wenn wir dort hineinfahren und das Schiff bleibt uns auf den Fersen, dann wissen wir mit Sicherheit, was diese Burschen vorhaben«, meinte der Schiffer.

»Sicherheit!«, spottete Asminda. »Dann sitzen wir wie die Ratten in der Falle.«

»Nicht wenn wir über Land die Siedlung der Kugerner erreichen können.«

»Die werden sich doch nicht wegen einer batavischen Familie Blitz und Donner auf den Hals laden.«

»Die Verfolger werden es nicht wagen, uns vor den Augen der Kugerner zu überfallen.«

Der Schiffer hatte recht. Kaum hatten sie auf die Bucht Kurs genommen, als auf dem anderen Schiff mit aller Kraft gerudert wurde. Nebelschleier hingen über dem Wasser und Wind war kaum zu spüren.

»Halte das Steuerruder«, befahl der Schiffer Kunjar, »und steuere auf das Erlenwäldchen zu.«

Er selber nahm eine lange Stange und fing an, das Schiff zu schieben. Schnell ging das nicht, weil er immer wieder die Stange aus dem saugenden Schlick ziehen musste. Die Verfolger ihrerseits ruderten aus aller Kraft und der Abstand zwischen den Schiffen verringerte sich zusehends.

Plötzlich aber hörten die Verfolger auf zu rudern.

»Umkehren!«, wurde gerufen. Während die Ruderer den Befehl ausführten, schauten sie wie gebannt auf das Ufer, als ob sie sich von dort aus bedroht fühlten.

Kunjar kniff die Augen zusammen. Aus dem Erlenwäldchen tauchten einige Gestalten auf, die sich als schwarze Silhouetten gegen den roten Abendhimmel abzeichneten. Zu seiner großen Erleichterung erkannte er ungefähr zehn batavische Reiter.

II

Das Frühstück in der Herberge, wo die Gesellschaft die Nacht verbracht hatte, war einfach: Brot, Milch und Käse. Aber Kunjar war hungrig und das Essen schmeckte ihm besser als die feinen Speisen in Colonia. Plötzlich klopfte es und der dicke Wirt schlurfte schwerfällig zur Tür. Eine Rüstung leuchtete in der Morgensonne. Ihr Träger musste sich bücken, um durch die niedrige Tür zu kommen.

»Frau ... Asminda«, zögerte er, »... der Präfekt willigt in deine Bitte ein und will dich empfangen. Er meint ... «

Der Soldat beendete seinen Satz nicht. Seine Geschwätzigkeit hatte ihn offensichtlich in Verlegenheit gebracht.

»Was meint er, Soldat?«, drängte Asminda.

Der Krieger räusperte sich und überlegte, was er antworten könnte.

»Der Präfekt hat nichts weiter gesagt, Frau Asminda, aber ich habe bemerkt, dass er wohlwollend auf deine Bitte einging.«

»Hast du meinen Mann gekannt?«

Die direkte und klare Frage nahm dem Soldaten die letzte Zurückhaltung.

»Und wie, Frau Asminda. Ich habe unter seinem Befehl ruhmvolle Tage erlebt.«

Asminda lächelte ihm freundlich zu. Der Soldat fasste es als eine Belohnung für den Respekt auf, den er seinem früheren Befehlshaber entgegenbrachte. Er grüßte wie vor einem Oberst, ging hinaus und stand neben dem Eingang stramm, bis die Gesellschaft fertig war.

Batavodurum erwachte. Fensterläden wurden geöffnet und Ladenbesitzer machten sich daran, ihre Ware auszustellen. Ein Ochsengespann zog langsam einen Wagen mit Getreide stadteinwärts. Auch am Hafen herrschte reger Betrieb. Kunjar sah, wie sich der Laufsteg unter dem Gewicht der Lastenträger bog. Auf dem Kriegsschiff war jedoch wenig Betrieb. Die Ruder hingen bewegungslos am Schiffsrumpf. Einige wachhabende Matrosen schlenderten lässig auf Deck umher.

Ein Pfad führte vom Fluss weg und stieg zum Hügel hinauf, wo man die Überreste eines alten Heerlagers sehen konnte. Ein Stück weiter tauchte das neue Lager auf, »das Castellum«, wie man es in römischen Heereskreisen nannte. Auch wenn es nicht mit Castra Vetera, dem stolzen Lager am Rhein, zu vergleichen war, lag es doch eindrucksvoll auf dem Hügel. Das gelegentliche Aufblitzen eines Helmes oder einer Lanze zwischen den Zinnen deutete darauf hin, dass das Lager gut verteidigt wurde. Das mächtige Tor öffnete sich und zum ersten Mal sah Kunjar die Festung von innen. Auf dem Hof, der von verschiedenen Baracken umsäumt wurde, exerzierte eine Gruppe Rekruten. Ein Unteroffizier brüllte auf sie ein, als ob der Feind im Anmarsch wäre. Die Soldaten mühten sich mit Schild und Holzschwert ab. Auf dem Wehrgang hinter der Brüstung schlenderten die Wächter, deren Helme Kunjar soeben gesehen hatte.

III

Die Unterkunft des Präfekten war komfortabler als die Mannschaftsbaracken. Durch das Torhaus gelangten sie in den Innenhof, der von Arkaden umgeben war, nicht aus Stein wie in Colonia, sondern aus Holz. Mit einer leichten Tunika bekleidet saß ein etwa fünfzigjähriger Soldat auf einem Stuhl neben der Tür und döste in der Sonne. Das Geräusch der sich nähernden Schritte schreckte ihn auf, er erhob sich aus seinem bequemen Stuhl und begrüßte die Gäste höflich. Freundlich tätschelte er dem kleinen Vinir die Wange.

»Gnädige Frau, als Kommandant des römischen Lagers begrüße ich dich und spreche hiermit meine Freude aus, dir begegnen zu dürfen. Wie kann ich dir behilflich sein?«

Kunjar merkte an seinen dünnen, blonden Haaren, dass dieser Mann germanischer Herkunft war und dass er durch Kleidung und Haltung, aber vor allem durch seine gestelzte Sprache vorgab, Römer zu sein.

Auch Asminda ließ deutlich hören, dass sie eine Dame war:

»Ich danke dir für deine Hilfsbereitschaft, Kommandant. Ich wollte dir darüber berichten, was uns gestern auf dem Rhein widerfahren ist.«

»Ich weiß schon Bescheid, Frau Asminda. Ungewöhnlich ist so etwas nicht. Du weißt, dass der Rhein die Reichsgrenze bildet und dass sich immer wieder germanische Räuber auf den Fluss wagen, ja ihn sogar überqueren.«

»Ich bezweifle, dass unsere Verfolger Germanen waren. Ich hörte nämlich jemanden einen Befehl auf Lateinisch rufen.«

Der Kommandant kratzte sich am Kinn.

»Ich behaupte ja nicht, dass alle Römer einen ehrlichen Beruf ausüben.«

»Du scheinst mir zu gelassen zu sein, Kommandant. Gehört es nicht zu deiner Pflicht, die Sicherheit der Grenze zu gewährleisten?«

»Die Grenze, Frau Asminda, ist sehr lang! Meine Soldaten haben nicht den Auftrag, in dem Gebiet der Kugerner zu patrouillieren. Dass sie es trotzdem taten, war euer Glück. Darf ich so frei sein, dich zu fragen, warum du nicht mit einem Kriegsschiff reist? Dann läufst du keine Gefahr.«

Der Präfekt schien nicht auf den Mund gefallen zu sein, aber Asminda gab nicht auf:

»Kein einziger Kapitän wollte uns an Bord nehmen. Es ist deine Pflicht, deine Vorgesetzten von dem Vorfall zu unterrichten.«

Der Präfekt hob eine Papyrusrolle auf, die neben seinem Stuhl lag, entrollte sie ein wenig, als ob er etwas vorlesen wollte, rollte sie aber wieder zusammen und steckte sie unter den Arm.

»Frau Asminda, ich werde in meinem Monatsrapport melden, was dir auf dem Rhein widerfahren ist. Ich denke nicht im Traum daran, wegen so einer Lappalie einen Eilboten nach Colonia zu schicken.«

»Mein Vater hätte das keine Lappalie genannt«, fuhr Kunjar auf.

Der Präfekt machte große Augen.

»Kenne ich diesen Burschen?«, knurrte er.

»Das ist Kunjar, mein ältester Sohn, Kommandant. Und das hier ist mein jüngster, Vinir.«

»Söhne von Civilis also«, sagte er auf vielsagende Weise. Und noch herablassender fuhr er fort: »Frau Asminda, du verstehst, dass ich mich nicht mit dem befassen kann, was aus einem Kindermund kommt. Ich schätze es, dass du dich nicht als Gattin deines Mannes aufspielst.«

Auch wenn Kunjar nicht jedes Wort dieser pedantischen Sprache verstand, fühlte er doch, dass er wie ein Nichts behandelt wurde.

»Mein Sohn ist stolz auf seinen Vater. Und dazu hat er allen Grund. Und ich bleibe dabei, dass du deine Pflicht nicht erfüllen willst.«

Das Antlitz des Präfekten erstarrte, aber daran störte sich Asminda überhaupt nicht. Ärgerlich wandte sie sich zum Torhaus hin. Da streckte der Präfekt ihr die Hände entgegen und sagte versöhnlich: »Diese Unterhaltung war nicht umsonst, Frau Asminda. Ich werde befehlen, dass man täglich am Rhein entlang patrouilliert. Ich nehme an, dass du heute noch weiterfährst?«

»Ja«, antwortete Asminda kühl.

»Ich werde dir eine Eskorte mitgeben.«

»Danke.«

IV

Die Ziege meckerte unaufhörlich, denn sie sollte bald Junge bekommen und diese Last wurde ihr schwer.

»Komm, Mädchen«, sagte Kunjar, »wir suchen uns eine grüne Wiese am Rand des Dorfs.« Er machte das Tier, das an einer Birke festgebunden war, los und zog es mühsam aus dem Dorf heraus.

»Guten Morgen, Kunjar. Bist du Ziegenhüter geworden? Haben sie dir das in Colonia beigebracht?«

Es war Wanar, der Vorsitzende des Rates der Adligen. Er war heute Morgen extra von seiner eigenen Siedlung hierher gekommen, um Asminda sein Mitgefühl auszudrücken. Auch hier im Bataverland war die Hinrichtung des batavischen Führers Paulus und die Gefangennahme seines Bruders Civilis bekannt geworden, und diese Meldung hatte wie ein Blitz eingeschlagen. Wanars langer Bart war in der Zwischenzeit ergraut und sah fast wie ein Teil seines Wollkleides aus. Kunjar fühlte sich ertappt. Er wusste wohl, was er von Wanars vorwurfsvollem Ton zu halten hatte: Wer von Adel ist, macht keine Landarbeit und gibt sich schon gar nicht mit Ziegen ab.

»Guten Morgen, Wanar. Die Ziege blökte so kläglich, da musste ich sie wegführen. Auch in Colonia war ich nur ein einfacher Junge und hab öfters ausgeholfen.«

»Das versteh ich, Kunjar, aber du solltest trotzdem wissen, dass deine Zukunft in der Kriegskunst liegt.«

Die Ziege wollte weiter und zerrte aus aller Kraft. Kunjar konnte sich nur mit Mühe auf den Beinen halten. Es ging aber auch nicht an, der Ziege freien Lauf zu lassen.

»Ich gehe jetzt und werde die Ziege einem Diener anvertrauen.«

»Da tust du gut daran. Wir sehen uns in einigen Tagen beim Rat der Adligen.«

»Darf ich da auch schon dabei sein?«

»Jetzt, da dein Vater abwesend ist, wirst du als sein Sohn deiner Mutter beistehen. Auch dein Vetter Kinor wird da sein, um deine Tante zu unterstützen. Du hast jetzt einen wichtigen Auftrag, Kunjar.«

»Ich fange an, das zu begreifen.«

Außerhalb der Siedlung arbeiteten Dutzende von Knechten auf den Äckern. Kunjar wollte niemanden von der Arbeit wegholen und band sein Tier am Zaun fest. Er kletterte in den Aussichtsturm, den sein Vater hatte bauen lassen, und genoss den Ausblick. Unter ihm schaufelten und harkten die Arbeiter. Hinter den Feldern färbte der blühende Ginster die Heide gelb. In weiter Ferne waren die dunklen Umrisse der Ausläufer des Heiligen Waldes zu sehen. Im Westen glitzerten die Bäche und Flüsschen des Moors. Im Süden thronte der römische Tempel, vom Licht der Frühlingssonne überflutet. Von hier oben hatte er einen guten Überblick über das Treiben in der Siedlung seines Vaters. Die Dächer der Bauernhöfe dampften, denn in der vergangenen Nacht hatte es in Strömen geregnet. Die Schläge des Schmiedehammers dröhnten. Einige Frauen gingen mit Wäschekörben zum Fluss, um zu waschen. Kunjar hatte noch nie daran gedacht, dass er irgendwann einmal Herr dieser in Bataverland vielleicht größten Siedlung sein würde. Durch die Worte des Häuptlings war die Zukunft plötzlich viel näher gerückt. Sollte sein Vater noch am Leben sein, würde er sich jetzt wohl in Rom befinden, der Willkür des Kaisers Nero ausgeliefert. Als ihnen in Colonia die zweifache Hiobsbotschaft von Paulus' Tod und Civilis' Überführung nach Rom überbracht wurde, hatte Asminda sich zitternd in eine Ecke zurückgezogen und stundenlang geschwiegen. Am nächsten Tag war sie mit ihm aus der Stadt gegangen und hatte, immer noch schweigend, Früchte und Blumen auf den Altar der drei Muttergöttinnen bei der alten Linde gelegt.

Nach ihrer Rückkehr ins Bataverland hatte sie sofort Kunjars Tante, die Witwe des Onkels Paulus, aufgesucht. Die Tante hatte sie gefragt, wie der Onkel gestorben war. Asminda konnte ihr nur sagen, was sie von anderen gehört hatte: Ein Henker hatte Onkel Paulus mit dem Schwert getötet. Vorher hatte Paulus darum gebeten, dass jemand seiner Frau und seinen Kindern den Abschiedsgruß überbrächte, und er hatte beteuert, dass die Beschuldigung des Hochverrats völlig unbegründet sei und dass vielmehr ein Komplott dahinterstecke.

Zum zweiten Male in kurzer Zeit war Kunjar Zeuge des tiefen Schmerzes einer batavischen Frau, des steinernen Schweigens ohne Tränen gewesen.

Als sie das Haus verließen, hatte die Tante lediglich die bitteren Worte gesprochen: »Asminda, in dir lebt noch Hoffnung, mir bleibt nur der Hass.«

Draußen auf dem Hof war Kunjar seinem älteren Vetter Kinor, dem Sohn des Paulus, begegnet.

»Schau her, Kunjar«, rief ihm der Sohn des Onkels Paulus zu. Er spannte seinen Bogen und einen Augenblick später drang der Pfeil in eine alte Eiche.

»So werde ich den Mörder meines Vaters treffen. Übe wie ich, Kunjar, weil auch du bald deinen Vater rächen musst.«

V

Vier Reiter sprengten in wildem Galopp auf die Siedlung zu. Kunjar erkannte in dem Anführer der Reiterbande seinen Vetter Kinor. Vor dem Turm machten sie Halt. Sie waren mit Pfeil und Bogen bewaffnet und gebärdeten sich sehr kriegerisch.

»Komm mit uns!«, rief Kinor. »Wir gehen auf Kundschaft.«

Kunjar hatte schon auch Lust auf einen Ritt zu Pferd.

»Ich habe aber kein Pferd, Kinor, und außerdem bin ich nicht so geschickt wie ihr.«

»Nur wenn du viel reitest, wirst du ein guter Reiter. Ich kann dir ein Reitpferd besorgen. Komm sitz bei mir auf.«

Kunjar sprang auf. Das Pferd, erschrocken von dem zusätzlichen Gewicht, wollte sich aufbäumen. Der Ritt führte am Tempel vorbei zum batavischen Reiterlager. Im Innenhof wurden einige Pferde von Knechten gestriegelt. Der Stallmeister sah verwundert auf.

»Hast du schon genug vom Ausreiten, Kinor? Tut dir das Sitzfleisch weh?«

»Ganz und gar nicht, aber es ist noch ein Reiter hinzugekommen.«

Der Stallmeister sah Kunjar prüfend an:

»Kenne ich dich?«

Dann breitete sich ein Staunen über seinem Gesicht aus: »Kunjar, unglaublich wie du dich verändert hast. Selbstverständlich brauchst du ein Pferd. Du wirst ja bald im Kampf an der Seite des ...«

Beinahe hätte der Stallmeister den Namen seines Vaters ausgesprochen. Der brave Mann wandte sich verwirrt ab und sah sich nach einem Pferd um, um seine Verlegenheit zu verbergen. Sicher dachte er jetzt an den Heerführer, der in Rom gefangen gehalten wurde und den er wohl nie wiedersehen würde. Ein wenig später kehrte er mit einem Reitpferd zurück und schien wieder munter wie zuvor.

»Hier hast du einen Klepper, der ohne Halt bis Friesland trabt.«

Es war nur ein alter Gaul, den Kunjar reiten durfte. Aber wie sollte es auch anders sein? Der Reiterhof konnte es sich nicht leisten, tüchtige Tiere an Lausbuben auszuleihen.

»Einen guten Ritt wünsche ich unserer tapferen Eliteschwadron!«, lachte der Stallmeister. »Siegt über das wilde Waldvölkchen, aber schont meine treuen Traber.«

Selbst auf dem Rücken dieser alten Schindmähre fand Kunjar es herrlich, über das Land zu reiten, während ihm der Wind um die Ohren wehte und die Hufe im Takt trommelten. Die Arbeiter auf den Feldern schauten den übermütigen Edelknaben nach und seufzten über ihr eigenes Los, das solche Vergnügungen nicht zuließ.

Eine Weile ritten die Buben in atemberaubendem Tempo durch Wald und Gestrüpp, und hin und wieder ließen sie das Wasser eines Moortümpels hoch aufspritzen.

Am Rande des Waldes hatten sie einen schönen Ausblick über Heide und Moorseen und grün und gelb gefleckte Hügel. Am Horizont konnten sie gerade noch die grauen Schilfdächer ihres Dorfes sehen.

»Wo bist du am liebsten, Kunjar, hier im Bataverland oder in Colonia?«

»Hier, Kinor, denn hier ist die Natur. Hier nur sehe ich, wie der Frühling erwacht. In Colonia hab ich in einem prächtigen Haus gewohnt, aber um es herum standen viele andere Häuser. Selbst der Garten war zwischen Mauern eingequetscht, und wenn ich wirklich in der Natur sein wollte, musste ich ein weites Stück laufen.«

»Warum will dein Vater unbedingt, dass du in der Stadt lebst?«, fragte einer der Jungen.

»Meine Mutter stammt aus Ubien und ist gerne in Colonia. Auch für mich ist es ein großes Erlebnis. Ihr könnt euch nicht vorstellen, was so eine Stadt zu bieten hat. Batavodurum ist damit nicht zu vergleichen. Und außerdem lerne ich Latein ... «

»Die Sprache unserer Besatzer«, schimpfte Kinor.

»So kannst du's auffassen, aber dadurch lerne ich immerhin lesen und schreiben.«

Die ganze Runde hing nun an seinen Lippen.

»Schreib einmal etwas, Kunjar!«

Mit einem Ästchen schrieb er IULIUS in den Sand.

Er musste erklären, was diese fremden Zeichen bedeuteten. Kunjar fühlte sich wie ein Schulmeister und buchstabierte die Laute. Die Aufregung steigerte sich, als sie seinen lateinischen Familiennamen erkannten.

»Kannst du auch deinen batavischen Vornamen schreiben?«, fragte Kinor.

Kunjar kniff ein Auge zu und besann sich. Dann schrieb er in den Sand: CUNIAR. Als er das Wort laut las, freuten sich die anderen noch mehr.

»Seht«, sagte er, »ich wische zwei Buchstaben weg: das U und das A. Ich schiebe das I an einen anderen Platz.« Nun war CIN R zu lesen.

»Jetzt füge ich noch den Buchstaben ›O‹ hinzu.«

Im Sand stand nun: CINOR.

»Das ist dein Name: Kinor!«, lachte Kunjar.

»Nicht zu glauben«, jubelte Kinor. »Kunjar, weil ich bestimmt nie einen Lehrmeister haben werde, sollst du mir lesen und schreiben beibringen, aber dann in unserer Sprache.«

»So einfach geht das nicht, Kinor. Ich lerne Latein und ich wüsste gar nicht, wie man unsere Sprache schreibt.«

»Du hast doch vorher unsere Namen geschrieben?«

»Das sind einfache Worte. Viele Worte kann ich gar nicht schreiben und Sätze schon gar nicht.«

»Was sind Sätze?«

»Ein Satz ist ein Gedanke, so etwas wie das, was ich jetzt sage.«

Kinor seufzte: »Dazu bin ich nicht gescheit genug.«

»Das ist es nicht, Kinor. Ich bin schuld, denn ich bin kein guter

Lehrmeister. In Colonia lernst du alles Schritt für Schritt, so dass du nach einem Monat schon einiges lesen und schreiben kannst.«

»Komm«, schloss Kinor, während er in die Hände klatschte, »lasst uns jetzt das tun, was wir können, nämlich reiten.«

VI

Sie ritten schon eine Weile in südlicher Richtung durch eine Landschaft, in der sich Wasser und Land abwechselten. Die wenigen Siedlungen waren durch schmale Landzungen miteinander verbunden. Kunjar war noch nie so weit vorgedrungen. Möwen verrieten die Nähe der Waal.

»Da sind Römer!«, bemerkte Kinor erstaunt und zeigte auf einen Weiler.

Die Jungen ritten nun auf die Siedlung zu. Kunjar wunderte sich. Ein paar römische Soldaten besetzten den Weiler, der nur aus einigen ärmlichen Höfen bestand. Die Einwohner standen vor ihren Häusern und sahen dem Treiben der Römer ängstlich zu.

Ein kräftiger Unteroffizier mit einem Stiernacken sprach auf die Bauern in befehlendem Ton ein: »Ich verlange von jedem Bauern entweder ein ausgewachsenes Schwein oder zwei Schafe oder ein halbwüchsiges Schwein und dann noch ein Schaf dazu. Von jedem Bauern, hört ihr!«

»Was bildet sich dieser Kerl eigentlich ein!«, zischte Kinor. Wütend griff er nach seinem Bogen.

»Ruhig, Vetter, sei vernünftig. Was können wir gegen eine solche Übermacht ausrichten?«

»Ich schieße diesen gemeinen Stiernackigen über den Haufen, und bevor sie uns greifen können, sind wir auf und davon!«

»Und dann rächen sich die Soldaten an den schutzlosen Dorfbewohnern.«

Kinor sah ein, dass sein Vetter Recht hatte. Doch müsste man diesem Raubzug einen Riegel vorschieben.

»Wachtmeister, haben Sie Auftrag, Vieh einzufordern?«

Der Stiernackige musterte die batavischen Knaben. Auf seinem groben Gesicht zeichnete sich ein spöttisches Lächeln ab.

»Mit welchem hohen Offizier habe ich die Ehre?«, höhnte er.

»Ich bin Kinor, Sohn des Befehlshabers Paulus.«

»Hör sich einer das an. Paulus hat gerade erst ins Gras gebissen und schon schreit sein Sohn lauter, als der Vater sich je getraut hat. Das kann ja heiter werden.«

Kinor kochte, aber Kunjar legte beruhigend seine Hand auf den Arm seines Vetters.

»Du musst dich an die kaiserlichen Vorschriften halten«, sagte Kunjar höflich.

Das waren Worte, die er oft in Colonia gehört hatte. Auch der Stiernackige schien beeindruckt.

»Wer bist denn du, gelehrter Milchbart?«

»Kunjar, Sohn von Civilis.«

»Das wird ja immer besser. Kaum sind die Väter ausgeschaltet, rebellieren die Söhne. Soldaten, haltet euch bereit.«

Unverzüglich zückten die Soldaten ihre Schwerter.

»Unverschämt«, zischte Kinor zwischen den Zähnen hindurch. »Das werde ich dem Kommandanten des Castellums berichten.«

Kunjar zuckte mit den Achseln.

»Dem ist auch nicht zu trauen.«

Und zu dem Stiernackigen gewandt sagte er entschlossen: »Wir sind trotzdem der Ansicht, dass du deine Befugnisse überschreitest.«

»Jetzt reicht's aber!«, brüllte der Wachtmeister. »Soldaten, ergreift die Radaumacher!«

Kinor spannte seinen Bogen, während die Soldaten unter dem Schutz ihrer Schilder vorwärts stürmten.

Rasch griff Kunjar Kinors Pferd am Zügel und flüsterte ihm zu: »Los Vetter, komm schnell, ich habe eine Idee«. Und er zog ihn mit sich fort. Als sie alle zusammen weit genug vor den Römern geflüchtet waren und ihre Pferde wieder in Schritt fallen ließen, konnte Kinor nicht länger an sich halten: »Wir haben uns wie Feiglinge benommen. Diesen Banditen hätten wir eine Lektion erteilen sollen. Kunjar, du als Jüngerer hast mir nicht zu gebieten, was ich tun und lassen soll.«

Es war ein unverblümter Vorwurf, aber Kunjar antwortete besänftigend: »Ich verstehe deine Wut, Kinor, aber ein Kampf hätte nur noch mehr Tote in der Familie bedeutet.«

Diese Bemerkung tat ihre Wirkung. Kinor war ernüchtert.

»Gut, dann heraus mit deiner Idee«, sagte er matt.

»Dieses Dorf«, sagte Kunjar, »liegt nahe an der Waal. Die Römer werden das Vieh also todsicher auf ein Schiff bringen wollen. Wir werden ihnen den Weg verlegen!«

»Also doch kämpfen?«

»Nein, die Natur wird uns helfen.«

Kunjar merkte, dass er für die anderen in Rätseln sprach. Lachend erklärte er: »Das Dorf ist nur durch einen schmalen Landstreifen mit dem Flussufer verbunden. Wenn wir diesen Damm durchstechen, möchte ich mal sehen, wie der Stiernackige seine Beute an Bord kriegt.«

Alle waren von der Idee begeistert.

»Aber wie kommen wir an Werkzeuge?«, fragte Kinor.

»Im nächsten Dorf werden sie uns wohl das eine oder andere ausleihen.«

Im Dorf erklärten sie den Bauern, was sie vorhatten, und bekamen von einigen Hacke und Schaufel mit. Über einen Umweg gelangten sie zu dem besagten Damm. Sie liefen bis zur schmalsten Stelle des Weges, dort, wo das Wasser am weitesten auf ihn heraufragte.

»Hier ist die richtige Stelle!«, rief Kinor begeistert und wie ein Wilder fing er an, in den Boden zu hacken. Die anderen folgten seinem Beispiel und in kurzer Zeit war der Durchstich geschafft. Das Wasser tat das Übrige. Vom Wind getrieben fraß es sich blitzschnell in die Kanten ein. Erdklumpen bröckelten ab und wurden weggespült. Bald entstand eine breite, schlammige Rinne.

»Ich sehe den Stiernackigen schon mit einem Ferkel auf dem Bukkel durch den Schlamm waten«, lachte Kinor.

»Komm, auf und davon!«, rief Kunjar.

Die Buben versteckten sich in einiger Entfernung hinter einem Gebüsch und warteten auf das, was kommen würde.

Es wurde noch viel lustiger und schöner, als sie es sich ausgemalt hatten. Das Vieh vor sich her treibend liefen die Soldaten zum Fluss. Das alleine war schon ein besonderes Unternehmen, denn die Soldaten hatten keinerlei Erfahrung mit Tieren. Immer wieder musste ein Römer einem Schwein oder einem Schaf hinterherrennen, das zurück nach Hause wollte. Aber dann standen die Soldaten auf einmal vor dem Graben. Das Vieh wollte nicht weiter. Einige Schweine brüllten so, dass Kunjar es hören konnte. Panik brach aus und die Tiere rannten ins Dorf zurück. Einige rutschten sogar von dem Deich ins Wasser.

Die batavischen Knaben schüttelten sich vor Lachen.

VII

Auf den in U-Form aufgestellten Bänken saßen die batavischen Adligen eindrucksvoll in ihren grauweißen Gewändern. Aber noch beeindruckender erhob sich der römische Tempel hinter ihnen. Das steinerne Bauwerk beherrschte die ganze Umgebung. Im Heiligtum wachte die Gottheit über die Sterblichen.

Kunjar war befangen, als er mit den anderen, einen Schritt hinter seiner Mutter zurückbleibend, nach vorne trat. Sie verbeugten sich vor dem Priester und vor Wanar und setzten sich auf eine Bank in der Mitte des offenen Raumes. Der Priester stand auf. In seinem langen weißen Gewand nach Römer Art machte er großen Eindruck auf Kunjar. Er legte Früchte, die ihm dargereicht wurden, auf den Altar, hob die Arme zum Himmel und sprach: »Ihr Edlen des Rates, versammelt euch vor diesem Tempel. Betet zu Mercurius Friausius, dem Gott des heiligen Bundes zwischen Batavern und Römern. Betet, dass er euch schütze und euren Willen erleuchte.«

Da nahm der Vorsitzender des Rates, Wanar, das Wort: »Seid willkommen, ihr Frauen, seid willkommen, ihr Enkel des Königs Wernar. Ihr alle kennt die Gründe dieser Versammlung. Wir müssen wissen, was es mit dem Tod des batavischen Anführers Paulus und der Gefangennahme seines Bruders Civilis auf sich hat. Wir nehmen großen Anteil an eurer Trauer, doch das genügt nicht. Der Rat musste schnell zusammenkommen, damit wir die Wahrheit herausfinden und ein richtiges Urteil fällen können.«

Die Adligen nickten zustimmend. Kunjar schaute zu seiner Mutter hin. Äußerlich schien sie ruhig, aber er war sich sicher, dass sie innerlich stark erregt war. Seine Tante starrte vor sich hin. Ihr Geist schien wie abwesend, wie auf der Suche nach ihrem Mann.

Wanar fuhr fort: »Wir sind zutiefst erschüttert von dem, was unseren geliebten Führern widerfahren ist. Paulus wurde hingerichtet und Civilis verhaftet. Treu dem Bündnis, das ihr Vater, König Wernar, mit Kaiser Augustus geschlossen hatte, kämpften sie für die römische Sache. Sie wurden sogar mit kaiserlichen Ehrennamen ausgezeichnet: Tugan wurde in Iulius Civilis umgetauft, Havar in Claudius Paulus. Dass sie jetzt in Ungnade gefallen sind, macht uns sehr betroffen. Asminda, du warst in Colonia Zeuge dieser unheilvollen Ereignisse. Kannst du uns Genaueres darüber berichten?«

Mit bebender Stimme begann sie: »In dem Lager Castra Vetera erhielt mein Mann zusammen mit seinem Bruder Paulus den Auftrag, an der Spitze der batavischen Hilfstruppen gegen den aufständischen Vindex zu ziehen. Civilis sprach auch noch von einem weiteren, besonderen Auftrag, den er vom Kommandanten in Vetera bekommen hatte. Die batavischen Kohorten machten sich also zusammen mit den Römern auf den Weg und Augenzeugen berichteten nachher, dass sie sich tapfer geschlagen hätten. Bei ihrer Rückkehr nach Colonia wurden beide Anführer von Statthalter Capito in den Palast befohlen und dort von den Wächtern sofort gefesselt und abgeführt. Die batavischen Reiter wurden ebenfalls im Lager gefangen gehalten, weil die Römer einen Aufruhr befürchteten. Paulus wurde kurz darauf hingerichtet und mein Mann nach Rom überführt.«

»Wurdest du als Ehefrau des Civilis von dem Geschehen offiziell unterrichtet?«

Asminda übergab Wanar einen Brief, dieser reichte dieses Schreiben seinerseits an ein Mitglied des Rates weiter, offensichtlich ein Mann mit lateinischer Bildung, denn er rollte das Schreiben auf und las: »Claudius Paulus und Iulius Civilis, Befehlshaber der kaiserlichen batavischen Hilfstruppen, werden des Hochverrates beschuldigt. Auf Befehl des Kaisers wird Claudius Paulus hingerichtet. Iulius Civilis wird demnächst nach Rom überführt, um vom Kaiser persönlich vernommen und verurteilt zu werden.«

Überall im Kreis sah man erzürnte Gesichter. Einige Ratsmitglieder protestierten hörbar. Mit einer beschwichtigenden Gebärde gebot Wanar Ruhe: »Ihr Frauen, habt ihr jemals von einem Komplott gegen Nero gehört, in das eure Ehegatten verwickelt gewesen sein könnten?«

»Nein«, antwortete Asminda ohne Zögern.

Kunjars Tante schüttelte abwesend den Kopf.

»Aber Civilis hielt nicht besonders viel von Neros Führung«, bemerkte Wanar spitz.

»Und wer war da schon anderer Meinung?«, fragte Asminda. »Welcher Bataver war mit Neros Handeln einverstanden?«

»Gewiss ...«

Wanar schaute in die Runde und fragte, ob jemand sprechen wollte. Ein alter Edelmann stand auf. Kunjar erkannte den alten Rugan.

»Du, Frau Asminda behauptest also, dass die Bataver tapfer gekämpft hätten?«

»Ja, Rugan, alle Zeugen sprachen in diesem Sinne.«

»Weißt du, wer die Anklage erhoben hat?«

»Man sagt, es sei der Kommandant in Vetera gewesen, der also, der Civilis den besonderen Auftrag erteilte. Nie wieder werde ich dieses Verräternest betreten!«

»Das kann ich verstehen.«

»Mitglieder des Rates«, fuhr der Greis ruhig fort, »ich bin der Überzeugung, dass beide Brüder Taten vollbracht haben, für die Nero ihnen zu Dank verpflichtet gewesen wäre. Was mir an dieser Sache nicht gefällt und mich Verdacht schöpfen lässt, ist die Tatsache, dass Statthalter Capito uns nicht davon unterrichtet hat.«

Mit erhobenem Zeigefinger rief der Alte: »Durch eine solche Nachlässigkeit weckt er in uns den Verdacht, etwas verbergen zu wollen, und bringt den Bund zwischen Römern und Batavern in Gefahr.«

Der Priester schaute erschrocken auf, wie wenn sich sein Heiligtum in Gefahr befände. Aber die Edelleute klatschten in die Hände. Der alte Rugan hatte es wieder einmal klar gesagt. Wanar fragte, ob jemand noch etwas dazu sagen wollte. Der Mann mit der lateinischen Bildung hob Asmindas Brief in die Höhe, um anzudeuten, dass er um das Wort bitte.

»Mich wundert«, fing er an, »dass der Rat sich darüber beschwert, dass er nicht offiziell informiert wurde und dass dadurch der alte Vertrag zwischen Römern und Batavern in Gefahr gebracht würde. Der Rat geht also davon aus, dass die Brüder keine Schuld trifft ...«

Die Ratsmitglieder schauten ihn verwundert an. Auch Kunjar war bestürzt.

»Ich möchte nur betonen«, fuhr der Sprecher fort, »dass wir über diesen sogenannten geheimen Auftrag des Civilis nichts wissen. Es war der Kommandant von Castra Vetera, der die Brüder in geheimem Auftrag wegschickte, und später war wiederum er es, der Anklage gegen die Brüder erhob. Das ist der Knoten. Solange wir nichts Näheres über diese geheime Mission erfahren haben, sollten wir uns vor voreiligen Schlüssen hüten.«

Der Mann ist römisch gesinnt, dachte Kunjar, und er hat deutlich etwas gegen meinen Vater. Die Worte des Sprechers hatten Eindruck gemacht und Zweifel war auf manchen Gesichtern zu lesen. Der alte Rugan gab sich aber nicht geschlagen und bat erneut ums Wort: »Ihr Männer, die Rede des Labeo klingt nicht schlecht.

Als Befehlshaber des Kaisers kennt er die Römer. Ein Kommandant gibt einen Befehl und bestraft die Ausführenden, wenn sie ihn nicht zu seiner Zufriedenheit ausgeführt haben. Das hört sich sehr glaubwürdig an, ist aber falsch! Wenn der Kommandant, der Statthalter und der Kaiser nichts zu verbergen hätten, müssten sie denn dann nicht, da es sich um germanische Anführer handelt, zuallererst den Regierungsrat der Bataver benachrichtigen, bevor sie zwei ihrer Führer verurteilen?«

»Richtig! So ist es!«, riefen einige Ratsmitglieder.

Und mit sich überschlagender Stimme fügte Rugan hinzu: »Es gibt noch etwas. Das, was in Südgallien mit Vindex geschah, hat sich weit entfernt von uns abgespielt und wir können es nur schwer beurteilen, aber was hier geschieht, betrifft uns unmittelbar. Ich sage, dass etwas nicht stimmt.«

Die Anwesenden nickten, denn sie wussten wovon Rugan sprach.

»Von den Bauern wird mit Gewalt Vieh eingefordert!«

Rugan schaute im Kreis herum. Schrill klang seine Stimme: »Aber schlimmer als die Einforderung von Tieren ist gewaltsame Aushebung von Menschen!«

Labeo protestierte: »Rugan, du gehst zu weit. Nie wurden Menschen entführt!«

»Du irrst dich, Labeo. Während deiner Abwesenheit, vor einem Monat etwa, ließ der Präfekt des Kastells wissen, dass Statthalter Capito zusätzliche Hilfstruppen brauche. Wir antworteten darauf, dass wir uns an die Verabredungen des alten Bundes halten würden. Da aber drohte uns der Statthalter selber mit den Aushebungen anzufangen. Und seitdem sind in entlegenen Dörfern einige Männer von sehr verdächtigen Truppen entführt worden.«

Von Leuten, die ihre Befugnisse überschreiten, wie der Wachtmeister, dem wir begegnet sind, dachte Kunjar.

Die meisten im Rat äußerten ihre Zustimmung mit lautem Beifall. Kunjar sah, dass auch Kinor überzeugt nickte. Die Sitzung war fast zu Ende und der Priester durfte das Schlusswort sprechen: »Mitglieder des Rates. Bei der allgemeinen Unruhe, die in diesem Land herrscht, gibt es immer mehr Menschen, die nach Sicherheit rufen. Diese Sicherheit können uns aber nur die Götter geben.«

»Welche Götter?«, fragte jemand.

Aber der Priester tat, als ob er nichts gehört hätte, und fuhr fort: »Vertraut auf den Gott dieses Tempels, Mercurius Friausius, der Brudergott, der über das Bündnis wacht und den wir heute mehr denn je brauchen.«

VIII

In der Höhlung einer Weide hatten die Meisen ihr Nest. Eifrig flogen sie hin und her. Der Kater machte kaum die Augen auf. Gegen diese flinken Flatterer kam er eh nicht an und außerdem hatte er eine schwere Nacht hinter sich. Kunjar scheuchte den Kater auf. Voller Groll gegen die Menschheit suchte der sich nun ein anderes sonniges Plätzchen.

Kunjar spürte, dass jemand hinter ihm stand. Es war Kinor. In letzter Zeit suchte sein Vetter häufiger seine Gesellschaft, obwohl er um einige Jahre älter war.

»Kunjar, hast du schon gesehen, was die Römer jetzt wieder vorhaben? Sie reagieren auf unsere Proteste gegen ihr brutales Vorgehen!« Dabei deutete Kinor in die Ferne, wo Legionsoldaten ein Sommerlager aufbauten.

»Ich kann diese römische Arroganz nicht länger ertragen. Die Versammlung der Adligen hat nicht viel gebracht, aber eines ist mir dabei deutlich geworden.«

»Was denn?«

»Wer Schuld am Tod meines Vaters ist.«

»Meinst du Kaiser Nero?«

»Nein, der Kaiser wird zwar über deinen Vater urteilen, aber meiner wurde bereits in Colonia verurteilt.«

»Du meinst, dass der Statthalter dort verantwortlich war.«

»Genau. Statt für einen gerechten Prozess zu sorgen, hat er sofort die Hinrichtung angeordnet. Dafür soll er büßen.«

Kunjar betrachtete seinen Vetter. Er war stürmisch und ungezügelt, aber er trug das Herz auf dem rechten Fleck. Seit Kinor damals den Pfeil in die Eiche geschossen hatte, war Kunjar überzeugt, dass sein Vetter es mit seinen Drohungen ernst meinte und dass die Rache noch immer an seinem Herzen nagte.

»Aber Kinor, alleine hast du doch gar keine Chance.«

»Willst du mir helfen, Kunjar?«

»Auch zu zweit sind wir hilflos.«

»Deine Antwort ist also nein. Das verstehe ich, denn dein Vater lebt noch, aber bald wirst du ihn auch rächen müssen.«

»Du meinst, er wird bald sterben?«

Kinor schwieg, doch seinem Äußeren konnte man ansehen, dass er auf ewig Hass geschworen hatte. Er ließ die Haare wachsen und ein blonder Stoppelbart schimmerte über Kinn und Backen.

»Du hast den Bataverschwur geschworen?«

»Ja, bis ich den ersten Feind getötet habe, solange lass ich Bart und Haare wachsen. Der erste wird Capito sein.«

»Du willst also nach Colonia?«

»Ja, ich muss dort meinen Anschlag vorbereiten.«

»Dann wirst du dort hoffentlich noch andere Römer kennen lernen, die anders sind als die Soldaten hier.«

»Willst du mir etwa erzählen, dass die römischen Bürger gute und ehrbare Leute sind?«

»Manche sind es tatsächlich.«

»Auch im römischen Heer gibt es gute Männer, nur haben die nicht das Sagen. Auch mein Vater war ein ehrlicher Soldat, für den ein Wort ein Wort war.«

Kinor sprach nicht weiter, denn er wurde plötzlich durch etwas abgelenkt, was hinter Kunjars Rücken geschah. Kunjar sah sich neugierig um und entdeckte eine Gruppe Mädchen, die mit Körben beladen dahinzog.

»Sieh, da sind die Töchter des Frühlings«, lachte Kinor.

Als die Mädchen merkten, dass die Jungen sie beobachteten, warfen sie einander vielsagende Blicke zu und kicherten.

»Dumme Gänse«, grinste Kunjar.

Doch ein Mädchen zog seine ganze Aufmerksamkeit auf sich. Sie trug ein blaues Kleid mit gelben Rändern, das ihre schlanken Schultern und Arme, die von der Frühlingssonne gebräunt waren, frei ließ. Das blonde Haar war hübsch zu einem Pferdeschwanz zusammengebunden. Jetzt erst erkannte er sie: Frinda. Das knabenhafte Mädchen vom vorigen Jahr war anmutig wie ein junges Reh geworden. Er wollte ihr etwas nachrufen oder sie fragen, ob sie ihre Puppe weggeworfen hätte, da sie jetzt mit den großen Mädchen mitzog. Aber etwas hielt ihn davon zurück.

Kinor hatte seine Verwirrung bemerkt.

»Die Enkelin des Rugan ist schön, nicht?«

Doch Kunjar tat, als hätte er es nicht gehört.

»Komm, Kinor, lass uns ausreiten, Pfeil und Bogen nehmen wir mit.«

»Wo sollen wir hin?«

»Zum Tannenwald. Am Waldrand können wir Hasen jagen.«

»Ich durchschaue dich, Freundchen. Du willst zu Rugans Dorf, wo Frinda wohnt. Der Alte wird dich herzlich empfangen, wenn du mit einem Heiratsantrag kommst.«

Kunjar gab seinem Vetter einen Schubs.

»Du Narr!«

IX

Rugan saß vor seinem Haus in der Sonne. Über ihm, im Dreieck des Dachstuhls, hing ein Hirschgeweih. Kunjar fiel auf, wie knochig der alte Mann geworden war. Seine Hosen waren mit Gurten kreuzweise um die hageren Beine gebunden. Doch sah er rüstig aus. Unter den grauen, buschigen Augenbrauen funkelten zwei lebhafte Augen; und Kunjar wusste, dass sich hinter dem dicken Bart eine scharfe Zunge verbarg.

»Enkel von Wernar«, begrüßte er sie, »kommt und setzt euch neben mich, denn die Alten und die Jungen dürfen in den Tag hineinleben.«

Er winkte einer Dienerin, dass sie noch zwei Becher hole. Als die Magd das Getränk gebracht hatte, nahm Kunjar einen Schluck. Der Trunk war bitter und ließ ihn kurz schaudern. Rugan lachte: »Bist du schon so römisch geworden, Kunjar, dass du ihren Wein unserem Bier vorziehst?«

»Wein schmeckt mir genauso wenig, Rugan.«

»Im Wein steckt Feuer und die Wärme des Südens, Junge. Man trinkt ihn nicht, um den Durst zu stillen, sondern um sich zu berauschen. Bier, kühl ausgeschenkt, stillt den Durst. Es verwirrt die Sinne nicht, sondern gibt dir Kraft.«

»Ich versteh nicht viel davon«, sagte Kinor.

»Das wird noch kommen, später, wenn ihr kämpfen müsst.«

»Hast du viel gekämpft, Rugan?«

»Sehr viel, und ich habe viele sterben sehen, darunter alte, treue Freunde.«

»Es sieht so aus, als ob Kämpfen unsere einzige Bestimmung sei,« sagte Kunjar.

»Das sagst du mit Bedauern in deiner Stimme?«

Kunjar schwieg. Bedauerte er es, dass er Krieger werden sollte? Marcellus in Colonia war kein Soldat und wurde dennoch wegen seines Ranges als Quaestor und seiner Kenntnisse geschätzt.

»Ich habe öfters darüber nachgedacht«, sagte Rugan, »warum wir als Bataver nur wegen unserer Kriegskunst geachtet werden. Es kommt durch den alten Vertrag. Wir bekamen dieses Land von Kaiser Augustus unter der Bedingung, dass wir es verteidigen. Und das haben wir so gründlich gemacht, dass die Römer uns nur noch als Kampfhähne betrachten.«

»Wir sind aber doch noch etwas mehr als nur Haudegen«, lächelte Kinor.

»Wir sind ein Volk mit uralten germanischen Bräuchen, Junge.«

»Hat Nero meinen Vater umbringen lassen?«, fragte Kinor.

Rugan hob den Kopf bei dieser unvermittelten Frage. Er dachte kurz nach und sagte dann: »Das Schicksal deines Vaters war schon besiegelt, bevor der Kaiser davon erfahren hat. Ich denke, dass der Statthalter deinen Vater verurteilt hat.«

»Was hab ich dir gesagt, Kunjar. Capito ist der Mörder meines Vaters.«

Jetzt sah Rugan Kinor genauer an.

»Du sinnst auf Rache, Junge. Vergiss aber nicht, dass du jung und unerfahren bist und dass du alleine nichts ausrichten kannst.«

Doch durch den warnenden Ton hindurch hörte Kunjar Sympathie mitklingen für das, was Kinor innerlich verzehrte.

»Kinor muss erst gut überlegen, bevor er handelt. In den streng bewachten Palast des Statthalters kommt er nie hinein«, bemerkte Kunjar.

»Vielleicht hast du recht, du kennst dich ja aus in Colonia«, murmelte der Alte. Dann aber hob er warnend den Zeigefinger: »Sohn von Civilis, spotte nicht über das Vorhaben deines Vetters. Schweige darüber, wie wenn du es geschworen hättest. Rache ist etwas Heiliges für einen Bataver. Und die Bluttat des Statthalters schreit nach Rache. Er ist verantwortlich für Recht und Gesetz in Untergermanien. Die Römer rühmen sich, dass sie die Gesetze respektieren und dass sie die Treue ihrer Verbündeten belohnen. Dadurch aber, dass Paulus ohne Prozess hingerichtet wurde, hat Capito ein ganzes Volk beleidigt und selbst die Saat des Aufstands gesät.«

»Du sprichst mit Überzeugung, Rugan, und heute klingen deine Worte noch härter als bei der Ratsversammlung.«

Auf Rugans Stirn wurden tiefe Runzeln sichtbar. Streng schaute er Kunjar an und sagte: »Der Rat besteht aus batavischen Edelleuten der verschiedenen Dörfer. Alle besitzen außerdem das römische Bürgerrecht und haben neben ihren batavischen auch einen lateinischen

Namen. Sie werden sich also nicht so leicht gegen Rom kehren. Wer sie überzeugen will, muss vorsichtig vorgehen.«

Er nahm einen Schluck Bier und wischte sich mit dem Handrücken die Tropfen aus dem grauen Bart. Bitter fuhr er fort: »Wären wir uns untereinander einig, dann würden die Römer uns wohl achten. Aber wir sind uneins.«

»Denkst du an Männer wie Labeo?«, fragte Kunjar.

»Ja, Claudius Labeo denkt nur an einen schnellen Aufstieg. Eure Väter dachten zwar auch an Ruhm im Dienste der Römer. Doch nie haben sie den Ruhm über die Ehre gestellt. Das aber macht Labeo und deswegen ist er ein gefährlicher Mann.«

»Die Römer brauchen eine Lektion«, sagte Kinor grimmig. »Wir könnten das Sommerlager überfallen.«

Rugan schüttelte den Kopf. »Mein Junge, ehe du etwas unternimmst, solltest du gründlich nachdenken. Wenn dich jemand herausfordert, bleibe ruhig. Lass dir nichts anmerken und bereite dich im Stillen auf den Gegenangriff vor. Was bringt es, ein solches Sommerlager zu überfallen? Du wirst nur bald das ganze römische Heer gegen dich haben.«

Um dem Gespräch eine andere Wendung zu geben, lud er die Jungen erneut zum gemeinsamen Trunk ein.

»Kostet dieses Bier. Es ist das beste, was je gebraut wurde.«

»Auch in Colonia schenkt man Bier aus«, sagte Kunjar.

»Was wissen die Ubier schon davon. Ich braue nach einem alten Rezept, das mir mein Großvater beigebracht hat.«

X

Die Pferde schnaubten. Der Schweiß auf ihren Flanken dampfte. Kunjar klopfte seinem Pferd auf den Nacken.

»Lass dir das frische Gras schmecken, alter Junge.«

Aber das Pferd schnaubte und schüttelte die Mähne. Es hatte keine Lust auf Gras nach diesem langen Ritt.

Batavischer Reiter werden, das wäre was Schönes! Während der Fußsoldat im Schuppenpanzer oder Kettenhemd und mit Gepäck beladen seinen Weg geht, ragt der Reiter auf seinem Ross über die Landschaft hinaus. Er kann den Feind schon von weitem sehen, unerwartet zuschlagen und dann wiederum blitzschnell verschwinden. Kunjar war klar, dass das Pferd für den Reiter alles bedeutet. In einem Jahr würde er als neuer batavischer Reiter ein junges, kräftiges Pferd bekommen, das er allein zureiten dürfte. Er würde den vierbeinigen Freund hegen und trainieren, so dass er ihm bei Streifzügen und Kämpfen das Äußerste abverlangen konnte.

»Seht mal dort: Weiber!«, rief ein Kamerad.

Die Reiter näherten sich einer fröhlichen Szenerie: Lachende Mädchen pflückten Kamille. Zu Hause würden sie die Blumen zu einem Brei kneten, der den Kleidern eine schöne weiße Farbe geben würde. Kunjar schaute eines der Mädchen direkt an. Frinda flocht einen Blumenkranz in ihre Haare. Wie hübsch sie aussah. Plötzlich kam Kunjar ein lustiger Einfall. Er pflückte zwei Schwertlilien vom Grabenrand und ging auf sie zu. Verwundert sah das Mädchen ihn an.

»Was willst du?«, fragte sie ihn, als er ihr die Blumen hinhielt.

»Dich noch schöner machen«, sagte er lachend.

Aber als er versuchte, die lilablauen Blumen in die weiße Kamillenkrone zu stecken, wehrte sie ihn lachend ab und lief davon. Jetzt stand er da, mit den zwei Schwertlilien in der Hand. Die Mädchen lachten. Ein Kamerad spöttelte: »Kunjar will mit fünfzehn heiraten, um ein Krieger zu werden, der daheim mit dem Schwert die Hühner schlachtet.«

Die Buben lachten laut. Kunjar wusste, dass er sich bloßgestellt hatte. Beschämt und verärgert kehrte er zu seinem Pferd zurück. Während er sich an den Zügeln zu schaffen machte, schielte er zu den anderen hinüber. Die hatten seine Hofmacherei bereits vergessen. Vielleicht fanden einige Burschen seine Annäherungsversuche sogar inspirierend, denn sie fingen an, den Mädchen beim Pflücken zu helfen. Aber schon bald wurde daraus ein Spiel, und Jungen und Mädchen bewarfen sich mit Grasbüscheln.

Plötzlich erklang ein schriller Schrei. Er kam von irgendwo hinter den Sträuchern.

»Frinda!«, schrie Kunjar und rannte dorthin, von wo der Hilferuf kam.

Schon von weitem sah er römische Soldaten, die einen Kreis bildeten. Kunjar stieg schnell auf einen kleinen Hügel, um besser sehen zu können. Inmitten eines Kreises aus glänzenden Rüstungen, stand ängstlich das batavische Mädchen! Ein Soldat trat nach vorne und nahm seinen Helm ab. Kunjar durchfuhr ein Schreck, als er den Stiernackigen erkannte. Der Wachtmeister bog sich nach vorne, bot ihr seine Backe an und verlangte einen Kuss, während das Mädchen heftig den Kopf schüttelte. Der Wachtmeister lachte grob und sprach so laut, dass Kunjar es hören konnte: »Komm her, du blonde Venus, dass ich das Feuer der Liebe in dir entfache.«

Er griff nach ihr und zog sie an sich. Dann packte er sie am Kinn und presste seine Lippen auf ihren geschlossenen Mund.

»Lass sie los!«

Das wilde Lachen der Soldaten verstummte und alle schauten in Kunjars Richtung.

Der Wachtmeister drehte sich erstaunt um, ließ das Mädchen los und trat aus dem Kreis heraus.

»Wen haben wir denn da? – Den Milchbart!«

»Wachtmeister, du bist ein widerlicher Kerl!«

»Hört ihr, Römer? Der König der Bataver findet mein Benehmen widerlich.«

Der Wachtmeister erntete mit seiner höhnischen Bemerkung den Beifall seiner Soldaten, die das Schauspiel genossen. Frinda nahm die Gelegenheit wahr, um sich fortzuschleichen.

»Ich werde das dem Kommandanten des Kastells berichten«, sagte Kunjar verbissen.

»Das brauchst du gar nicht. Als König kannst du uns doch sofort töten lassen.«

Gelächter. Kinor stellte sich neben Kunjar.

»Und der Ratsherr des Königs ist auch wieder dabei. Oder ist es der Henker, der uns kaltblütig hinrichten wird?«

Aber plötzlich änderte der Wachtmeister seinen Ton und sprach drohend: »Wenn du dich nicht sofort wegscherst, gebe ich dir eine Tracht Prügel, dass du nur noch auf allen Vieren nach Hause kriechen kannst!«

»Wehe dir, wenn du Civilis' Sohn prügelst, als ob er ein Sklave wäre!«, rief Kunjar.

Die Augen des Wachtmeisters sprühten Feuer.

»Angeber! Du bekommst das flache Schwert auf deinen Hintern. Für die Schneide bist du mir noch zu grün.«

Der Römer zückte sein Schwert. Kunjar wich einen Schritt zurück, und bevor sein Vetter ihn daran hindern konnte, hatte er seinen Bogen ergriffen und einen Pfeil aus dem Köcher geholt.

»Was machst du, Vetter?«, rief Kinor. »Selber wolltest du nicht, dass ich ...«

Aber Kunjar hatte, während er einige Schritte zurückwich, bereits den Bogen gespannt und zielte auf den Wachtmeister.

»Tu es nicht!«, riefen einige Kameraden.

»Und was soll das jetzt?«, höhnte der Wachtmeister. »Geht der Angeber zum Angriff über?«

Kunjars Pfeil blieb unverwandt auf ihn gerichtet. Der Römer zögerte, aber er spürte die erwartungsvollen Blicke seiner Leute im Rücken. Zurückweichen würde bedeuten, dass er sich von einem batavischen Burschen verjagen ließe. Auf einmal tat er, als ob er sich geschlagen gäbe, und ließ das Schwert sinken. Aber gerade, als er es in die Scheide stecken wollte, machte er einen unerwarteten Ausfall. Doch weit kam er nicht. Plötzlich prallte ein Pfeil gegen seine Brustplatte und drang in den Arm, der das Schwert hielt.

»Au! Soldaten, greift den Mistkerl!«

Aber Kunjar hatte sich schon blitzschnell umgedreht und war davongestürzt. Die Soldaten, durch ihre schwere Waffenrüstung behindert, konnten ihn nicht einholen. Kunjar rannte instinktiv zu seinem Dorf zurück. Nach einer Weile wagte er es, sich kurz umzublicken. In einer Entfernung von einer halben Meile kamen Reiter hinter ihm her. Natürlich hatten die Römer den Jünglingen ihre Pferde abverlangt. Jetzt hatte er kaum noch eine Chance davonzukommen. Es sei denn ... er könnte das Sumpfland erreichen. Er schätzte die Entfernung ab und entschloss sich, es zu versuchen. Er tat sein Äußerstes, aber die Reiter kamen zusehends näher. Der Atem schnitt ihm in die Kehle und seine Muskeln verkrampften sich vor Schmerz. Durchhalten, Kunjar!

Er verschwand in dem sumpfigen Grasland. Jetzt kam er nur noch mühsam vorwärts und außerdem war er fast völlig erschöpft. Unmittelbar hinter ihm hörte er die Pferde wiehern. Verzweifelt blickte Kunjar sich um. Doch was er jetzt sah, ließ ihn innerlich aufjubeln: Die Tiere trampelten wild herum, um nicht mit den Beinen in dem weichen Grasboden zu versinken. Verbissen mühte Kunjar sich weiter ab, bis er den Moortümpel erreichte. Er tauchte unter im Schilf, das am Ufer wuchs und dort, vor den Blicken seiner Verfolger verborgen, schlich er weiter. An einem sicheren Ort wartete er den Abend und die Dunkelheit ab.

XI

»Hier ist es«, sagte Aga.

Sie betraten eine Lichtung im Wald, die sich am Fuß einer mächtigen Eiche befand.

»Das ist die heilige Eiche, die Wotanssäule«, erklärte die alte Frau.

»Hier stehen auch auf drei Seiten Bänke, genau wie vor dem römischen Tempel«, bemerkte Kunjar.

»Sie sind morsch und werden nicht mehr gepflegt und sieh, der Altar ist von Moos überwachsen. Der batavische Rat zieht es vor, sich bei dem römischen Heiligtum zu versammeln und verrät damit die Bräuche unserer Vorfahren. Wotan, Donar, Tiwas und Freya sind unsere germanischen Obergötter.«

»In Colonia sagte man mir, dass es die gleichen Götter wie die römischen seien. Wotan sei Mercurius, Donar Herkules und Tiwas sei der römische Kriegsgott Mars.«

»Lauter Lügen. Unsere Götter beschützen Germanen, keine Römer.«

Aga mit ihrem runzeligen Gesicht und ihren langen, grauen Haaren hatte ruhige Augen. Kunjar fühlte sich bei ihr geborgen wie bei einer Mutter. Als er nach seiner Flucht vor den Römern zu ihrer Hütte gekommen war, hatte sie ihn zuerst weggejagt, aber als er ihr erzählte, dass er auf der Flucht vor den Römern war, hatte sie nach seinem Namen gefragt.

»Kunjar, Sohn von Civilis«, hatte er geantwortet.

»Kenn ich nicht«, hatte sie gebrummt.

»Tugan ist der batavische Name meines Vaters und König Wernar war sein Vater«, setzte er hinzu.

Darauf ließ sie ihn herein und gab ihm zu essen: getrocknete Früchte und Pilze und eine Suppe, die seltsam schmeckte.

Es hatte ihn gestärkt, auch wenn sein Hunger nicht gestillt war.

»Setz dich auf die Bank«, sagte Aga. »Ich werde versuchen, Verbindung mit der Gottheit zu bekommen.«

Zuerst legte sie einige getrocknete Früchte als Opfergabe am Fuß der Eiche nieder. Dann legte sie mit Kieselsteinen, die sie aus einem Beutel nahm, einen Schutzkreis auf den Boden. Während sie unverständliche Worte murmelte, holte sie aus dem gleichen Beutel verschiedene Gegenstände hervor, die sie in den Kreis legte: eine große Gänsefeder, einen kleinen Topf mit Erde, einen kleinen Krug und ein Schälchen mit irgendeiner fetten Substanz.

Gebannt schaute Kunjar zu, wie sie mit Hilfe von Steinen aus trockenen Blättern und einigen Zweigen Rauch und Feuer hervorzauberte. Sie lenkte die Flammen in das Schälchen hinein und löschte dann das Feuer auf der Erde. Darauf wandte sie sich der großen Eiche zu: »Säule des Himmels, führe meinen Geist zu Wotan.«

Sie vertiefte sich ganz in sich.

Dann legte sie etwa zehn Steine von verschiedener Farbe in Form eines kleineren Kreises um die Gegenstände herum. Sie nahm die Feder und richtete sie mit gestreckten Armen gen Osten.

»Kraft der Lüfte, erleuchte meinen Geist«, bat sie.

Diese Gebärde wiederholte sie mit dem Feuerschälchen in südlicher Richtung.

»Kraft des Feuers, schenke uns Lebenskraft und Freude.«

Und in westlicher Richtung mit dem kleinen Krug:

»Kraft des Wassers, öffne unsere Sinne.«

Schließlich hob sie das irdene Gefäß mit Erde in nördlicher Richtung hoch: »Kraft der Erde, erstarke unser Leben.«

In einer großen spiralförmigen Bewegung ging sie auf die Mitte des Kreises zu. Wiederum bat sie zum Obergott: »Wotan, tue mir kund, was mit dem Enkel des Wernar, dem Sohn Tugans, geschehen wird.«

Auf einmal drehte sie sich mit geschlossenen Augen im Kreis, hielt an, öffnete die Augen und nahm den Stein auf, der vor ihr lag: ein gelber Stein mit roten Flecken.

»Noch nie bekam ich ein so deutliches Zeichen!«, rief sie. »Wotan nimmt dich in seinen Schutz.«

Sie betrachtete den Stein, wie ein Gelehrter ein Buch, das ihm ein Geheimnis enthüllt.

»Dein Weg ist der Weg der Hoffnung«, sagte sie. »Vertraue auf die Zukunft, auch wenn sie mit Blut getränkt ist. Höre auf dein Herz, Wotans Stimme spricht in dir.«

Es war, als ob die Frau aus einem tiefen Schlaf erwachte. Sie schwitzte und schien erschöpft.

»Kann ich dir helfen?«, fragte Kunjar.

»Nein«, antwortete sie barsch. Sie löschte die Flamme ohne jegliche Zeremonie und verwahrte die Gegenstände, einen nach dem anderen wieder in dem Beutel.

Schweigend kehrten sie zur Hütte zurück.

Vor dem Eingang – eine Tür konnte man es kaum nennen – fragte er sie: »Was soll ich nun tun, Aga?«

Die Frau antwortete nicht und Kunjar begriff, dass sie ihm nichts mehr zu sagen hatte.

Auf einmal hörte er das Knacken von Ästen. Wie ein Schatten verschwand er in der Hütte.

Aber es war nur der Hirte, der Aga Brot brachte, im Tausch für heilende Kräuter.

»Ha, Kunjar. Du fühlst dich hier sicher, wie ich sehe?«

»Bin ich denn nicht sicher hier?«

»Das bist du schon«, beruhigte ihn der Hirte. »Die Römer haben Angst vor der Kräuterfrau. Sie meinen, sie sei eine Zauberin. Sei ohne Sorge, ich habe ihnen nicht erzählt, dass du dich hier versteckt hältst.«

»Suchen sie mich?«

»Sie haben die Suche aufgegeben, aber sie haben sich bereits was anderes ausgedacht, um dich zu kriegen.«

»Was denn, Hirte?«

Der ruppige Mann räusperte sich und sagte nach kurzem Zögern: »Deine Mutter ist sehr beunruhigt und das ganze Dorf ist in größter Aufregung.«

»Das kann ich mir vorstellen«, seufzte Kunjar. Aber dann, mit mehr Nachdruck: »Sag schon, was unternehmen die Römer denn jetzt?«

»Der Wachtmeister hat deine Tat zum Anlass für neue Schikanen genommen. Aus fünf Siedlungen wurden jeweils fünf junge Männer eingezogen. Solange du nicht erscheinst, werden sie festgehalten.«

Kunjar war völlig verblüfft. So ein Schuft!

»Bis ich erscheine«, seufzte er und starrte verzweifelt auf den Boden. Wenn nur sein Vater hier wäre. Was soll ich tun? wollte er Aga erneut fragen, aber er erinnerte sich, was die Frau ihm gesagt hatte: »Höre auf die Stimme deines Herzens, es ist Wotans Stimme.«

»Hirte, ich gehe mit dir«, sagte er plötzlich.

»Du hast Mut«, sagte der Hirte.

Kunjar umarmte die Kräuterfrau: »Hab Dank für alles, Aga.«

XII

Der Präfekt des Kastells war diesmal in Uniform. Die silbernen Auszeichnungen auf seinem Brustpanzer glänzten. Silbergeschmückt waren auch Scheide und Griff seines Schwertes und Dolches. Schwungvoll stellte der Offizier den Helm mit dem roten Federbusch auf den Tisch, eine Geste, die sich in der graziösen Bewegung seines Mantels fortsetzte.

»So, Kunjar, Sohn von Civilis, ich hatte dich nicht so schnell erwartet. Du hast da ja einiges angestellt.«

»Ich habe nur ein Mädchen verteidigt, Kommandant.«

»Ein Mädchen verteidigt ... soso ... Wie alt bist du?«

»Fünfzehn, Kommandant.«

»Fünfzehn – und das findest du ein Alter, in dem man die Mädchen verteidigen soll?«

»Nicht unbedingt, aber der Wachtmeister überschritt seine Machtbefugnisse.«

Der Präfekt zog die Augenbrauen zusammen.

»Das ist eine schwere Anschuldigung. Im Rapport heißt es jedoch ganz anders.«

Der Präfekt entrollte einen Brief und überflog den Inhalt. Nachdem er ihn wieder zusammengerollt hatte, sagte er mit vorgerecktem Kinn: »Ihr habt euch mit den Mädchen gebalgt. Als die Patrouille kam, empfandet ihr das als eine Störung und da habt ihr die Soldaten beschimpft. Dem Wachtmeister ging das zu weit und er wollte dir, als dem größten Schreihals, eine Lehre erteilen. Aber du warst so dreist, zur Waffe zu greifen.«

Nur mit Mühe konnte Kunjar seine Wut bezwingen.

»Das ist eine gemeine Lüge.«

Um den spöttischen Mund des Präfekten legte sich ein härterer Zug: »Der Rapport lügt jedenfalls nicht, was dein großes Mundwerk anbelangt. Als Sohn von Civilis meinst du dir mehr anmaßen zu können als die anderen.«

»Ich möchte nicht hochmütig erscheinen, Kommandant, aber ein Offizier sollte erst beide Parteien hören, bevor er urteilt.«

Jetzt war es an dem Präfekten, sich zu beherrschen. Er wurde rot und sagte in förmlichem Ton: »Du wirst deine ganze Geschichte später noch vor einer ganz anderen Person wiederholen können.«

Auf Befehl des Präfekten wurde Kunjar von einem Soldaten in ein angrenzendes Zimmer gebracht. Es war durch einen Vorhang vom ersten Raum getrennt. Im spärlichen Licht, das durch ein vergittertes Fenster fiel, leuchtete ein silbernes Gedeck, das auf einem dreibeinigen Tisch stand: drei zierliche Becher und ein dazugehöriges Kännchen. Es erinnerte Kunjar an die stilvollen Innenräume in Colonia.

Jemand betrat das Arbeitszimmer des Präfekten. Sie wechselten einen militärischen Gruß und redeten dann miteinander auf Lateinisch. Kunjar spitzte die Ohren und es gelang ihm, etwas vom Gespräch aufzufangen: »Sohn des Civilis ... des Paulus ... König Wernar ... Bataverland, Grenzgebiet ... Aufstand ...«

Kunjar konnte in den Worten zwar wenig Zusammenhang entdecken, aber dennoch gaben sie ihm ein banges Vorgefühl. Ein wenig später wurde er wieder hineingerufen.

»Das ist also der Sohn von Civilis, Admiral. Kunjar, du hast die Ehre, deine Geschichte dem Admiral Burdo, Befehlshaber der Rheinflotte erzählen zu dürfen.«

Ein hohes Tier, begriff Kunjar. Die Uniform des Admirals war noch reicher geschmückt als die des Präfekten. Sein Brustpanzer war mit einem Relief verziert, auf dem ein römischer Befehlshaber einem Germanen eine Papyrusrolle überreichte. Mit zittriger Stimme erzählte Kunjar, was geschehen war. Als er zu Ende war, betrachtete der Admiral ihn lange. Um seinen Mund spielte ein Lächeln.

»Wie ich höre, bist du ganz der Sohn deines Vaters ...«

Kunjar wusste nicht, wohin er schauen sollte. War dies als Beleidigung oder als Kompliment gemeint?

Der Admiral schien seine Unsicherheit zu bemerken.

»Dein Vater konnte gut reden, Kunjar.«

Konnte? War sein Vater ...? Er wagte nicht, weiter zu denken.

»Ich lüge nicht, Admiral.«

»Das behaupte ich auch nicht, mein Junge, aber es handelt sich in dem Fall, der hier zu Debatte steht, um gewisse Nuancen.«

Kunjar verstand diese feine Sprache zwar nicht, aber der Admiral schien ihm nicht übel zu wollen.

»Deine Darstellung und der Rapport haben fast den gleichen Inhalt, nur in gewissen Einzelheiten stimmen sie nicht überein: ob eine Balgerei mit Mädchen und anschließend ein Streit stattgefunden hat, mag dahingestellt sein, einhellig sind auf jeden Fall die beiden Versionen über die Verwundung, die du Wachtmeister Crispinus zugefügt hast, und über deine Flucht. Und gerade das sind die belastenden Fakten.«

Es sah also nicht sehr gut für ihn aus.

»Aber Admiral, ich habe mich selbst gestellt.«

»Das ist ein Pluspunkt. Aber wenn der Präfekt nicht fünf Kerle pro Siedlung ausgehoben hätte, würdest du dich vielleicht noch immer im Schilf verstecken.«

Sie wussten offensichtlich nicht, dass er sich im Heiligen Wald versteckt hatte. Das freute ihn für die Kräuterfrau Aga.

»Ich hatte überhaupt nicht die Absicht, den Wachtmeister zu verwunden, aber ich fühlte mich bedroht.«

»Ich sehe keinen einzigen Grund, deine Version des Vorfalls der eines Soldaten vorzuziehen. Der Richter wird das letzte Wort haben.«

Ein Richter? War sein Vergehen denn so schwerwiegend? Er wusste, dass Minderjährige gewöhnlich mit einer Tracht Prügel nach Hause geschickt wurden. Warum sollte er dann unbedingt vor dem Richter erscheinen? Der Admiral klärte ihn auf: »Nach dem, was mit deinem Vater und deinem Onkel geschehen ist, ist die Heeresführung auf der Hut. Es wird von dem Unwillen berichtet, der sich überall bei Batavern und Kannenefaten bei der Rekrutierung der Truppen gezeigt hat. Und wenn der Präfekt jetzt einen Rapport über einen verwundeten Wachtmeister bekommt und wenn der Täter der Sohn von Civilis ist, dann kann er nicht so tun, als ob nichts geschehen wäre.«

Der Präfekt strahlte, denn das waren Worte nach seinem Herzen. Kunjar wollte etwas über diese willkürlichen Rekrutierungen sagen, aber er hielt inne, denn eine solche Bemerkung würde ihn sofort als einen Aufständischen brandmarken. Kunjar wurde unsicher und ängstlich. Auch wenn der Admiral nicht so gemein schien wie der Präfekt, blieb er schließlich ein harter Soldat.

Burdo schrieb einiges in den Rapport. Ohne aufzusehen sagte er: »Du gehst zum Richter in Colonia, und zwar rasch. Angelegenheiten wie diese dürfen nicht lange warten. Und wenn du unschuldig bist, wie du behauptest, bist du um so schneller wieder daheim.«

Nach Colonia? Wer konnte ihn dort verteidigen? Marcellus? Der war von dem Vorfall noch gar nicht unterrichtet worden. Und wer würde für ihn zeugen? Seine Freunde jedenfalls nicht, denn die würden im Bataverland zurückbleiben. Allem Anschein nach, wurde hier ein Komplott gegen ihn und seine Familie geschmiedet. Wut und Ohnmacht stiegen in ihm auf und gaben ihm neuen Mut: »Darf ich etwas fragen, Admiral?«

»Solange du nicht meinst, dadurch freizukommen.«

»Vor einiger Zeit, als meine Mutter, mein Bruder und ich auf dem Rhein von Colonia nach Batavodurum fuhren, wurden wir von verdächtigen Männern verfolgt. Weißt du vielleicht wer sie waren? Wir hörten, wie sie untereinander Latein sprachen.«

Admiral Burdo schaute interessiert auf: »In diesem Grenzgebiet passiert alles Mögliche. Aber wie ich höre, seid ihr ohne Schutz gereist. Das war sehr unvernünftig.«

»Das habe ich Frau Asminda auch gesagt«, warf der Präfekt ein.

Burdos Stirn runzelte sich.

»Du hast bereits von diesem Vorfall Kenntnis und hast mich nicht benachrichtigt?«

»Ich habe diesen Vorfall in meinem Monatsrapport, den ich dem Statthalter geschickt habe, gemeldet«, antwortete der Präfekt gekränkt.

Der Admiral tippte mit seiner Feder ungeduldig auf den Tisch.

»Von diesem Rapport will ich eine Abschrift. Der Rhein ist mein Revier. Wenn da etwas geschieht, will ich es wissen.«

»Ich werde sie dir besorgen«, murmelte der Präfekt.

Der Admiral war wirklich nicht so übel. Ihn könnte man etwas fragen.

»Admiral, weißt du etwas von meinem Vater?«

»Über deinen Vater urteile nicht ich, sondern der Kaiser. Aber nachdem, was mit deinem Onkel Paulus geschah, würde ich mir nicht allzu viel Hoffnung machen.«

Burdo rollte den Rapport zusammen und erhob sich.

»Präfekt, dieser junge Mann wird demnächst mit mir nach Colonia Agrippina reisen. Salve.«

XIII

Sie jagten über das Land. Ihr Pferd war durch nichts aufzuhalten. Es durchquerte tiefe Flüsse, galoppierte über Felder und Heide, sprang über Büsche und Bäume. Jetzt flog es über die Dächer ihres Dorfes. Kunjar saß geborgen zwischen den mächtigen Armen seines Vaters. Vor einem steinernen Schloss hielt dieser das Pferd an. Das Tor tat sich auf und Hunderte von Soldaten strömten heraus und umkreisten sie. Sie wurden in den Innenhof gebracht. In der Formation eines Vierecks standen Offiziere mit roten Federbüschen und glänzenden Rüstungen um sie herum.

»Ruhig, Kunjar«, sagte Civilis, »der Priester ist uns wohlgesinnt.«

Ein Priester in hellweißem Gewand trat vor. Er lächelte und betete zu den Göttern. Aber auf die Offiziere machte das nicht den geringsten Eindruck. Drohend hoben sie ihre Speere, schrien und zielten auf sie.

Schweißgebadet erwachte Kunjar. Tageslicht fiel durch das kleine Fenster seiner Gefängniszelle.

Seine Mutter hatte ihm einmal gesagt, dass es Priester gäbe, die mit Hilfe von Träumen die Zukunft voraussagen könnten. Dann sah die Zukunft aber traurig für ihn und seinen Vater aus. Draußen gellte ein Horn. Kunjar begab sich zum Fenster und sah den Hornbläser: ein fürchterlicher Kerl, der einen Bärenkopf über den Helm gestülpt hatte. Neben ihm stand ein Wachtmeister, das konnte man an seinem Federbusch sehen. Große, blonde Männer liefen herbei. Sie trugen eine grauweiße, kurze Tunika, wie Legionssoldaten sie unter dem Panzerhemd tragen. Einige waren gerade erst eingezogen worden, denn sie trugen noch ihren Dorfkittel. Und da erkannte Kunjar seinen Vetter Kinor. Da ... und dort ... noch mehr Stammesgenossen. Aber das hieße ja, dass die Geiseln, nachdem er sich selbst angezeigt hatte, nicht freigelassen worden waren!

Gespannt verfolgte Kunjar die Übungen der Rekruten. Sie bekamen alle einen Stock, den sie als Speer benutzen sollten. Sie lachten sich gegenseitig wegen ihrer Unbeholfenheit aus, bis der Wachtmeister wieder für Ordnung sorgte und ihnen mit herrischen Befehlen die ersten einfachen Haltungen und Bewegungen beibrachte.

»Spannend nicht, Sohn von Civilis?«

Der Wachtmeister stand auf einmal neben dem Fenster. Sein rechter Arm war verbunden. Kunjar duckte sich, denn mit diesem Mistkerl wollte er nicht sprechen. Aber da erschien die Fratze des Wachtmeisters in der Fensteröffnung.

»Hast du Angst vor mir? Du bist doch sonst so ein Held. Aber jedenfalls tust du gut daran, den Rekrutendrill zu verfolgen. So kannst du noch was lernen. Hier lernst du mit Waffen umzugehen, um einen Feind zu töten, statt den Offizier einer befreundeten Legion!« Der Wachtmeister lachte laut über seinen eigenen Witz.

Kunjar hätte dem Kerl am liebsten den Hals umgedreht. Offizier einer befreundeten Legion! Offizier war er nicht und befreundet schon gar nicht.

Der Wachtmeister verschwand und auf dem Platz wurde weiter

exerziert. Das laute Brüllen hatte aufgehört. Die Rekruten wussten jetzt, wo es lang ging und reagierten sofort auf kurze, für Kunjar allerdings unverständliche Befehle. Tiefe Sehnsucht nach seinen Freunden überfiel ihn. Seine Gedanken gingen zu seinem Vater. Jetzt, da er selbst gefangen war, konnte er sich vorstellen, was dieser schon durchlitten hatte. Vielleicht war er schon gestorben. Dann wäre er wenigstens frei im Reiche der Götter und von Folterungen und Erniedrigungen erlöst.

Mutlos sank Kunjar auf seine Pritsche nieder und starrte auf die schweren Balken der Decke, zwischen denen staubige Spinnweben hingen.

»Kunjar!«

Kunjar sprang auf. Sein Vetter erschien vor dem vergitterten Fenster.

»Kinor, woher wusstest du, dass ich hier bin?«

»Ich sah, wie der Stiernackige mit jemandem redete. An seiner Art und Weise konnte ich sehen, dass er ihn demütigen wollte. Und auf einmal dachte ich, dass du es seist.«

»Warum seid ihr noch immer hier? Ihr solltet doch freigelassen werden.«

»Ja, wenn du dich freiwillig gestellt hättest!«

»Das habe ich doch auch getan.«

»Das ist nicht zu fassen! Die Römer haben uns erzählt, dass sie dich gefangen genommen hätten. Das ist ja gemein. Ich fordere sofort einen Rapport und werde den Kommandanten um eine Erklärung bitten. Er muss uns freilassen!«

»Ich bin vom Admiral Burdo verhört worden. Er bringt mich nach Colonia für weitere Verhöre.«

»Nach Colonia für so eine Kleinigkeit?«

»Die römische Heeresführung ist misstrauisch geworden, weil ich als Sohn von Civilis, die Hauptrolle in dieser Sache spielte. Sie haben eine Heidenangst vor einem Aufstand.«

»Unsinn. Hier steckt mehr dahinter, aber was es genau ist, weiß ich nicht.«

»Ich fürchte, dass sie es auf mich und meine Familie abgesehen haben.«

Kinor betrachtete seinen Vetter.

»Vielleicht hast du recht«, sagte er. »Kunjar, du hast doch nichts von meinem Plan verraten?«

»Was denkst du denn, natürlich nicht.«

Kinor stocherte mit dem Waffenstock im Sand. Plötzlich fiel ihm etwas ein.

»Hast du die große Nachricht schon gehört? Nero ist tot.«

»Der Kaiser?«

»Vor einigen Wochen ist er niedergestochen worden, nachdem sein Palast gestürmt wurde. Galba ist jetzt Kaiser. Als wir das hörten, fragten wir, ob wir nicht nach Hause könnten, aber der Wachtmeister sagte uns, dass wir auf die Schnelle gedrillt werden sollten, um nachher nach Colonia überführt zu werden, denn der Statthalter will frische Truppen. Warum, ist uns nicht klar.«

Kunjar dachte an das ferne Rom. Vor seinen Augen sah er ein gigantisches Colonia, von Bergen umgeben, höher als die, die er in der Eifel gesehen hatte. Von diesen Höhen aus griffen Galbas Truppen an, bestürmten die Stadt und eroberten sie in blutigen Schlachten.

»Hast du etwas von meinem Vater gehört?«

»Kunjar, gib dich keinen falschen Hoffnungen hin.«

Düstere Bilder stiegen in ihm auf. Vielleicht hatte Nero seinen Vater während der Belagerung der Stadt umbringen lassen. Vielleicht hatte der Kaiser den Bataver sogar als lebendigen Schutzschild benützt. Kunjar sank auf die Pritsche nieder.

»Kopf hoch, Kunjar, Galba wird wohl kein Tyrann sein wie Nero. Vielleicht wird man dich bald freilassen.«

»Ach Kinor, der Kaiser ist weit weg von hier. Aber seinen Befehlshabern, mit denen wir hier zu tun haben, denen ist nicht zu trauen – weder dem Präfekten noch dem Stiernackigen.«

»Und dem Admiral?«

»Mit dem kann man reden.«

»Setze deine Hoffnung auf ihn. Aber, bei Donar, kein Wort über meine Absichten.«

Kunjar sah seinen Vetter an.

»Hältst du an deinem Entschluss fest?«

»Natürlich. Im Gegensatz zu dir will ich unbedingt nach Colonia. Du weißt warum. Und das Training, das ich jetzt als Rekrut bekomme, betrachte ich als eine gute Vorbereitung.«

XIV

Kunjar schwankte unter der schweren Last.

»Sohn des Civilis, zeig jetzt, was du kannst!«, brüllte der Wachtmeister.

Den ganzen Nachmittag hatte er Pfähle herbeigeschleppt. Die Palisade des römischen Lagers wurde mit den geschälten Stämmen junger Bäume ausgebessert. Anfangs hatte der Wachtmeister ihn wegen seiner Kraft gelobt. Diese Schmeichelei sollte ihm aber nur die bevorstehende Arbeit schmackhaft machen. Mit einigen Sklaven musste er Pfähle zur Brustwehr tragen. Ständig schwirrte der Stiernackige wie eine Stechfliege um ihn herum. Diese Strafarbeit war eindeutig die Antwort des Präfekten auf Kunjars freche Sprache während des Verhörs, das Burdo mit ihm angestellt hatte. Der Stiernackige genoss die süße Rache. Einem anderen Soldaten erzählte er die ganze Geschichte und schilderte ausführlich wie der batavische Prahlhans sich getraut hatte, ihm, Wachtmeister Crispinus, Veteran vieler Schlachten, einen Pfeil in den Arm zu jagen.

»Das Bürschchen ist der Enkel irgendeines batavischen Königs und meint deshalb, sich alles leisten zu können. Aber jetzt hat er Pech, denn sein berühmtes Väterchen ist in Rom hingerichtet worden.«

Das Übrige entging Kunjar, weil er wieder einen Pfahl holen

musste. Wut stieg in ihm auf. Er umklammerte den Pfahl auf seiner Schulter so heftig, dass ihn der Sklave, der das andere Ende über der Schulter trug, mahnte: »Ruhig, Bataver. Der Pfahl scheuert meine Schulter wund.«

»Ich wollte dir nicht weh tun.«

Kunjar wusste nicht, wie er seinen Kumpan ansprechen sollte. »Sklave« war so erniedrigend. Vielleicht war er früher selbst ein stolzer, freier Bürger gewesen.

»Wie heißt du, übrigens?«

»Waldur, aber ich bin kein Königssohn wie du. Ich bin ein Tenkterer und wohnte am anderen Ufer des Rheins. Ich wurde von den Römern gefangen genommen. Was jetzt mit dir geschieht, Gefangenschaft und Erniedrigung, das mache ich schon seit sechs Jahren mit.«

Sechs Jahre? Weshalb unterwarf er sich so demütig seinem Schicksal? Kunjar erwiderte: »Ich bin auch kein Königssohn. Mein Vater war ein batavischer Befehlshaber unter den Römern. Sie haben ihn gefangen genommen und nach Rom gebracht.«

»Und hingerichtet, wie ich soeben hörte«, ergänzte der Tenkterer. Kunjar unterdrückte ein Schluchzen.

Schwankend erreichten sie die Brüstung. Zum Glück gab es eine kleine Ruhepause, weil Crispinus weggerufen wurde. Den Sklaven war diese unerwartete Pause willkommen. Der Wachsoldat kehrte der Arbeitsgruppe vielsagend den Rücken zu. Ein Krug wurde herumgereicht und gierig geleert.

Kunjar rieb seine schmerzende Schulter. Auf dem Wehrgang wehte ein frischer Wind. Von dieser Anhöhe aus konnte man sehr weit sehen, bis dorthin, wo sich der dunkle Waldstreifen in Nebel auflöste. In der Nähe leuchtete die Waal. Zwischen Fluss und Lager erstreckte sich sumpfiges Land. Hie und da wurde die eintönige Farbe von Schilf und Gras von lichten Farbtönen aufgehellt. In unmittelbarer Nähe erblickte Kunjar die blaue Farbe der Schwertlilien und das leuchtende Gelb der Dotterblumen. Sie ließen ihn an zu Hause und an Frinda denken.

Wenn er jetzt über die Brüstung springen und über die Waal

schwimmen würde? Es würde nichts nützen. In einigen Tagen, spätestens in einer Woche, hätten sie ihn ausfindig gemacht. Wie wäre es aber, wenn er sich in die Stadt, die dort in der Biegung des Flusses lag, flüchtete und sich da versteckte? Kunjar betrachtete Batavodurum aufmerksam. Er kannte sich in dieser Stadt mit den vielen geraden Straßen und den dicht bevölkerten Vierteln nicht aus. Es musste da von fremden Leuten nur so wimmeln: Händler aus dem Süden, aber auch Nervier, Tungrer und Treverer. In dieser Stadt könnte sich ein Flüchtling schon verstecken, aber bei wem würde er Unterschlupf finden?

Sein Geselle erriet seine Gedanken.

»Sohn des Civilis, mach keinen Unfug. Warte ab wie ich.«

»Abwarten und inzwischen wie ein Sklave gedemütigt werden!«

»Erniedrigung tötet nicht, aber das Schwert schon. Deshalb werde ich es eines Tages gegen die Römer erheben!«

»Wie willst du das machen, Waldur? Du bist ein Gefangener.«

»Die Prophetin Veleda hat es vorausgesagt. So wie früher die germanischen Stämme auf ihren Führer Hermann hörten, so werden die Rheinvölker unter einem neuen Anführer aufstehen und das römische Joch abwerfen. Die Tenkterer werden dabei sein. Ich werde dabei sein.«

Was schwatzte dieser Mann? Doch immerhin, man konnte sich an diesem verrückten Gedanken ein wenig aufrichten.

XV

»Kunjar, komm mit!«

Die rauhe Stimme Crispinus' riss Kunjar aus seinen Grübeleien. Der Wachtmeister schien sehr aufgeregt.

Kunjar wurde in eine Baracke gebracht. Der Wachtmeister befahl ihm, eine Soldatentunika überzuwerfen. Kunjar sah ihn befremdet an.

»Beeil dich!«, fauchte Crispinus ungeduldig.

Noch befremdlicher war aber, dass er auch den Panzer eines Legionärs anlegen und den dazugehörenden Schulterriemen, an dem eine Scheide hing, umgürten musste. Das Schwert jedoch fehlte. In Kunjars Gehirn wirbelten die Gedanken durcheinander. Wozu diese Farce? Schließlich bekam er einen Helm auf den Kopf und einen Schild in die Hand gedrückt. Er wurde einfach zum Legionär befördert, aber nur zu einem ungefährlichen ... Da ging ihm ein Licht auf. Indem man ihn zum römischen Soldaten machte, konnte man ihn unbemerkt aus dem Kastell entfernen. Die beste Verkleidung war tatsächlich eine Uniform, vor allem der Helm mit der Wangenklappe.

Er wurde nach draußen zu einer Patrouille gebracht, die zwischen den Baracken in Dreierreihen aufgestellt war. Crispinus befahl ihm, sich in diese einzureihen.

»Du läufst im Schritt. Mit der rechten Hand umfasst du den Schulterriemen, so.«

Der Wachtmeister machte es ihm kurz vor, während er immer wieder einen scheuen Blick auf das Hauptgebäude warf.

Nur die vorderste Reihe war mit Schwertern und Speeren bewaffnet. Die übrigen trugen nur Schwerter. Niemand würde ihn, halb versteckt hinter seinem Schild, erkennen. Die Truppe setzte sich in Bewegung und marschierte nicht wie sonst über den großen Hof auf das Hauptquartier zu, sondern an den Baracken entlang zur südlichen Pforte. Es wurde Kunjar immer deutlicher, dass sie ihn aus dem Lager schmuggeln wollten. Das Tor tat sich auf. Das Korps wandte sich nach Westen, Richtung Batavodurum.

Zum Hafen! fuhr es Kunjar durch den Kopf. Sie werden mich an Bord eines Schiffes bringen und nach Colonia überführen. Aber wozu sollte das alles so plötzlich und heimlich geschehen? Er war kaum in der Lage, darüber nachzudenken, denn er hatte große Mühe, mit den anderen Soldaten Gleichschritt zu halten. Sie näherten sich einem Wäldchen und zwischen den Bäumen hindurch sah Kunjar kurz das Braun von Pferdeleibern. Dort würden sie also aufsitzen und, einmal zu Pferd, würde es dann schneller gehen. Crispinus führte die Truppe hinter das Wäldchen aus dem Blickfeld des Lagers. An Flucht war nicht zu denken. Kunjar warf noch einen letzten Blick auf die Festung. Auf dem Hang an der Nordseite, vor dem Haupteingang, bemerkte er Reiter. Sofort erkannte er die grünen batavischen Mäntel!

Kunjar wurde zu den Pferden geführt. Ein Soldat knüpfte das eine Ende eines Seiles an Kunjars Schulterriemen und das andere Ende warf er einem römischen Reiter zu. So konnten sie jeden Fluchtversuch verhindern. Crispinus hatte seine Ruhe, aber auch seinen Sarkasmus wiedergefunden: »Sohn des Civilis, jetzt bekommst du die Chance, zu zeigen, was für ein Spitzenreiter du bist.«

Kunjar saß auf und auf einmal wurde ihm klar, dass dies seine letzte Möglichkeit zur Flucht war. Er umklammerte die Zügel und trieb seine Fersen tief in die Flanken des Tieres. Das Pferd bäumte sich auf und schoss nach vorne. Kunjar durchfuhr ein heftiger Ruck, aber er konnte sich im Sattel halten. Hinter ihm hörte er einen erstickten Schrei, dem ein dumpfer Schlag folgte. Der völlig überrumpelte Soldat, der das Seil festhalten sollte, war aus dem Sattel gehoben worden und hatte das Seil losgelassen.

Die Reitübungen trugen jetzt ihre Früchte. In vollem Galopp ritt Kunjar zur Festung zurück.

»Los mein Junge, gib her was du kannst!«

Hinter ihm ertönten laute Schreie und schnelle Befehle. Kunjar hörte, wie seine Verfolger ihre Pferde zur höchsten Eile antrieben. Schnell wie der Wind ritt er auf den Eingang zu. Aber wo waren die batavischen Reiter auf einmal? Da sah er den letzten durch das Tor verschwinden. Der Wächter wollte bereits das schwere Eingangstor schließen.

»He da, warte!«, brüllte Kunjar.

Pferdehufe trommelten furchtbar nahe hinter ihm. Kunjar wollte sich gerade umsehen, als er mit einem gewaltigen Ruck aus dem Sattel gehoben wurde. Schmerzhaft dröhnte der Aufprall durch seinen Leib. Betäubt blieb er liegen. Auf einmal fühlte er auf der Brust den Druck eines Speers. Kunjar öffnete die Augen. Ein Soldat zog an dem Seil, das noch immer an seinem Schulterriemen hing.

»Zurück auf dein Pferd. Aber schnell!«

»Aufhören!«

Die batavischen Reiter wendeten ihre Pferde und ritten in rasendem Galopp auf Kunjar zu. Unter ihnen war ein Offizier mit wogendem Helmbusch. Kunjar wandte sich diesem Krieger zu. Noch bevor er ihn genau betrachtet hatte, wusste er schon, wer diese kräftige Gestalt mit der Binde vor dem linken Auge war:

»Vater!«

»Kunjar, mein Sohn!«

Civilis sprang von seinem Pferd und umarmte leidenschaftlich seinen Sohn, der sich vom Boden aufgerappelt hatte.

»Vater, du lebst!«

»Ich lebe, mein Sohn.«

Mit seinem rechten Auge schaute er sich um.

»Aber nicht zu jedermanns Freude«, lachte der Bataveranführer.

»Wachtmeister Crispinus, was führst du denn hier für fremde Aufträge aus?«

Der Stiernackige lachte gezwungen. Seine Augen blitzten heimtückisch.

»Befehl ist Befehl, Civilis.«

»Ja, so kenne ich dich. Aber nach dem, was ich gehört habe, führst du deine Befehle am liebsten in Bataverland aus, vor allem wenn die batavischen Kohorten anderswo im Einsatz sind.«

»Auch Bataverland ist römisches Gebiet.«

Kunjar sah den Hass in den Augen des Wachtmeisters aufblitzen.

»Von Verträgen und Gesetzen hast du keine Ahnung«, spottete Civilis. Und freundlich wandte er sich seinem Sohn zu: »Komm, mein Sohn, behalte dieses Pferd als Pfand für das Vieh, das die Römer uns gestohlen haben.«

XVI

Die Flammen leckten an dem großen Stück Fleisch, das am Spieß gebraten wurde, und zauberten gespenstische Gestalten aus der Finsternis hervor: lachende, bärtige Fratzen und erhitzte Gesichter. Da erschien ein fremdes Wesen im Kreis. Eine kleine Gestalt, in Fell und Kopf einer Ziege gehüllt, machte komische Sprünge und tat, als ob es sich am Feuer verbrennen würde. Die Bataver lachten ungestüm über die Witze des Zwerges. Und plötzlich tauchte ein Werwolf auf und knurrte bedrohlich. Er schlich um das Feuer herum. Die Kinder verkrochen sich erschrocken hinter ihre Eltern, die ihre Kleinen beschwichtigten und auf die Beine des Ungeheuers zeigten. Bald lachten auch sie über die verrückten Kapriolen der Ziege, die immer enger von dem Werwolf umkreist wurde. Auf einmal tat das Raubtier einen tödlichen Satz. Die Ziege fiel unter seinem Gewicht zu Boden und blökte erbärmlich.

Aber dann erstarrte das Ungetüm, denn nun trat ein Mädchen in den Kreis. Sie hatte einen Blumenstrauß in der Hand und tat, als ob sie noch mehr Blumen pflückte. Das Raubtier brüllte furchterregend und pirschte sich an die neue Beute heran. Jetzt erst bemerkte das Mädchen die Gefahr. Vor Schrecken gelähmt, ließ sie die Blumen fallen. Der Werwolf setzte zum Sprung an. Aber ebenso schnell verwandelte sich sein Gebrüll in ein jämmerliches Geheul und zitternd kroch er rückwärts, denn hinter dem Mädchen war ein eindrucksvoller Krieger aufgetaucht. Auf seinem Helm prangten zwei Stierhörner und ein schwerer Bärenpelz bedeckte seine Schultern. Mit der einen Hand schwenkte er einen großen Hammer und mit der anderen hielt er eine lodernde Fackel in die Höhe.

»Donar«, flüsterte Civilis, »der Gott, der die Menschen mit Donner und Blitz beschützt. Doch wer ihn nicht ehrt, wird von seinem Feuer verzehrt.«

Der Gott Donar trat nach vorn und schlug zu. Jetzt stimmte der Werwolf seine Todesklage an. Die Bataver jauchzten, die Krieger trommelten auf ihre Schilde. Die Stimmung wurde noch ausgelassener und wilder. Mädchen sprangen in den Kreis und tanzten zur Musik einer Laute, die von den hohen Tönen einer Flöte begleitet wurde, um das Feuer herum. Geschmeidig und verführerisch wiegten sich ihre jungen Körper. Auch Frinda machte mit und Kunjar konnte seine Augen nicht von ihr abwenden. Nach dem Tanz setzte sie sich neben ihn. Ihr Gesicht glühte im Schein des Feuers.

»Du bist die Schönste, Frinda.«

»Du Dummkopf, was du immer wieder für Flausen im Kopf hast.«

Beleidigt wandte er den Kopf ab. Warum antwortete sie so bissig, dabei war sie es doch, die sich zu ihm gesetzt hatte? Im tanzenden Schein der Fackeln wurde das gebratene Fleisch auf einem großen Tisch zerschnitten und mit Brotstücken herumgereicht. Diener und Dienerinnen gingen mit großen Krügen herum und füllten die Kuhhörner der Gäste immer wieder nach. Auch Kunjar und Frinda bekamen ihr Teil. Das Fleisch schmeckte herrlich, das Brot sättigte und das Bier prickelte. Kunjar war nun wieder bester Stimmung. Warum konnte das Leben nicht immer so schön sein wie jetzt?

Als der Hunger gestillt war und die Becher von neuem gefüllt waren, richtete Häuptling Wanar sich auf und wandte sich mit seinen bekannten, ausholenden Gebärden den Feiernden zu:

»Ihr Bataver und Freunde, wir erleben einen freudenreichen Tag. Wir haben heute den Göttern Dankopfer dargebracht, weil sie uns unseren geliebten Anführer zurückgegeben haben. Lassen wir ihn nun selbst zu Wort kommen!

»Freunde«, fing Civilis an, »ich danke euch für dieses Fest. Es hat mir sehr wohl getan.«

Der Anführer bekräftigte seine Worte durch einen tiefen Zug aus seinem Becher.

»Aber«, fuhr er fort, »niemals werde ich in Zukunft feiern können, ohne an meinen geliebten Bruder Paulus zu denken. Er hätte hier mitten unter uns sein sollen, um sich zusammen mit seiner Gattin über dieses üppige Fest zu freuen.«

Kunjar dachte an seine Tante.

»Paulus und ich sind zusammen mit den Römern gegen den römischen Befehlshaber Vindex, der sich in Gallien öffentlich gegen Nero erhoben hatte, in den Kampf gezogen. Mit Widerwillen sind wir ausgezogen.«

»Warum mit Widerwillen?« Es war Claudius Labeo, der die Frage stellte.

»Du, Claudius Labeo, solltest mich eigentlich am besten verstehen. Du führst genau wie ich batavische Kohorten an, im Dienste Roms. Du weißt, wie schwer es ist, wenn man gegen einen Aufständischen, der ebenfalls römischer Befehlshaber ist, in den Kampf ziehen muss. Das heißt nichts anderes, als dass du in einen Streit von Römern gegen Römer, nämlich in einen Bürgerkrieg, verwickelt wirst.«

»Du streitest als Bataver für den Kaiser, mit oder gegen deinen Willen, es ist deine Pflicht«, entgegnete Labeo.

Kunjar hätte diesem Kerl gerne einen Kinnhaken verpasst.

»Er platzt fast vor Eifersucht«, flüsterte er Frinda ins Ohr. »Er wird alles tun, um meinen Vater zu Fall zu bringen.«

Civilis ließ sich aber keineswegs aus dem Gleichgewicht bringen.

»Die Bataver haben gegen Vindex gekämpft, wie es von ihnen erwartet wurde.«

»Die Anklage lautete aber anders«, spottete Labeo.

Die Anwesenden konnten nicht länger an sich halten und riefen Labeo zu, er solle seinen Mund halten.

»Sehr gut«, kicherte Kunjar.

Unbewegt, aber sehr nachdrücklich fuhr Civilis fort: »Die batavische Reiterei hat ihre Pflicht erfüllt. War die Anschuldigung des Hochverrats somit unbegründet und falsch? Darauf lautet die Antwort: Ja! In Castra Vetera bekamen wir einen militärischen Auftrag. Ich bekam zudem noch einen anderen, allerdings geheimen Auftrag: Als Civilis, der ›Gutwillige‹, sollte ich erst einmal in der Rolle eines Vermittlers versuchen, den drohenden Bürgerkrieg zu verhindern, denn Vindex – so erhofften sich die Römer – würde in mir, einem Bataver, einen unparteiischen Vermittler sehen. Würde dieser Versöhnungsversuch nicht gelingen, dann blieb immer noch mein anderer Auftrag gültig: kämpfen. Es gelang mir, Vindex dazu zu bewegen, mit meinem General zu reden. Dieses Treffen blieb aber erfolglos und ein blutiger Krieg brach aus. Danach hat Vindex sich das Leben genommen. Hinterher sickerte etwas von den geheimen Unterredungen zwischen meinem General und Vindex durch. Mein Vorgesetzter wollte sich selbst reinwaschen und verfasste einen Rapport, in dem mein Bruder und ich als Verräter dargestellt wurden. Die Tatsachen sind aber anders: Ich handelte nur im Auftrag und jeder kann es bezeugen, dass wir hinterher tapfer mitgekämpft haben. Die Äduer und die Arverner wurden einzig und alleine von der batavischen Reiterschar geschlagen!«

»Aber warum schenkte Statthalter Capito dann trotzdem den Anklägern Glauben?«, fragte Wanar.

»Ich sehe nur eine Erklärung: Er wusste von dem Auftrag, aber er wollte sich bei Nero einschmeicheln. Ich habe den Kommandanten in Vetera als Zeugen aufgerufen, aber der Kerl behauptet, von nichts zu wissen. Das werde ich ihm niemals vergeben.«

»Feiglinge sind das«, rief jemand.

»Wir kennen sie doch!«, rief ein anderer.

Aber Wanar schien noch nicht überzeugt: »Wusste Kaiser Nero von deiner geheimen Mission?«

»Natürlich nicht, denn er kam gerade erst von einer Reise durch Griechenland zurück.«

»Und konntest du ihn nicht von deiner Unschuld überzeugen?«

»Ich, ein kleines Würmchen? Rapporte des Generals und des Statthalters wiegen viel schwerer als die eines Kommandanten einer Hilfstruppe, selbst wenn dieser eine kaiserliche Auszeichnung erhalten hat. Nero schaute mich übrigens an, als ob ich ein Wilder wäre, der aus den Wäldern entflohen war. Ich verdanke mein Leben der Tatsache, dass er von Galba gestürzt wurde. Dem neuen Kaiser, einem Freund des Vindex, war die scheinbare Verschwörung gegen Nero, derer ich bezichtigt wurde, Musik in den Ohren.«

Der alte Rugan hatte sich erhoben.

»Civilis, du bist wieder unter uns und das ist das Wichtigste.«

»Der meint wenigstens das, was er sagt«, brummte Kunjar.

»Was hast denn du gedacht?«, lachte Frinda. »Er ist doch mein Großvater.«

»Heute«, sagte Rugan, »feiern wir. Für uns Bataver bist du und dein bedauernswerter Bruder von jedem schmachvollen Verdacht befreit. Du bist stärker aus dem Kampf zurückgekehrt. Ich hoffe, dass sich auch in schweren Zeiten deine Führung für uns als segensreich erweisen wird.

In Rugans Worten schwang eine Ahnung des Kommenden mit. Eine Weile hörte man nur das Holzfeuer knistern. In der Ferne rief eine Eule. War das ein unheilvolles Zeichen?

Rugan fuhr fort: »Der Vertrag, den dein Vater schloss, wurde von den Römern mit Füßen getreten. In den letzten Monaten wurde unser Vieh geraubt, und weit schlimmer noch, einige junge Männer wurden auf brutale Art fortgeführt. Vindex' Rebellion ist für uns nur ein Vorbote dessen, was noch auf uns zukommen wird. Veleda, Priesterin am Lippestrom im Land der Brukterer, hat vorausgesagt, dass ein Anführer aufstehen wird, der die Völker am Rhein in die Freiheit führen wird. Bataver, hier vor uns steht Tugan, Sohn des Königs Wernar, den die Götter aus der Gefangenschaft in Rom befreit haben.

»Es lebe Tugan, unser Anführer!«

»Trinken wir auf Tugan!«

»Der neue König!«, rief jemand.

»Unser König!«, riefen andere.

Civilis hob die Arme.

»Nur ruhig, Freunde, nicht so voreilig. Galba, der neue Kaiser, will den alten Vertrag anerkennen.«

Aber seine Worte wurden vom allgemeinen Jubel übertönt. Helle Flötentöne erfüllten die Luft und die Laute erklang warm. Civilis gab nach und ließ seine Arme sinken und lachte seinen Freunden zu.

Die Becher wurden gefüllt und die Mädchen sprangen auf zum Tanz.

»Komm«, lud Frinda Kunjar ein, »ich bringe dir das Tanzen bei.«

Das war leichter gesagt als getan. Seine Unbeholfenheit brachte beide unaufhörlich zum Lachen.

»Ich zeige dir die Schritte schnell mal außerhalb des Kreises, du Tölpel.«

Frinda versuchte ihm die Tanzschritte beizubringen, aber seine Aufmerksamkeit galt nicht dem Tanz, sondern Frinda selbst, ihrem Zauber und ihrer Anmut. Als sie bemerkte, dass er ihr gar nicht zuhörte, hielt sie inne und fragte: »Gefällt es dir nicht?«

»Tanzen ist etwas für Frauen.«

»Oh ja? Männer sollen wohl nur kämpfen, wie?« Beleidigt drehte sie sich um und mischte sich wieder unter die Tanzenden. Kunjar wollte es wieder gutmachen, sprang in den Kreis und tanzte mit wilden, tollkühnen Sprüngen. Als sie sich endlich ganz außer Atem hinsetzten, lachte sie ihm glücklich zu.

»Das waren nur Bocksprünge«, entschuldigte er sich.

»Wenn du mehr auf die Musik achtest, wirst du ruhiger und lernst dich im Takt zu bewegen.«

Kunjar dachte an die wunderbaren Tänzer aus dem Osten, die er bei einer Aufführung in Colonia bestaunt hatte. Aber er musste zugeben, dass seine Leute auch was davon verstanden. Dadurch, dass er so lange in einer römischen Stadt gelebt hatte, war er in dieser Hinsicht etwas ins Hintertreffen gegenüber seinen Gleichaltrigen geraten.

Frinda schaute ihn von der Seite lächelnd an. In einer plötzlichen Aufwallung griff er nach ihrer Hand.

»Hast du mich vermisst?«

Sie nickte kurz, kaum spürbar, als fürchtete sie, dass jemand es sehen könnte. Dann erhob sie sich und mit einer ebenso unauffälligen Kopfbewegung winkte sie ihm, ihr in die Finsternis zu folgen. Sie zog ihn mit sich hinter eine Hütte und umarmte ihn.

»Kunjar ... «

»Frinda ... «

Leidenschaftlich küssten sie sich. Ihr lieber, weicher Körper brachte ihn in Verzückung. Aber unerwartet stieß sie ihn wieder von sich, als wollte sie sein Ungestüm zügeln.

»Ich bin noch jung, Kunjar.«

»Ich liebe dich, Frinda.«

»Auch du bist noch jung und musst noch Krieger werden.«

Er seufzte.

»Nur Mut, mein tapferer Beschützer.«

Auch wenn er ihr Gesicht nicht sehen konnte, spürte er ihr beschwichtigendes Lächeln.

Er presste sie erneut heftig an sich.

»Ich will ein Krieger werden, Frinda, ein Krieger, der nur dich liebt.«

»Ich werde auf dich warten, Kunjar. Als du gefangen warst, wusste ich, dass ich dich liebe. Ich habe zu Wotan gebetet und er gab mir neue Zuversicht.«

Sie zog ihn zum Freudenfeuer zurück, wo sie unbemerkt in den Kreis schlüpften, und Kunjar lebte seine unbändige Freude im Tanz aus.

XVII

Als Kunjar nach dem Fest den Hof seiner Eltern betrat, merkte er, dass jemand auf dem Turm stand. Im Mondlicht erkannte er seinen Vater. Er stieg zu ihm hinauf.

»Kunjar, bist du noch nicht müde? Das ist ein Zeichen, dass du allmählich ein kräftiger Mann wirst.«

»Ich habe keine Lust, an diesem schönen Festtagsabend schlafen zu gehen.«

»Und trotz allem lag ein Schatten über dem Fest.«

»Das Auftreten des Claudius Labeo?«

»Dieser aufgeblasene Wichtigtuer kann mir die Freude nicht verderben. Es sind vielmehr Rugans Worte, die mir Sorgen machen.«

»Rugan steht doch auf deiner Seite.«

»Das weiß ich, aber er will Vergeltung für das Unrecht, das die Römer uns angetan haben. Vergeltung heißt Krieg.«

»Du sagtest doch, dass Galba den alten Vertrag anerkennen will.«

Civilis lächelte müde.

»Du hast meine Worte verstanden. Aber die anderen? Die Bataver haben es satt, von den Römern drangsaliert zu werden. Es genügt ein Funke und die Sache fängt Feuer.«

»Was hindert dich eigentlich daran, gegen die Römer zu kämpfen, Vater?«

»Jahrelang habe ich auf ihrer Seite gekämpft. Ich kann mich nicht so ohne weiteres gegen die Römer wenden. Außerdem weiß ich, was es heißt, gegen Rom den Kampf aufzunehmen. Rom verfügt über das größte und bestausgerüstete Heer der Welt.«

»Trotzdem gibt es einen germanischen Anführer, der seine Unabhängigkeit mit Erfolg erkämpft hat.«

Civilis schaute seinen Sohn an.

»Woher hast du diese Weisheit?«

»Ein Sklave, ein gefangener Tenkterer, hat mir von ihm erzählt.«

»Er hat dir von Hermann erzählt, der im Teutoburger Wald die Römer besiegte?«

»Genau.«

»An ihn habe ich heute abend gedacht. Wenn ich es je versuchen werde, so mache ich es wie er.«

»Wie hat er es denn gemacht, Vater?«

»Das werde ich dir erzählen, wenn es so weit ist.«

Kunjar fand es aufregend, sich seinen Vater als König der Truppen, als einen neuen Hermann vorzustellen. Civilis schien wieder gut gelaunt zu sein.

»Es war ein herrlicher Abend«, sagte er. »Ich bin stolz auf dich, denn du hast während deiner Gefangenschaft Mut bewiesen.«

»Du hast in Rom viel Schlimmeres erdulden müssen.«

Civilis klopfte seinem Sohn freundschaftlich auf die Schulter und sagte:

»Aber jetzt sind wir beide frei.«

»Vater, ich möchte genau wie Kinor ein batavischer Reiter werden.«

»Geduld. Erst kehrst du mit deiner Mutter nach Colonia zurück.«

»Ich bin kein Römer«, sagte Kunjar mürrisch.

Civilis schaute ihn tadelnd mit seinem einen Auge an, das im Mondlicht glänzte.

»Jetzt redest du Unsinn. In Colonia bekommst du die Ausbildung, die du brauchst. Labeo kann lesen und schreiben und ist dadurch viel weiter als ich. Ich habe Rom und viele andere Städte besucht und habe gesehen, um wie vieles besser ein gebildeter Mann die Führung übernehmen kann. Studiere, mein Sohn, so dass du den Römern durch deine Kenntnisse der Gesetze gewachsen bist und ihnen ebenbürtig antworten kannst.«

Kunjar war verwundert, seinen Vater so sprechen zu hören. Er spürte aber, dass es dem alten Kämpfer ernst war.

Plötzlich stieg Lärm aus dem Dorf zu ihnen hoch. Vermutlich waren es Betrunkene, die in Streit geraten waren. In wenigen Sprüngen war Civilis unten und lief auf das Getümmel zu. Kunjar folgte ihm. Sie sahen, wie die Dorfbewohner einen fremden Reiter umdrängten.

»Was ist hier los?«, fragte Civilis.

Ein stämmiger Bataver erwiderte: »Der Mann sagt, dass er von Batavodurum kommt, um eine dringende Nachricht zu überbringen, aber er weigert sich, sie uns mitzuteilen. Ich sage euch, dass er ein Spion der Römer ist.«

Civilis bat einen Diener, ihm mit einer Fackel zu leuchten und musterte den Reiter scharf.

»Wer bist du und was führt dich hierher?«, fragte er streng.

»Ich bin ein alter batavischer Krieger, der früher in deiner Kohorte gedient hat.«

Civilis schaute ihn noch genauer an, dann lachte er leutselig: »Britas, alter Gauner, was machst du hier so spät? Ich dachte, du hättest dich endlich auf deinen Hof zurückgezogen?«

»Hab ich auch, Anführer, aber heute hörte ich in Batavodurum etwas, was für dich äußerst wichtig ist, lebenswichtig sogar. Deshalb bin ich in einem durch hierher geritten.«

»Sprich, Britas, sprich!«

»In Colonia wurde Statthalter Capito ermordet!«

»Was sagst du?«

»Und man gibt dir die Schuld.«

»Ich war hier.«

»Man denkt, dass du jemanden beauftragt hast.«

»Unsinn.«

»Ich wollte dich warnen, damit du noch rechtzeitig untertauchen kannst.«

»Untertauchen!«, höhnte Civilis. »Morgen gehe ich nach Colonia.«

Der Reiter schaute ihn erschrocken an: »Aber Anführer, denk nur an das, was sie erst vor kurzem mit dir gemacht haben.«

»Britas, du tatest gut daran, mich sofort zu benachrichtigen, denn desto schneller kann ich den Leuten in Colonia einmal die Wahrheit sagen. Weißt du, ich genieße kaiserlichen Schutz.« Und brummend fügte er hinzu: »Das ist der Gipfel. Mich des Mordes zu bezichtigen. Kein Bataver, sondern ein Römer hat Capito getötet. Ich weiß, wie es in diesem Augenblick in dieser Bande zugeht.«

Kunjar war sich nicht so sicher, denn er dachte an Kinor, an ihr Geheimnis und an die Eile, mit der sein Vetter seinen Plan in Angriff nehmen wollte.

DER GRIECHISCHE LEHRMEISTER

I

»In Thrakien lebte ein Sänger, Orpheus genannt. In seinen Liedern verherrlichte er sein prächtiges Land: die buchtenreiche Küste und wilde Brandung, die stolzen Berge mit ihren verschneiten Gipfeln. Aber am innigsten klang sein Lied, wenn er Eurydike besang, die er liebte wie das Leben selbst. Und was diese Liebe so vollkommen, ja so göttlich machte, war die Tatsache, dass das wunderschöne Mädchen seine Liebe ebenso feurig erwiderte.«

»Wie rührend«, spottete Aulus.

Fradmos seufzte: »Soll ich mit der Geschichte aufhören und einfach wie sonst unterrichten?«

»Bitte, erzähl weiter«, flehte Kunjar. »Aulus ist schon den ganzen Tag ein Quälgeist, aber ich bin sicher, dass er trotzdem die Geschichte weiterhören möchte.«

»Ich habe doch gesagt, wie ergreifend ich die Geschichte finde«, scherzte Aulus.

Fradmos schwieg gekränkt. Seine Hand tastete nach seiner Büchertasche. Er hielt den Unterricht für beendet.

»Fradmos, bitte«, beschwichtigte Aulus, »ich wollte dich nicht beleidigen.«

Fradmos seufzte abermals und erzählte schließlich weiter:

»Orpheus und Eurydike vermählten sich und die geladenen Gäste betrachteten ihre Verbindung als ihr verdientes Glück, das ewig währen sollte. Aber ein unheilbringendes Vorzeichen verdarb die Feststimmung. So sehr Orpheus seine Fackel auch schwenkte und darauf blies, sie wollte kein Feuer fangen, sondern verbreitete nur erstickenden Rauch. Nach der Zeremonie zogen die Feiernden auf die Wiese hinaus. Ihre Heiterkeit verjagte die düsteren Gedanken und es wurde auf die munteren Töne von Orpheus' Leier getanzt. Plötzlich übertönte ein Angstschrei den Festgesang. Eurydike stürzte zu Boden. Mit weit aufgerissenen Augen schaute sie auf die Wunde an ihrem Fuß ... Zitternd lag sie im Gras und flehte Orpheus an, ihr zu helfen. Der Sänger saugte das Blut aus der Wunde, aber vergebens, das tödliche Gift der Natter hatte bereits gewirkt.

Nach ihrem jähen Tod stimmte der Sänger das traurigste Klagelied an, das er je gesungen hatte. Zum ersten Mal fand er keinerlei Trost in seinem Gesang, diesen Tag nicht und auch den nächsten nicht. Sogar nach Wochen noch verdunkelte ihm der Schmerz das Gemüt und verzehrte ihn innerlich. In seiner Verzweiflung reifte in ihm ein Plan, der in seiner Vermessenheit unerhört war. Er wollte in die Unterwelt hinuntersteigen und mit seiner Leier, die selbst Felsen zum Weinen gebracht und wilde Tiere gezähmt hatte, versuchen, Hades und Persephone zu erweichen. Dieses Königspaar, das über das Totenreich herrschte und selbst wegen seiner tiefen Liebe bekannt war, würde ihm erlauben, was vor ihm keinem Sterblichen gegönnt war: die Auferstehung aus dem Totenreich und die Wiedergeburt seiner geliebten Eurydike.

Wie wahnsinnig der Plan auch schien, Orpheus war nicht davon abzubringen. Fest entschlossen zog er mit seiner Leier als einziger Waffe los. So drang er in die Höhle vor, die den Zutritt zum Reich der Schatten bildete und erreichte den Styx, den Fluss der Unterwelt. Und was niemals vorher geschehen war, geschah jetzt: Der Fährmann Charon wurde von den Klängen der Leier gerührt und der dreiköpfige Höllenhund Cerberus wedelte untertänig mit dem Schwanz.

So gelangte Orpheus vor den Thron des Götterpaares und legte sein ganzes Können in seinen sehnsüchtigen Gesang. Er besang seine junge Liebe und ihr Glück. Die Schatten, die Gequälten in der Unterwelt weinten und trauerten über alle Maßen. Auch auf Persephones Wange perlte eine Träne und ihrem Gatten entging ihre Ergriffenheit nicht. Hades dachte an seine feurige, verzehrende Liebe für Persephone. Er sah, dass Persephones Herz eigentlich schon der Bitte zugestimmt hatte. Da sprach der Gott der Unterwelt zu Orpheus: ›Es wird dir, wunderbarer Sänger, gestattet, deine Braut fortzuführen. Du gehst voran, Eurydike und der Gott Hermes werden dir folgen. Beachte aber das Folgende gut: Solange du durch das Totenreich ziehst, darfst du dich kein einziges Mal umsehen, sonst kehrt Eurydike für immer in mein Reich zurück.‹

Die Freude stieg in Orpheus' Herz auf. Da nahte sich Eurydike. Er wollte sie umarmen, begriff aber, dass er sich beherrschen musste. Ein blasses Lächeln erschien auf Eurydikes Gesicht, und mit einem Kopfnicken ermutigte sie ihn, die Wanderung anzutreten. Ungeduldig bestieg Orpheus den steilen Pfad, von Eurydike und Hermes gefolgt. Endlos dauerte die Wanderung. Immer wieder hielt Orpheus an und hörte mit angehaltenem Atem auf Eurydikes leichten Schritt. Endlich brach das Sonnenlicht durch einen schmalen Felsspalt. Das Freudenlied des Lebens überstimmte den Trauergesang des Todes. Orpheus wollte jauchzen, horchte aber angespannt nach hinten. Wo blieb Eurydikes Schritt? Verzweifelt drehte er sich um. Und da sank mit einem letzten Lebewohl seine Geliebte in die Tiefe, für immer ...

Als Orpheus aus dem Wahnsinn des Schmerzes erwacht war, zog er sich in die Berge zurück und kannte nur noch ein Lied: den Trauergesang für seine Geliebte. Er drückte darin seine unstillbare Sehnsucht aus, für immer als schweigender Schatten bei Eurydike sein zu dürfen.«

Fradmos schwieg. Er kehrte sein runzeliges Gesicht forschend seinen zwei Schülern zu.

»Eine schöne Geschichte«, meinte Kunjar, »aber sehr traurig.«

Es lag ihm auf den Lippen zu sagen, dass die Geschichte ihn an ein Mädchen aus dem Bataverland erinnerte, aber er schwieg, aus Angst vor Aulus' Neckereien. Dieser schien von der Erzählung viel weniger beeindruckt: »Ich finde die griechischen Geschichten sentimental. Unsere römischen Geschichten dagegen sind hart und männlich.«

»Das Leben ist nicht nur männlich, es ist auch weiblich«, erwiderte der Grieche.

»Ich bin ein Mann«, sagte Aulus stolz, »der kämpfen und ein Land regieren wird. Eine Frau kann nur Kinder erziehen und den Haushalt besorgen.«

»Du kannst als Krieger verwundet, krank und wehrlos werden. Das Schwert deines Kameraden kann dich zwar beschützen, aber dich heilen kann nur eine fürsorgliche Frau.«

»Unsinn«, lachte Aulus.

»Für dich ist alles Unsinn«, fuhr Kunjar ihn an.

»Ach, wie interessant. Die batavische Dummheit unterstützt die griechische Weichlichkeit.«

»Aulus«, rief Fradmos streng, »das ist eine gemeine Beleidigung.«

»Wie? Soll ich mich noch bei einem Bataver entschuldigen! Vergiss nicht, Grieche, dass du immer noch Sklave bist, und also keinen freien Römer tadeln darfst.«

»Dein Vater hat mich als Lehrmeister angestellt. Daher kann ich dich, wenn nötig, zurechtweisen.«

»Erteile den Säulen deine Lektion. Ich gehe jetzt mit einem römischen Freund Dame spielen.«

Erhobenen Hauptes marschierte Aulus durch das Atrium und ging hinaus. Fradmos schaute Kunjar mit unglücklicher Miene an. Plötzlich fing er zu lachen an: »Dir als Bataversohn fährt man über den Mund wie mir.«

»Ach, Aulus ist nicht immer so. Heute habe ich ihn gekränkt. Aulus ist zwar ehrgeizig, aber immer offenherzig.«

Fradmos meinte bitter: »Du siehst aber, wie diese Offenheit verletzen und demütigen kann. Da ist mir die batavische Dummheit lieber, die immerhin für eine griechische Geschichte offen ist.«

»Ganz so unbekannt kam mir die Geschichte nicht einmal vor.«

»Nein? Hat sie dir jemand schon einmal erzählt?«

»Der alte Rugan in Bataverland hat mir von einer Muttergöttin erzählt, die um ihren toten Sohn trauerte. Auch sie brachte die Götter der Unterwelt dazu, ihren Sohn zur Erde zurückkehren zu lassen, und zwar unter der Bedingung, dass alle Wesen auf Erden um seinen Tod trauern sollten. Aber der böse Gott, der an dem Tod des jüngeren Gottes Schuld war, kannte weder Reue noch Trauer. So blieb der Sohn für immer in dem Totenreich.

»Merkwürdig. Und das erzählte dir der alte ...«

»Rugan«, ergänzte Kunjar.

Fradmos schaute ihn ungläubig an und murmelte: »Ich dachte, dass nur mein Volk solche Geschichten kennen würde.«

»Heute ist nicht gerade dein Glückstag«, tröstete ihn Kunjar, »trotzdem finde ich, dass du ein guter, weiser Lehrmeister bist.«

»Ein weiser Sklave«, verbesserte der Grieche.

»Ach was, du übertriffst mit deinem Wissen alle Römer in Colonia.«

»Aber trotz unseres Wissens werden wir Griechen, die wir einstmals die Meere beherrschten, von den Römern missachtet. Als Bataver kannst du verstehen wie erniedrigend das für mich ist.«

Kunjar schaute den alten Lehrer an und spürte Zuneigung für ihn in sich aufsteigen. Alles an ihm zeigte, dass er ein Grieche war: der Bart, jetzt genauso kräftig grau wie er früher schwarz gewesen war, das Antlitz mit der fein geformten Nase, die freundlichen Augen, die eindringlich dreinschauten.

»Sie haben deinen Vater nicht gefangen gehalten«, sagte Fradmos.

»Sie haben ihn nicht länger gefangen halten können, denn von Galba kam der Befehl, ihn wieder als Befehlshaber einzustellen. Und da haben die anderen ihre Anklage eilig zurückgenommen.«

»Aus Angst vor dem Kaiser«, ergänzte der Grieche. »Dein Vater weiß nun, dass er auf der Hut sein muss.«

»Ja, denn manche machen aus ihrem Hass gegen Galba keinen Hehl und rufen nach einem anderen Kaiser.«

»Schon wieder ein neuer Kaiser«, brummte Fradmos. »Das gibt Krieg.«

Der Lehrmeister stand auf und schob den Tragegurt seiner Büchertasche über die Schulter. Während er davonschlurfte, sagte er, ohne aufzublicken: »Für den Frieden in Untergermanien wäre es gut, wenn man den wahren Mörder des Statthalters entlarven würde.«

Kunjar fragte sich, ob das für ihn und seine Familie tatsächlich so gut wäre.

11

Die Arena in Colonia füllte sich mit Menschen. Noch nie zuvor hatte Kunjar so viele Leute beisammen gesehen. Er war froh, dass Marcellus mit seiner Familie, bei der er als Gast im Haus lebte, zeitig gekommen war, denn nun hatten sie ausgezeichnete Sitzplätze, mit der Sonne im Rücken. Kunjar fand es herrlich, diese Spiele erleben zu können. Schade, dass seine Mutter nicht dabei war. Asminda hatte nicht mitkommen wollen.

»Es ist doch nur ein Spiel, Mutter«, hatte Kunjar ihr gesagt.

»Ein Spiel auf Leben und Tod ist kein Spiel«, war ihre Antwort. »Wenn ein Mann kämpft, braucht er die Hilfe der Götter. Diese Hilfe sollte man nicht für sinnlose Unterhaltung von den Göttern erbitten.«

Marcellus' Gattin fand, dass sie übertrieb, und hatte ihr entgegnet, dass ein Gladiatorenkampf geradezu ein Opfer an die Götter darstelle.

»Blut von Verurteilten, das den Göttern geopfert wird, kommt dem Leben der anderen zugute«, hatte sie gesagt.

»Als Römerin sieht man das vielleicht so, aber als Ubierin sehe ich das anders«, war Asmindas kühle Antwort.

Ein Mann fuhr mit einem merkwürdigen Wägelchen in die Arena

hinein. Ungefähr in der Mitte hielt er an. Er hantierte an dem Fahrzeug und angenehme Klänge stiegen auf.

»Eine Wasserorgel«, erklärte Aulus.

»Wo bleibt denn Petronius?«, brummte Marcellus. »Ist es nicht ärgerlich, dass der Verwalter, der von anderen immer Pünktlichkeit verlangt, vor allem was seine Bezahlung betrifft, jetzt selbst zu spät kommt?«

Die Haussklaven des Verwalters waren ratlos. Sie hatten den Auftrag bekommen, Plätze freizuhalten, aber sie wurden von den hereinströmenden Römern mit höhnischen Worten von den belegten Plätzen vertrieben. Marcellus mischte sich ein, und verärgert mussten die aufdringlichen Neuankömmlinge einen anderen Platz suchen.

»Da sind sie endlich.«

Petronius, ein wohlgenährter Römer, schleppte sich keuchend die Treppen hoch. Ihm folgte eine schlanke Dame und ...

»Hübsches Ding, was?«, bemerkte Aulus keck. »Das ist Silvia, die Tochter des Verwalters. Sie ist eigentlich gar nicht männerscheu, aber für einen ungehobelten Germanen wie du, hat sie natürlich keinen Blick übrig.«

Kunjar hörte die bissigen Worte kaum. Er konnte von dem bezaubernden Wesen nicht wegsehen. Die Falten ihrer blendend weißen Tunika waren fließend um ihren schlanken Körper drapiert und der blaue Mantel, luftig und passend zum milden Herbstwetter, hing zierlich über ihre linke Schulter.

»Göttin Fortuna ist dir wohlgesinnt, denn Silvia will sich neben dich setzen.«

Aulus hatte recht. Während die beiden römischen Familien sich gegenseitig begrüßten, hatte Petronius' Tochter freimütig neben Kunjar Platz genommen.

»Du bist also der blonde Freund von Aulus.«

»Wen du alles einen Freund nennst«, spottete Aulus.

»Wie heißt du noch mal?«

»Kunjar.«

»Mein Name ist Silvia.«

Kunjar fühlte sich überrumpelt. Wie war es möglich, dass diese schöne Römerin seine Bekanntschaft machen wollte. Er spürte die eifersüchtigen Blicke der anderen Burschen, aber plötzlich auch die scharfen Blicke der schlanken Frau, Silvias Mutter.

»Du bist ein schöner batavischer Junge, aber so schüchtern«, sagte Silvia. »Wenn ich dich anschaue, wendest du deine Augen sofort ab, und wenn meine Mutter dich anschaut, zuckst du zusammen. Du bist doch ein Königssohn, habe ich gehört.«

»Ich bin kein Königssohn. Mein Großvater war ein König.«

»Nun also, das ist doch das Gleiche«, sagte sie lässig.

Sie war schlagfertig. Er hingegen, der sonst Aulus sogar auf Lateinisch antworten konnte, fand jetzt nicht die richtigen Worte. Das Posaunengeschmetter kam da wie eine Erlösung. Auf der Ehrentribüne war ein magerer Mann aufgestanden, jemand mit Befehlsgewalt, denn er trug eine Toga mit purpurnem Rand.

»Das ist einer der zwei Magistrate«, erläuterte Marcellus. »Da Capito ermordet wurde, übernimmt er den Befehl, solange bis ein neuer Statthalter eingesetzt wird.«

»Er ist so mager«, sagte Silvia, »weil er zu geizig ist, um sich Essen zu kaufen.«

Sie brach in lautes Lachen aus und ihre Mutter warf ihr einen warnenden Blick zu. Der Mann auf der Ehrentribüne warf ein weißes Tuch in die Arena, als Zeichen, dass die Spiele eröffnet waren. Zwei merkwürdig gekleidete Männer erschienen. Der eine trug einen Stock mit Haken, der andere einen Hammer. Sie stiegen auf eine Art Bühne, von der aus sie dem Wettkampf genau folgen konnten.

»Hermes der Seelenbegleiter und Charon der Fährmann«, erklärte Aulus.

Kunjar dachte an die erhabenen göttlichen Gestalten in Fradmos' Erzählung. Diese zwei Männer schienen es aber eher darauf angelegt zu haben, das Publikum zum Lachen zu bringen.

Wiederum ertönten die Posaunen. Ein großer, blonder Krieger marschierte jetzt herein. Er entbot den kaiserlichen Gruß vor der Ehrentribüne, auch wenn da nur die beiden Magistrate saßen. Sie beantworteten seinen Gruß mit einem Winken. Danach verbeugte sich der Gladiator in verschiedenen Richtungen vor dem Publikum, das ihm Beifall klatschte.

»Puh, hier wird dem Verlierer schon vor dem Wettkampf zugejubelt«, spottete Petronius.

»Dem Verlierer?«, wunderte sich Kunjar.

Kunjars Unwissenheit belustigte Silvia: »Dieser Germane hat nicht die geringste Chance gegen Arcanus«, prahlte sie.

Nun betrat ein gebräunter Athlet den Kampfplatz, und als er seinen Gruß überbrachte, wurde ihm donnernder Beifall zuteil. Sklaven brachten seine Ausrüstung. Arcanus gürtete sich Brustpanzer und Arm- und Beinschilde um und setzte den glänzenden Helm auf, dessen Visier sein ganzes Gesicht wie ein Gitter schützte. Als Waffe hatte er ein Kurzschwert; als Schutz trug er einen rechteckigen, gebogenen Schild.

»Auch wenn der Römer diesen Schild nicht hätte, wär's nicht leicht für den Germanen, eine Stelle zu finden, an der er seinen Gegner treffen könnte«, meinte Kunjar.

Das Schwert des Germanen war länger. Er setzte einen Helm auf, der mit Stierhörnern geschmückt war, und er trug einen runden Schild. Sein Oberkörper wurde von einem schweren Bärenpelz geschützt.

»Er ist viel leichter anzugreifen und zu verletzen«, murmelte Kunjar. Ihm tat der Germane jetzt schon leid.

»Warum kämpft der Germane nicht mit Dreizack und Netz?«, fragte Silvia.

Aulus antwortete: »Wo sollte er das gelernt haben? Dieser Kämpfer hat nie eine Gladiatorenschule gesehen. Seine Ausbildung hat er in den dunklen Wäldern Germaniens durchgemacht. Man könnte genauso gut mit einem Bären kämpfen.«

Wiederum lachte Silvia schallend: »Ich hatte also recht, als ich zu Hause sagte, dass man in Colonia nicht imstande ist, einen Gladiatorenkampf zu veranstalten, sondern höchstens eine Jagdpartie.«

Kunjar fand, dass dieses Mädchen mit ihrem hübschen Gesichtchen genauso gehässig wie alle anderen Römer sei. Es war ihm fast, als hätte sie ihn persönlich beleidigt.

»Dann verstehe ich aber nicht, warum ihr einer solchen Jagd zuschauen wollt«, stichelte er. Marcellus verstand seine Bitterkeit.

»Der Germane ist ein mutiger Kerl. Das Besondere an der Sache ist, dass er es wagt, den Kampf gegen Arcanus aufzunehmen, der in Rom wegen seiner vielen Siege so berühmt ist und im letzten Sommer immer wieder für eine volle Arena gesorgt hat.«

Und während Marcellus mit einem Kopfnicken auf Aulus und Silvia deutete, fügte er vertraulich hinzu: »Die beiden vergleichen das, was ihnen in dieser Arena geboten wird, immer mit dem, was sie in Rom zu sehen bekamen. Dort kann man an einem Nachmittag eine ganze Reihe von Wettkämpfen sehen, sogar Kämpfe mit wilden Tieren wie Löwen und Tigern ... Nein, hier sind wir schon zufrieden mit einem Wettkampf wie diesem, in dem wenigstens ein herausragender Kämpfer auftritt.«

Die Schwertfechter verneigten sich gleichzeitig: »Gegrüßt seist du, Kaiser, die Todgeweihten grüßen dich!«

»Sie grüßen den Kaiser in Rom«, sagte Marcellus, »weil ohne ihn dieses Gladiatorenspiel nicht stattfinden könnte.«

Wie Kampfhähne kreisten die Gladiatoren umeinander. Marcellus erklärte Kunjar weiter: »Man sieht sofort, dass der Germane keine römische Ausbildung hat. Sieh, wie geduckt und unsicher er dasteht und abwartet. Trainierte Gladiatoren teilen am Anfang einige Routineschläge aus. Dieser Mann weiß wirklich nicht, was er tun soll. Man hätte diesen Kampf nicht zulassen sollen, denn hier gibt es für niemanden Ehre zu gewinnen.«

Arcanus stieß unerwartet zu. Sein Schwert zielte auf den Hals des Germanen, der den Stoß mit seinem Schild gerade noch abfangen konnte. Es war, als ob der blonde Krieger erst jetzt aufwachte. Auf einmal schlug er kräftig zurück. Arcanus parierte gekonnt. Auch einen zweiten Hieb fing er mit seinem Schild ab.

»Der Germane hat Kraft«, meinte Marcellus.

»Er kämpft wie ein Blinder«, urteilte Petronius, »aber ich möchte nicht, dass er jetzt schon ins Gras beißt. Ich will etwas sehen für mein Geld und deshalb muss Arcanus zeigen, was er kann, und mit ihm spielen, wie die Katze mit der Maus.«

Der Kampf schien wie erwartet zu verlaufen. Der Römer unternahm jetzt rasche Angriffe, die der Germane mit seiner ganzen Geistesgegenwart abfangen oder denen er geschickt ausweichen musste. Von Zurückschlagen konnte kaum die Rede sein. Die Römer klatschten der Meisterschaft des Arcanus' Beifall. Doch Kunjar bemerkte, dass die Ubier auf der anderen Seite der Arena, stumm blieben. Ihnen gefiel dieser Kampf gar nicht. Er war also nicht der einzige, der mit dem Germanen sympathisierte.

Wiederum stieß Arcanus zu. Die Spitze seines Schwertes drang in den Bärenpelz. Der Germane zuckte krampfhaft zusammen. Es war, als ob sich seine mächtigen Schultern schützend über seine schmerzende Brust legten. Wiederum blitzte Arcanus' Schwert auf. Der Germane verschanzte sich hinter seinem Schild, aber die Waffe stieß auf seinen Helm, schlug ein Horn ab und traf seinen Hals. Die Römer jauchzten. Hie und da flog ein Kissen in die Luft.

»Welch ein Trottel, dieser Germane!«

»Gut gemacht, Arcanus!«

Was dann kam, konnte Kunjar wegen der aufspringenden Zuschauer nicht mehr verfolgen. War Arcanus, von dem Brüllen und Gejohle abgelenkt, für einen Augenblick unaufmerksam gewesen? Jedenfalls hatte der Germane plötzlich zurückgeschlagen. Helm und Schulterschild des Römers hatten den wilden Hieb zwar abgefangen, aber Kunjar merkte wie Arcanus sich vor Schmerzen krümmte. Ein erstaunter und erschrockener Ruf wogte über die Tribünen. Jetzt kamen die Ubier in Bewegung und bald schallten ihre Zurufe durch das Amphitheater:

»Gilder! Gilder! Hau zu!«

Der Bär schien wie von einer Wespe gestochen. Die blutende Wunde am Hals behinderte Gilder nicht allzu sehr. Er kämpfte mit neuer Kraft. Jetzt war es Arcanus, der die Schläge abfangen musste, vor allem mit seinem Kurzschwert, weil sein linker Arm mit der geschwächten Schulter nicht mehr die Kraft hatte, den Schild blitzschnell zu wenden. Wurde Gilder übermütig? Der Germane warf seinen zerbeulten Helm und das Bärenfell ab und tanzte um seinen Gegner herum. Jetzt war auf der Tribüne bei den Ubiern alles in Bewegung.

Der schwere Gladiatorenhelm mit dem hinderlichen Visier wurde dem Römer nun eher zur Last. Seine Bewegungen wurden langsamer. Gilders Sicherheit nahm zu. Kunjar konnte die nächsten Kampfbewegungen des Batavers schon voraussehen: Einer Scheinbewegung nach links folgte unmittelbar ein kräftiger Hieb nach rechts. Gilders Schwert drang dabei tief in den Oberschenkel des Gladiators. Die Römer auf den Tribünen durchlief ein Schaudern. Kunjar jubelte laut und gleichzeitig wurde er sich bewusst, dass sein Beifallsgeschrei für Gilder seine römischen Freunde wie ein Schlag ins Gesicht traf. Aber es machte ihm wenig aus. Sie hätten ja auch nicht so herablassend über die Germanen reden sollen. Trotzdem bewunderte er Arcanus, der hinkend, aber doch mit Würde weiterkämpfte. Aber ein neuer Schlag setzte ihn außer Gefecht. Nun auch noch am Oberarm verwundet ließ er das Schwert fallen und sank in die Knie. Es wurde still in der Arena. Kunjar wusste, was jetzt kommen würde. Der Germane würde die beiden Magistrate fragen, ob er seinen Gegner töten oder am Leben lassen solle.

»Mach es kurz«, brummte Petronius, »dass Charon ihm mit dem Hammer den Gnadenschlag geben und Hermes ihn mit dem Haken wegschleppen kann.«

Mit ängstlicher Spannung sah Kunjar zu den zwei Männern auf dem Podest hin, von denen die Rede war. Aber Gilder blickte nicht, wie von ihm erwartet wurde, zur Ehrentribüne empor, sondern wandte sich seelenruhig von seinem Gegner ab und schritt quer durch die Arena auf die Ubier zu. Hier empfing ihn stürmischer Beifall.

»Was für ein ungehobelter Klotz!«, rief Aulus. »Er fordert den Fluch der Götter heraus.«

»Die Schande ist schlimmer als der Tod«, seufzte Petronius, »und dazu ist es ein Gladiatorenkampf ohne Opfer. Die Götter werden uns bestrafen.«

Kunjar allerdings hatte Mühe, seine Freude zu verbergen. Kurz schauten Silvias schöne Augen, kalt wie Marmor, ihn an.

III

»Essen wir gesalzenen Fisch, Vater?«

»Kommt nicht in Frage, Aulus«, herrschte ihn seine Mutter an. »Zu Hause wartet ein reich gedeckter Tisch!«

Aber Petronius war anderer Meinung: »Ach, so ein Fischchen ist noch weniger als eine Vorspeise. Ich lade euch alle zu einem gesalzenen Hering und einem Krug Coloniabier ein.«

Die jungen Leute begaben sich sofort in die Herberge.

»An diesen langen Tisch können wir uns alle zusammen setzen«, sagte Silvia vergnügt.

»Und du natürlich als Erste«, spottete ihre Mutter. »Wenn sich hier jemand zurückhalten sollte, dann du. Das ist hier kein Ort für ehrbare Mädchen.«

Den Wirt schienen die beleidigenden Worte offensichtlich nicht zu stören. Er fühlte sich eher geschmeichelt, so vornehme Gäste in seiner Schenke empfangen zu dürfen.

»Nehmt bitte Platz, verehrte Damen und Herren.«

Die verehrten Damen nahmen zwar Platz, aber sie schauten sich um, als ob sie sich in einem Kuhstall befänden. In dem düsteren Lokal konnte man verschwommen rauchige Wandgemälde erkennen, die Liebesszenen mit nackten und halbnackten Gestalten darstellten. Das sind also die freizügigen römischen Sitten, von denen meine Mutter manchmal spricht, dachte Kunjar.

»Du machst deine Augen aber weit auf, Kunjar«, bemerkte Silvia.

Kunjar wurde rot, aber im Halbdunkel konnte das niemand sehen.

Er ließ sich nichts anmerken und fragte: »Was bedeuten die Kinder mit den Flügelchen?«

»Das sind Cupidos, kleine Liebesgötter. Wenn ihr Pfeil dich trifft, verliebst du dich, zum Beispiel in mich.«

Kunjars Kopf glühte, aber Aulus kam ihm zur Hilfe: »Gib nicht so an, Mädchen. Auch du kommst hier zum ersten Mal her.«

»Und zum letzten Mal«, fügte ihre Mutter spitz hinzu.

Wohl mit der Absicht, die Stimmung aufzuheitern, schnitt Petronius ein anderes Thema an: »Wie gefällt euch der neue Lehrmeister?«

»Fradmos?«, meinte Aulus achselzuckend. »Das ist ein echter Grieche.«

»Und du bist ein echter Römer, das heißt: Du magst ihn nicht.«

»Ach, er kommt immer wieder mit seinen Geschichten. Ich möchte mal nützliche Dinge erfahren.«

»Na, na«, erwiderte Marcellus. »Du könntest aber etwas mehr Dankbarkeit zeigen. Tertius ist gestorben und Petronius ist so gut, uns seinen griechischen Sklaven zur Verfügung zu stellen. Außerdem weiß ich, dass Fradmos ein gelehrter Mann ist.«

»Aber er ist alt geworden«, sagte Petronius. »Das, was er einen Spaziergang nennt, nämlich den täglichen Gang zu euch, wird ihm zu viel ... Und was denkt unser batavischer Freund von dem Lehrmeister?«

Kunjar wählte seine Worte sorgfältig: »Dank dieser sogenannten Geschichten lerne ich viel Latein, Verwalter.«

Aulus warf ihm einen spöttischen Blick zu. Auch Petronius' Gattin mischte sich jetzt ein: »Fradmos mag zwar ein gelehrter Mann sein, aber einen Römer und einen Bataver gleichzeitig zu unterrichten ist schier unmöglich.«

Kunjar fühlte sich beleidigt und Marcellus schien es zu spüren, denn er sagte: »Wir sind dir sehr dankbar, Petronius, dass du uns Fradmos für einige Stunden am Tag überlässt, denn Lehrmeister sind hier selten. Und Kunjar ist nicht irgendein Bataver, er ist der intelligente Sohn des Civilis.«

Petronius' Gattin reckte gekränkt ihr Kinn in die Höhe und ihre Tochter blinzelte Kunjar zu.

Ein hübsches Mädchen in Tunika brachte eine Schale mit Brot und Fisch. Aus einem großen Krug wurden die Becher gefüllt. Dieses einfache Essen schmeckte Kunjar und es ließ ihn an zu Hause denken. Die Herberge füllte sich und das laute Stimmengewirr machte die Fortsetzung des Gesprächs unmöglich.

Auch draußen schwoll der Lärm an. Die Gäste hörten Menschen laut schreien und Trommeln dröhnen. Eine lärmende und jubelnde Volksmenge zog an der Schenke vorbei. Die Damen drängten sich näher an ihre Gatten heran und fühlten sich höchst unbehaglich. Sie begriffen wohl, dass der Volksauflauf sie für eine Weile in dieser Schenke gefangen halten würde. Petronius gebärdete sich weiterhin fröhlich, als ob alles ganz normal wäre. Auch Aulus war ungewöhnlich lustig und lotste Kunjar zum Ausgang.

»Aulus, hiergeblieben!«

Der junge Römer ignorierte den Befehl seiner Mutter.

Kunjar hörte noch, wie Marcellus sie beschwichtigte: »Lass nur, Frau. Die Sklaven stehen draußen.«

Aber Kunjar sah draußen keinen einzigen Haussklaven, und als sie auf die Straße kamen, wurden sie von der Menge mitgezogen. Von den Trommeln aufgepeitscht, wurde das Volk wie von der unaufhaltbaren Kraft eines Bergbaches mitgerissen.

Jetzt erklangen Posaunen. Die allgemeine Erregung steigerte sich. Das Volk war nun auf dem großen Marktplatz angelangt und hier konnte sich Kunjar freier bewegen. Aber wo war Aulus geblieben?

Der Jubel erreichte seinen Höhepunkt. Jemand wurde auf einem Schild in die Höhe gehoben. Es war der germanische Schwertfechter. Kunjar konnte sehen, wie er breit lachend seinen Anhängern zuwinkte.

»Es lebe Gilder, unser Held!«

Der Ruf wurde von den Umstehenden aufgenommen und pflanzte sich über den ganzen Platz fort. Auch Kunjar rief aus aller Kraft: »Es lebe Gilder!«

Die Menge bewegte sich auf ein halbkreisförmiges Gebäude zu. Prächtige Säulen und Statuen ehrwürdiger Römer schmückten die Giebel. In der Mitte des Halbkreises befand sich ein Altar. Zwei Männer bestiegen den Altar. Einer von ihnen hatte Gilders Helm aufgesetzt; der andere hatte den Brustpanzer eines Legionsoldaten umgegürtet. In einer launigen Pantomime wurde der Zweikampf nachgespielt, und als der Gladiator stürzte und der Germane triumphierte, brach die Volksmenge in lauten Jubel aus. Jung und Alt tanzten Hand in Hand und riesige Kreise bildeten sich. Auch Gilder musste den Altar besteigen. Und wieder wurde ihm zugejubelt. Mädchen warfen ihm Blumen zu. Kunjar liebte dieses Spektakel. Er fühlte sich mit diesen Menschen verbunden und bedauerte nur, dass er Aulus nirgends sah.

Plötzlich wurde es stiller. Gilder und die beiden Pantomimen verschwanden von dem Altar. Rufe tönten von den Zugängen des Forums her. Die Menschen reckten die Hälse, um zu sehen, was dort geschah.

»Soldaten kommen! Das Heer!«

»Sie greifen an!«

»Diese Halunken!«

»Es ist eine Falle! Der neue Kaiser will uns ausrotten, genau wie Nero es durch den Brand von Rom gemacht hat!«

Panik brach aus. Kunjar erkannte die drohende Gefahr und verschwand schnell unter einem Torbogen. Die Menge drängte zum Rhein hin. An den Angstschreien konnte man hören, wie sich die Menschen gegenseitig in die Enge trieben.

Wieder ertönten die Posaunen. Merkwürdigerweise wirkte das beruhigend auf die Menge. Ein Offizier zu Pferd rief den Leuten etwas zu.

»Sie lassen uns frei!«

Kunjar war jetzt auf den Treppen des Tempels angelangt und nicht weit von ihm entfernt sah er, wie die Menschen das Forum verlassen durften, und zwar einer nach dem anderen zwischen einem Kordon von Soldaten hindurch. Langsam leerte sich der Platz und nun mischte sich auch Kunjar unter die Menge. Je mehr er sich der Kontrolle näherte, um so mehr nahm die Unruhe wieder zu.

»Ab und zu picken sie jemanden raus«, sagte ein großer blonder Kerl.

»Die suchen die Rabauken vom anderen Rheinufer, die Tenkterer«, berichtete ein alter Mann.

Tenkterer? Wo hatte er diesen Name schon gehört? Jetzt wusste er es wieder: Waldur, der Gefangene, mit dem er Sklavenarbeit hatte machen müssen, war ein Tenkterer. Nun, dann lief er als Bataver keine Gefahr. Außerdem trug er eine römische Tunika und sah wie ein vornehmer Ubier aus. Und tatsächlich, die kontrollierenden Soldaten gönnten ihm nicht einmal einen Blick.

»Der da!«, rief ein Offizier.

Kunjar wollte sich gerade dem armen Tropf zuwenden, der gefasst werden sollte, da trat ein Soldat auf ihn zu, packte ihn am Arm und brachte ihn zu seinem Vorgesetzten. Dieser trug den Hahnenkamm quer. Er war also ein Centurio. Und dann erkannte ihn Kunjar: Es war Crispinus, der Stiernackige!

IV

Centurio Crispinus glättete die lederne Schulterklappe.

»Sohn des Civilis. Wenn es irgendwo Krach gibt, bist du dabei.«

»Ich war nur zufällig auf dem Forum.«

»Du hast mich mit ›Centurio‹ anzureden, oder kennst du etwa die römischen Ränge nicht?«

Angeber, dachte Kunjar. Aber sicher war es am besten, wenn er höflich blieb. Der neue Rang bedeutete, dass der Stiernackige mächtige Freunde hatte.

»Zufällig, sagst du also. Ich habe den Eindruck, dass der Aufruhr der Tenkterer auf dich wie ein betäubender Kräuterdunst wirkt.«

»Ich weiß von keinem Aufruhr, Centurio.«

»Natürlich nicht! Für dich ist Gilder nur ein ganz gewöhnlicher Gladiator.«

Kunjar schwieg. Allmählich durchschaute er die herausfordernde Art der Fragen. Hämisch lächelnd lief Crispinus um ihn herum. Was führte er jetzt wieder im Schilde? Hatten sie Kinor geschnappt und wollte der Centurio nun herausfinden, ob er an dem Mordanschlag mitbeteiligt war? – Ein weiterer Grund für ihn, mit seinen Antworten vorsichtig zu sein.

»Du verstehst doch, dass es verdächtig ist, wenn du dich als junger Bataver hier herumtreibst?«

»Nein, das verstehe ich nicht. Übrigens, war ich mit meinem römischen Freund zusammen, nur habe ich ihn im Gedränge verloren.«

»Soso.«

Um Gottes willen, was hatte dieser Kerl im Sinn?

»Königssohn Kunjar!«

»Ich bin kein Königssohn, Centurio.«

»Kunjar, Enkel des Königs«, verbesserte Crispinus gewandt, »du weißt doch, dass hier in Colonia ein schweres Verbrechen verübt wurde?«

»Davon habe ich gehört. Wenn du mich jetzt aber verhaftest, in der Hoffnung etwas Genaueres über diese Sache zu erfahren, dann irrst du dich.«

»Nicht so voreilig! Wer will dich denn verhaften? Wir wollen dir nur ganz höflich einige Fragen stellen.«

Kunjar biss sich auf die Lippe. Der Stiernackige hatte ihn dazu gebracht, mehr zu sagen, als er wollte.

»Kinor, dein Vetter ... «, fing der Centurio an.

Also doch Kinor. Sie hatten ihn verhaftet. Oder vielleicht auch nicht. Und jetzt wollten sie ihn aushorchen, um zu erfahren, wo Kinor sich versteckt hielt.

»Dein Vetter Kinor«, wiederholte Crispinus, »war dabei, als du auf mich geschossen hast.«

»Ja, aber er hat noch versucht, mich davon abzuhalten.«

»Seht her. Du willst also sagen, dass Kinor ein feiner Bursche ist und dass du für ihn einstehst.«

Kunjar hätte sich selbst ohrfeigen können. Der Centurio war schlau wie ein Fuchs.

»Im Castellum hast du von deiner Zelle aus das eine oder andere mit ihm besprochen.«

»Wir waren überrascht, einander in der Festung zu begegnen.«

»Natürlich«, grinste Crispinus, »aber kannst du mir bitte sagen, was ihr miteinander zu besprechen hattet?«

»Wir waren empört, dass wir weiterhin gefangen gehalten wurden, nachdem ich mich doch freiwillig angezeigt hatte.«

Auf Crispinus' Gesicht zeigte sich keine Gefühlsregung. Der Stiernackige spielte seine neue Rolle des selbstsicheren Centurios glänzend.

»Ich bin davon überzeugt, dass ihr noch andere Sachen miteinander zu besprechen hattet.«

»Ich habe keine Ahnung, von was du sprichst.«

»Denk einmal gut nach. Du weißt doch wohl noch, was dir da bevorstand?«

Ungerührt schaute Kunjar den Fragenden an. Und dieser freche Blick brachte das Fass zum überlaufen. Crispinus zischte: »Oder hast du etwa vergessen, dass du in jenem Augenblick gerade erfahren hattest, dass du zum Richter nach Colonia solltest? Willst du mir vielleicht vormachen, dass diese Aussicht nicht der Mühe wert war, sie deinem Vetter zu erzählen?«

Kunjar schwieg eigensinnig, obwohl er sich bewusst war, dass sein Schweigen als Einverständnis aufgefasst wurde.

»Du hast diese schlimme Nachricht deinem Vetter selbstverständlich sofort mitgeteilt! Und was sagte dein Vetter dazu?«

Kunjar schwieg. Crispinus' Geduld schien zu Ende. Er drehte sich auf dem Absatz um und verließ den Raum. Auch der Soldat ging hinaus und schob den Riegel vor die Tür. Kunjars Gehirn arbeitete fieberhaft. Hatte er zu viel gesagt oder vielleicht gar zu viel verschwiegen? Aber er durfte doch nicht verraten, dass sein Vetter in der

Legion bleiben wollte, denn das hieße den Plan seines Vetters verraten. Und außerdem könnten auch er und sein Vater in große Schwierigkeiten geraten. Es kam Kunjar so vor, als ob Crispinus mit der Schlauheit einer Schlange versuchen wollte, ihm und seiner Familie das Leben schwer zu machen. Ein Soldat öffnete die Tür und forderte ihn auf mitzukommen.

In einem vornehmen Zimmer mit farbigen Wandmalereien, auf denen Säulen und Blumenkränze zu sehen waren, saß Admiral Burdo hinter einem großen Tisch. Auf einem Ständer hing sein prächtiger Brustpanzer.

»Sei gegrüßt, Kunjar, Sohn des Civilis.«

»Sei gegrüßt, Admiral.«

»Ich hätte dich lieber unter anderen Umständen wiedergesehen, junger Mann.«

»Das verstehe ich, Admiral. Ich habe aber wirklich nichts Unrechtes getan.«

»Der Centurio hat mir bereits von dir erzählt. Ich fürchte, dass du nicht offen genug bist. Du erweckst den Eindruck, etwas verbergen zu wollen.«

»Das ist aber nicht der Fall.«

»Das kann ich schwer glauben.«

Der Admiral trommelte mit seinem Schreibstift auf den Tisch.

»Nun?«

Kunjar schwieg. Der Admiral wartete. Schließlich sagte er betont langsam: »Schweigen ist manchmal unvernünftig, Junge. Es kann dir später vom Richter als Beihilfe angerechnet werden.«

»Ich wüsste nicht, an was ich mitschuldig sein sollte.«

»Kunjar, stell dich nicht so dumm. Statthalter Capito ist ermordet worden und wir verdächtigen jemanden, mehr noch, wir kennen den Täter.«

»Mein Vater ist bereits freigelassen worden. Er befand sich in Bataverland im Augenblick der Ermordung.«

Ein Lächeln spielte um Burdos Mund.

»Schlau geantwortet, aber ich spreche gar nicht von deinem Vater.«

»Admiral, ich verstehe nicht, dass ich dadurch, dass ich bei einem Volksauflauf dabei war, auf einmal in einem Mordfall Auskunft geben können sollte.«

»Der Volksauflauf hatte viel von einem Aufruhr. Aber gut, das hat tatsächlich wenig mit dem Mordfall zu tun. Es war nur der Anlass zu dieser Vernehmung. Du willst also auch mir nicht sagen, was dein Vetter dir im Castellum von Batavodurum anvertraut hat?«

»Ich habe dem Centurio alles erzählt.«

Der Admiral starrte vor sich hin.

»Fakten verschweigen ist schlimmer als lügen. Ich befürchte, dass du deine Sturheit noch bereuen wirst. Soldat, führe diesen Jüngling in das Haus des Rats Marcellus.«

Und dann in höflicherem Ton: »Kunjar, überlege es dir noch mal. Wenn du einsiehst, dass Schweigen nicht ratsam ist, komme dann ohne Zögern hierher, um zu sagen, was du zu sagen hast. Bis dahin stehst du unter Aufsicht und darfst die Stadt nicht verlassen.«

V

Alle waren im Hause des Marcellus versammelt. Nachdem Kunjar von seinen ausgestandenen Schwierigkeiten erzählt hatte, meinte Petronius' Gattin, dass dem Bataver jegliche Erziehung fehle. Wie wäre es sonst zu erklären, dass er, obwohl er bereits im Gefängnis gesessen hatte, weil er einen Wachtmeister angegriffen und verwundet hatte, sich jetzt schon wieder an einem Aufruhr beteiligte. Kunjar war sich sicher, dass sie ihn der Beihilfe zum Mord am Statthalter Capito verdächtigte. Und so war es dann auch keine Überraschung für ihn, als sie sagte: »Marcellus, wenn du noch länger diesen Bataversohn im Haus behältst, wirst du dich in große Schwierigkeiten bringen.«

»Seit Jahren stecken wir in großen Schwierigkeiten und daran sind nicht immer die Bataver schuld«, antwortete der Rat.

Verärgert wandte sich die Römerin von der Gesellschaft ab und blickte auf den Kater Barcas, der ausgestreckt auf dem warmen Boden lag und schnurrte. Der gutmütige Petronius versuchte auch diesmal zu vermitteln: »Kunjar, du hast uns nun alles erzählt. Vielleicht sogar mehr, als du den Soldaten erzählen wolltest. Aber hast du nie etwas Verdächtiges an Paulus' Sohn beobachtet? Es muss dich doch befremdet haben, dass er unbedingt im römischen Heer bleiben wollte.«

»Wir wollten beide batavische Reiter werden und wie unsere Väter eine ordentliche römische Ausbildung bekommen. Kinor ist zwei Jahre älter als ich. Ich fand es ganz normal, dass er nach Colonia wollte. Ich sah es als seinen Weg, Paulus zu rächen: so schnell wie möglich den Platz seines Vaters einnehmen. Dass er einen Mordanschlag auf Statthalter Capito planen sollte, habe ich nie vermutet.«

Kunjar erschrak vor seinen eigenen raffinierten Lügen. Aber er konnte nicht anders. Niemals dürfte er seinen Vetter verraten! Aber Marcellus, der die Bataver durch und durch kannte, stellte eine noch heiklere Frage: »Ist es dir nicht aufgefallen, dass Kinor Bart und Haare wachsen ließ?«

Kunjar gab vor nachzudenken: »Viele batavische junge Männer lassen ihren Bart wachsen, aber ich weiß sicher, dass Kinors Haare im Castellum kurz waren.«

»Ich bin überzeugt, dass dein Vetter Rache genommen hat«, mischte sich Aulus ins Gespräch, »und ich vermute stark, dass du es wusstest.«

Kunjar platzte los: »Wenn du bei mir geblieben wärest, dann hätte man mich in Ruhe gelassen.«

»Was hat das damit zu tun?«

Hilfesuchend schaute Kunjar seine Mutter an. Aber anstatt für ihn einzutreten, warf sie ihm vor: »Es ist immer wieder dasselbe, Kunjar. Im Nu lädst du dir alle Schwierigkeiten der Welt auf den Hals, du möchtest immer überall dabei sein. Warum konntest du nicht einfach bei den anderen in der Herberge bleiben?«

Er saß da mit gesenktem Kopf und wünschte sie alle in die Wüste, vor allem Aulus, der zu feige war zuzugeben, dass er mit ihm auf die

Straße gezogen war. Kunjar verwünschte diese Stadt. Er wollte, er wäre unter seinen grimmigen und aufbegehrenden Stammesbrüdern im Bataverland.

»Bringe dem Jungen etwas zu essen«, gebot Marcellus einem Sklaven. Und zur Gesellschaft gewandt fuhr er fort: »Wenn Paulus' Sohn tatsächlich den Mord begangen hat, dann hat er seiner Familie einen sehr schlechten Dienst erwiesen. Civilis und sein Sohn geraten dadurch in Schwierigkeiten. Mir kann man noch nichts anhaben, denn solange Kunjars Schuld nicht bewiesen ist, habe ich als Magistrat das Recht, den Sohn eines Freundes in Schutz zu nehmen.«

Doch seine Gattin schien da weniger gelassen zu sein: »Sie haben es auf Civilis abgesehen und werden ihn auch zu treffen wissen. Und wir sind dann die Nächsten.«

Mit einer Verbeugung setzte der Sklave eine Schale mit gezuckerten Früchten und Honigkuchen vor Kunjar hin. Der Kater zeigte plötzlich Interesse und schnupperte, ob nicht auch für ihn etwas Leckeres dabei wäre.

»Pack dich weg, du rothaariger Bettler«, schimpfte Marcellus.

»Was ich nicht verstehe«, sagte Petronius nachdenklich die Stirn runzelnd, »ist, dass dein Vetter dem Statthalter die Schuld für den Tod seines Vaters gab.«

Beinahe wäre Kunjar in die Falle gegangen: »Hm ... wenn mein Vetter so dachte, dann hat er nicht anders als die meisten in Bataverland gedacht. Mein Vater sagte öffentlich, dass seinem Bruder kein ehrlicher Prozess gemacht wurde, und gab dafür Capito die Schuld.«

»Das kann ich nachvollziehen. Aber dieser Prozess kam erst zustande, nachdem dein Vater und Onkel bereits von anderen des Hochverrats beschuldigt waren.«

Der Verwalter drehte sich auf seinem Stuhl zu Marcellus hin: »Vieles ist falsch gelaufen. Capito vertraute allerlei Leuten, die nur Böses im Sinn hatten. Er hat die Grenzvölker bis zum Äußersten gequält, immer mehr Steuern erhoben, Vieh eingefordert, frische Truppen rekrutiert, alles entgegen den Abmachungen. Wir haben uns selbst in große Schwierigkeiten gebracht.«

»Du heißt diesen Mord doch nicht gut?«, fragte seine Frau scharf.

Der gutmütige, beleibte Verwalter reagierte plötzlich unerwartet: »Muss ich diese Frage beantworten? Selbstverständlich missbillige ich diesen Mord, aber ich sehe auch, wie das eine aus dem anderen folgt.«

Marcellus pflichtete dem Verwalter bei: »Als Ratsherr habe ich dem Statthalter mehrmals gesagt, dass seine Maßnahmen willkürlich seien. Auch wenn es sich um militärische Angelegenheiten handelte, trat er selbstherrlich und launisch auf.«

»Das sagst du jetzt«, mischte sich seine Frau ein.

»Frau, den anderen konnte ich nichts sagen, solange ich keine Beweise hatte. Nach der Ermordung des Statthalters habe ich dem neuen Kaiser einen vertraulichen Bericht gesandt. Ich vertraue darauf, dass Galba die Sache besser in Angriff nehmen wird als Nero.«

Kunjar war ganz Ohr. Sein Groll gegen diese Leute war verschwunden. Er fühlte, dass Marcellus und Petronius rechtschaffene Bürger waren. Sein Vater hatte sie als ›die letzten Römer‹ bezeichnet. Als Marcellus merkte, mit welch großem Interesse Kunjar zuhörte, stand er auf, mit der Absicht dem Gespräch ein Ende zu machen.

»Iss jetzt, Kunjar. Es wird dir gut tun.«

Und während er die Gesellschaft mit einer einladenden Gebärde in ein anderes Zimmer lotste, sagte er: »Ich habe eine Nachricht erhalten, die bei all dem vielleicht ein Lichtblick bedeuten kann.«

Die Gäste schauten ihn an.

»Man hat einen neuen Statthalter angestellt. Er ist auf dem Wege nach Colonia. Vitellius ist sein Name.«

»Vitellius«, schmunzelte Petronius, »hat wenigstens eine gute Eigenschaft mit mir gemein.«

Seine Gattin schaute ihn forschend an.

»Er ist eine füllige Person wie ich.«

Laut lachend trottete er den anderen hinterher.

VI

Fradmos rollte den Text zusammen und barg ihn in seiner Büchertasche. Er sah Kunjar mit seinen freundlichen Augen an.

»Der Winter zehrt an meinen Knochen, Junge. Aber alles in allem haben wir es hier gar nicht so schlecht.«

In dem kleinen Zimmer, das ihnen Petronius für den Unterricht angewiesen hatte, fand Kunjar es sogar warm, denn es lag neben dem Feuerungsraum. Doch der Boden war nicht, wie der im Wohnzimmer, geheizt und er wusste, dass der Grieche jetzt eiskalte Füße hatte.

»Da wir ja jetzt zu dir kommen, brauchst du nicht mehr hinauszugehen, Lehrmeister. Du kannst jetzt schön im Warmen bleiben.«

»Dieser verfluchte Winter«, brummte Fradmos. Dann aber wandte er sich wieder freundlich zu seinem Schüler: »Vermisst du deine Freiheit nicht, batavischer Vogel?«

»Ach, ich bin froh, dass ich zum Unterricht zu dir kommen darf. Ich finde es herrlich, durch die Frostluft zu gehen. In Vergleich zu unseren batavischen Wintern ist es hier in der Stadt direkt warm.«

Der Grieche schaute ihn ungläubig an und fröstelte.

»Wenn Aulus nur nicht zu lange ausbleibt«, sagte Kunjar.

»Aulus ist mit seinen Gedanken beim Heer«, seufzte Fradmos.

Das war noch vorsichtig ausgedrückt. Aulus machte jetzt keinen Hehl mehr daraus, dass er von Fradmos nichts lernen konnte. Während des Unterrichts wurde er immer frecher und erfand immer wieder neue Ausreden, um wegbleiben zu können.

»Du darfst also nicht alleine hierher kommen?«, fragte Fradmos.

»Nein. Seit der Sache auf dem Forum will Marcellus, dass Aulus mich überall, wo ich hingehe, begleitet. Aber dadurch bin ich ihm ständig ein Klotz am Bein.«

»Es ist auf jeden Fall besser so, als wenn sie dich wieder schikanieren würden.«

»Meinst du, dass sie das im Sinn haben, Fradmos?«

»Die Kerle sind zu allem fähig.«

Gleich darauf bereute der Grieche seine harten Worte und versuchte Kunjar wieder zu beruhigen: »Du genießt hohen Schutz, Junge. Dein Vater muss wohl ein guter Freund von Marcellus sein.«

»Einmal hat mein Vater mit seinen Reitern Marcellus, als er noch Tribun war, das Leben gerettet. Dafür bleibt ihm der Römer ewig dankbar.«

»Die Ewigkeit ist nur den Göttern vergönnt.«

Das war wieder so eine typisch griechische Äußerung.

»Sie haben den Mörder also immer noch nicht gefasst?«

»Nein«, sagte Kunjar, »aber es scheint, dass der neue Statthalter der Sache unbedingt auf den Grund gehen will.«

»Ja«, sprach der Grieche, »Vitellius will hier klare Verhältnisse schaffen. Doch traue ich seinen Anhängern trotzdem nicht. Die schreien zu laut, dass Galba als Kaiser zurücktreten soll.«

Fradmos war aufgestanden. Kunjar half seinem Lehrmeister den Wollmantel anzuziehen, denn im Innenhof war es bitter kalt. Plötzlich wurde die Tür aufgerissen und Aulus stand auf der Schwelle. Er brachte einen Schwall eiskalter Luft mit sich.

»Komm schnell, Kunjar, in der Stadt gibt es etwas zu erleben.«

»Was ist los?«

»General Valens steht mit seinen Truppen vor der Stadt.«

»Krieg ... «, seufzte Fradmos.

»Nein, du Angsthase. Valens will Vitellius als neuen Kaiser ehren und begrüßen.«

»Als Kaiser? Und was ist mit Galba?«

»Für Valens ist der schon abgeschrieben. Und für viele andere auch. In der Stadt Mogontiacum haben Soldaten Statuen von Galba zerschlagen. Mach schnell, Kunjar. Ich möchte dabei sein, wenn sie in die Stadt einziehen.«

»Denk an den Befehl deines Vaters, Aulus. Bringe Kunjar nicht in Schwierigkeiten.«

»Schon gut, schon gut, Grieche. Ich bringe den batavischen Trottel erst nach Hause.«

Kopfschüttelnd schlurfte Fradmos zum Innenhof hinaus.

VII

Die Erde dröhnte unter dem Hufschlag der Pferde. Helme und Speerspitzen glänzten in der bleichen Wintersonne. Scharf stachen die roten Mäntel gegen den weißen Schnee ab. Der Offizier sah prachtvoll aus. Stolz wie ein Pfau ritt er voran. Sein Helmbusch wogte hin und her nach dem Rhythmus seines Pferdes. Die Kälte schien ihm nichts anzuhaben, denn er hatte sogar den purpurnen Mantel zurückgeschlagen, so dass die Zuschauer seinen kunstvoll gearbeiteten Brustpanzer bewundern konnten. Hier und da wurde ihm zugejubelt.

Kunjar hielt sich gehorsam in Aulus' Nähe. Der junge Römer hatte ihm keine Wahl gelassen und war mit ihm unmittelbar zum Forum aufgebrochen.

»Sieh, auch vornehme Bürger ziehen zum Forum. Alle wollen dabei sein. Gewiss ist auch mein Vater als Ratsherr bei der Zeremonie anwesend. Komm, Kunjar, wir bleiben zusammen und hinterher wird es dir schon niemand übel nehmen«, hatte Aulus gesagt.

Kunjar hatte sich überreden lassen, und wirklich, er bedauerte es nicht. Hier, auf dem Podest vor dem Rathaus hatten sie einen herrlichen Überblick. Hinter der Reiterei folgte die Legion, eine eindrucksvolle Kriegerschar: Hunderte und aber Hunderte von Schilden und ebenso viele Helme und, halb verborgen hinter der Wangenklappe, die harten Gesichter der Legionäre. Auch hier ritt der Befehlshaber voran. Rüstung und Helmbusch waren noch farbenreicher als beim Anführer der Reiterei. Silberne Beschläge und Auszeichnungen zierten seinen Brustpanzer.

»Das ist Valens, Legat der ersten Legion aus Bonna«, wusste Aulus.

»Der Anblick einer solchen Legion, die sich aufmacht, den Kaiser zu begrüßen, finde ich ergreifender als einen Gladiatorenkampf, Aulus.«

»Ganz was anderes als eine Handvoll batavischer Kohorten, nicht?«

Kunjar überhörte die herabsetzende Bemerkung. Es gab zu viel zu sehen. Valens war von seinem Pferd gestiegen und stand in militärischer Haltung vor dem Altar, vor dem Vitellius, ein beleibter, selbstbewusster Römer, wie eine Gottheit Platz genommen hatte.

Von dem Adlerträger links und dem Standartenträger rechts eskortiert bestieg Legat Valens würdevoll die Stufen. Dann hielt er inne, verbeugte sich und streckte den rechten Arm schräg nach oben.

»Er bringt den kaiserlichen Gruß dar«, sagte Aulus.

Kunjar hörte ihn etwas ausrufen und unmittelbar danach übernahmen die Soldaten den Ruf: »Gegrüßt sei Vitellius, gegrüßt sei unser Kaiser!«

Was da geschah, war etwas Unerhörtes. Hier in Colonia Agrippina, Hauptstadt von Untergermanien, wurde der Statthalter zum Kaiser des römischen Reiches ausgerufen. Kunjar wiederholte Fradmos' Frage: »Und was wird jetzt mit Galba geschehen?«

»Der kann nur noch abtreten«, sagte Aulus, »oder gegen die Übermacht kämpfen.«

»Wenn Römer gegen Römer kämpfen, heißt das Bürgerkrieg.«

»Woher hast du diese Gelehrsamkeit?«

»Von meinem Vater. Der hat selbst an solchen Kämpfen gegen seinen Willen teilgenommen.«

»Und konnte sich nicht für die richtige Seite entscheiden, deshalb ging er leer aus!«, spottete Aulus.

Außer sich vor Wut zog Kunjar den Römer von der Plattform herunter. Erschrocken wehrte Aulus ihn ab und stammelte: »He, was hast du denn auf einmal? Kannst du keinen Spaß mehr vertragen?«

»Das war kein Spaß. Du hast gemeint, was du gesagt hast, und ich verlange, dass du das sofort zurücknimmst. Mein Vater hat für Rom schon häufiger sein Leben gewagt als deiner!«

»Jetzt fängst du an, meinen Vater zu beleidigen«, wehrte Aulus ab. »Nun, schon gut. Wenn du findest, dass es kein Spaß war, nehme ich es zurück.«

Er stieg wieder auf die Plattform, um die Feierlichkeiten weiter zu verfolgen. Aber für Kunjar war die Feier verdorben. Das ganze aufgeblasene Getue konnte ihm gestohlen bleiben. Er sah auf einmal in dieser Parade eher eine feindliche Demonstration gegen ihn und seine batavischen Freunde. Er wollte weg von hier. Er war sich aber im Klaren darüber, dass er, wenn er jetzt ohne Aulus fortlief, Hausarrest bekommen würde.

VIII

Petronius sah angespannt und bekümmert aus. Er lief im Atrium auf und ab, Hände auf dem Rücken, Bauch nach vorne.

»Wenn das eine Pferd ihnen nicht gefällt, spannen sie das nächste vor den Wagen. So einfach geht das.«

Fradmos kam angeschlurft. Er hatte Wollappen um die Füße.

»Damit ich im Schnee nicht ausrutsche«, erklärte er.

Aber Kunjar wusste nur zu gut, dass sein Lehrmeister eh keinen Schritt mehr aus dem Hause tat.

»Fradmos, was hältst du von der Situation?«

Der Grieche schaute verwundert auf. Er war es nicht gewohnt, von seinem Meister ins Vertrauen gezogen zu werden und schon gar nicht in politischen Angelegenheiten.

»Ich, Herr? Hat denn das Urteil eines Sklaven einen Wert?«

»Aber ja doch. Der Rat eines griechischen Philosophen ist in diesen unruhigen Zeiten Gold wert.«

»Wenn mein Rat Gold wert ist, warum bin ich dann noch immer dein Sklave?«

Petronius lächelte matt.

»Mehr denn je verstehe ich deine Frage, mein Bester. Ich werde dir bald eine Antwort geben.«

Petronius bot Fradmos einen Stuhl an. Eine mehr als ungewöhnliche Geste, begriff Kunjar, denn hier diente der Meister dem Sklaven. Allmählich wurde es im Zimmer dunkel.

»Es wird bald wieder schneien«, sprach der Grieche. Der Verwalter trug einem Diener auf, die Öllampen anzuzünden. Als das geschehen war, fragte er erneut: »Was denkst du von der politischen Lage, Fradmos?«

»Nichts Gutes, Herr. Legionen, die in eine Provinzstadt einziehen und den Statthalter zum Kaiser ausrufen, verheißen eher Elend und Untergang als Segen.«

»Ich schätze es, dass du deine Meinung offen sagst. Dein Urteil ist vernichtend. Du sprichst sogar von Untergang.«

Fradmos strich über seinen Bart. So ernst hatte Kunjar ihn noch nie gesehen.

»Galba regiert gerade ein halbes Jahr und es gibt bereits einen Gegenkaiser. Bevor Vitellius in Rom einziehen wird, wird noch viel Blut fließen.«

Petronius griff an seine Brust, als ob die Antwort ihn schmerzte.

»Ein Bürgerkrieg«, seufzte er, »ist wohl unabwendbar.«

»Und das erst recht«, ergänzte der Grieche, »weil es noch mehr Generäle gibt, die die Macht ergreifen möchten.«

»Du enttäuschst mich nicht, Fradmos. Du hast die Einsicht eines weisen Senators.«

Der Grieche richtete sich geschmeichelt auf. Der Verwalter bat um Wein. Auf einmal bemerkte er Kunjar und fragte ihn: »Willst du hier nebenan auf Aulus warten?«

Doch als Kunjar den Raum verlassen wollte, sagte Petronius: »Warte einen Augenblick, mein Junge, ich habe eine gute Nachricht für dich.«

Kunjar schaute ihn überrascht an. Das runde Gesicht des Römers hatte sich entspannt.

»Du hast kein Verhör mehr zu befürchten. Vitellius hat Befehl zur sofortigen Verhaftung gegeben.«

Kunjar erbleichte. Hatte man Kinor festgenommen?

»Dein Quälgeist ist verhaftet worden.«

»Mein Quälgeist?«

»Ja, Crispinus, der Centurio.«

Kunjar war fassungslos.

»Hat er den Mord begangen?«

»Wie die Sache sich genau verhält, weiß ich nicht. Aber es ist deutlich, dass Vitellius ihn des Mordes bezichtigt. Und auch Admiral Burdo bekam eins ausgewischt. Er wurde bereits versetzt.«

Kunjar wusste nicht, was er davon halten sollte.

»Bist du nicht zufrieden? Ist das keine gute Nachricht?«

»Die Nachricht überwältigt mich, Petronius.«

Aber als Kunjar das andere Zimmer betrat, atmete er erleichtert auf: »Ihr guten Götter, habt Dank. Ich bin wieder ein freier Mensch.«

Ein Sklave entzündete auch hier die Lampen. Kunjar hatte jetzt Zeit, in Ruhe die neue Lage zu überdenken. Crispinus verhaftet und Burdo versetzt? Die zwei Männer, die ihm das Leben sauer gemacht hatten, bekamen jetzt selber ihr Teil ab. Kunjar spürte plötzlich Sympathie für den robusten Römer, der sich zum Kaiser ausrufen ließ. War er vielleicht ein Freund seines Vaters?

Allmählich wurde es ruhig in ihm, so dass er jetzt erst auf seine Umgebung aufmerksam wurde. Die Öllampen warfen phantastische Schatten auf die Wandmalereien, die Frühlingsmotive mit Blumen und Vögeln darstellten. Auch der Boden war wunderschön. Er war aus Tausenden von Steinchen zusammengesetzt, die durch Farbe und Form zu einem wunderbaren Linienspiel geordnet waren. Ganz gebannt nahm Kunjar eine Lampe und beleuchtete den Boden, um ihn aus der Nähe zu betrachten. In der Mitte erkannte er zwei fremdartige Tiere, die nicht in den Wäldern Germaniens lebten, die er aber in den Unterrichtsstunden bei Fradmos kennen gelernt hatte: einen Leoparden und einen Elefanten.

IX

»Kunjar, bist du allein?«

Hinter dem Vorhang kam eine anmutige Gestalt zum Vorschein.

»Wie du siehst, Silvia. Dein Vater und Fradmos hatten etwas zu besprechen. Sie machen sich Sorgen über die politische Lage.«

»Mein Vater ist äußerst beunruhigt. Und er muss schon sehr verzweifelt sein, wenn er sich den Rat eines Sklaven holt.«

»Fradmos ist ein sehr kluger Mensch.«

»Aber anscheinend zu dumm, um Aulus zu unterrichten.«

Silvia lachte. Wie hübsch war sie doch.

»Aulus behauptet zwar tatsächlich, dass er bei Fradmos nichts lernt, aber ich denke, dass es vor allem die Haltung des Griechen ist, die ihn ärgert. Er schenkt mir, einem Bataver, zu viel Aufmerksamkeit.«

Silvia schob einen Stuhl mit einem weichen Polster neben Kunjar. Sie beugte sich zu ihm und sagte vertraulich: »Aulus ist ein Aufschneider.«

Er verstand dieses anziehende Mädchen nicht. Warum war sie so zutraulich? Er war doch nur ein einfacher batavischer Junge, oder war es womöglich seine königliche Abstammung, die sie so beeindruckte?

»Wenn er das aus deinem Mund hören würde, Silvia, wäre er sehr unglücklich.«

Sie legte ihre Hand auf sein Knie.

»Das glaube ich nicht. Aulus ist ein Soldat. Frauen sind für ihn wie Dienerinnen, genauso wie Lehrmeister nur bessere Sklaven sind.«

Ihre Augen funkelten.

»Nimmst du Anstoß an meiner offenherzigen Rede, Kunjar?«

»Das nicht gerade, aber deine Worte erstaunen mich.«

»So, wundert es dich, dass ein Mädchen auch eine Meinung hat?«

»Nein. Meine Mutter sagt, dass Männer weise handeln, wenn sie den Rat der Frauen befolgen. Sie spricht dann allerdings über Bataver.«

»Über die berüchtigten batavischen Reiter.«

»Die Römer selbst sind auch nicht mehr als rücksichtslose Eroberer.«

»Heute bist du so schlagfertig, blonder Bataver. Letztes Mal hattest du die Sprache verloren.«

Kunjar wollte aufstehen, aber sie drückte ihn wieder auf seinen Stuhl.

»Du sprichst oft abfällig über uns Römer ...«

»Nur über Römer wie Crispinus, nicht über euch, nicht über dich.«

»Nicht über mich ...«

Ihre Finger strichen sanft über sein Gesicht. Was wollte sie eigentlich von ihm?

»Aber du brauchst nicht länger Angst vor den Römern zu haben. Du kannst wieder frei in der Stadt herumgehen.«

»Hast du schon gehört, was mit Crispinus passiert ist?«

»Mein Vater hat es mir erzählt. Ich bin froh, dass dieser Schurke verhaftet worden ist. Gehst du jetzt ins Bataverland zurück?«

»Das wird wohl noch eine Weile dauern, Silvia. Mein Vater will, dass ich hier weiterhin Unterricht bekomme. Und meine Mutter hat es nicht eilig, zu den batavischen Hütten zurückzukehren.«

Als sie »batavische Hütten« hörte, legte Silvia sich die Hand auf den Mund, um ihr Lachen zu unterdrücken. Offensichtlich wollte sie vermeiden, dass jemand sie hörte.

»Meine Mutter will so schnell wie möglich nach Italien zurück«, sagte sie.

»Denn hier fühlt sie sich anscheinend nicht wohl«, ergänzte Kunjar.

»Das hast du richtig wahrgenommen, Kunjar. Sie hasst den Norden mit seinen rauhen Wintern und grauen Wolken.«

»Und du, Silvia?«

»Ich bin hier geboren. Italien kenne ich nur von einigen Reisen, als wir in Cumae am Meer den Winter verbrachten. Damals gefiel mir der Frühling und die Blütenpracht dort sehr.«

Ihre Augen ließen ihn nicht mehr los.

»Du willst also hier im kalten Norden wohnen bleiben?«, fragte der Junge.

»Das weiß ich nicht. Die Entscheidung überlasse ich der Göttin Fortuna. Wenn sie das Glücksrad so für mich dreht, dass sich mein Glück in diesen Gegenden finden soll, dann richte ich mich danach. Vielleicht gibt es hier einen schönen Königssohn, der meinen Weg kreuzt.«

Wiederum unterdrückte sie ein Lachen. Kunjars Kopf glühte, aber er fuhr fort, sie unverwandt anzustarren: Ihr schlanker Hals und ihr bezauberndes Gesichtchen, das in die zierliche Linie ihres kunstvoll hochgesteckten pechschwarzen Haares überging; wahrlich eine südliche Schönheit. Das Mädchen merkte wohl, dass es bewundert wurde. Behände steckten ihre Finger eine Haarspange zurecht. Dabei fiel der breite rechte Ärmel zurück und entblößte Oberarm und die Wölbung ihres Busens. Kunjars Blut jagte durch seinen Körper. Seine Schläfen dröhnten. Er fühlte einen ihm unbekannten Druck auf den Augen; er schluckte mühsam. Silvia spürte seine Verwirrung und ließ ihre Finger durch seine Haare gleiten.

»Schöner batavischer Freund, deine Scheu erzählt mir viel über dich. Lass dich nur gehen, dann werde ich dich Amors Künste lehren.«

Er spürte ihre sanfte Wärme. Seine Unruhe verwandelte sich in Entzücken. Er fühlte sich wie von einer dunklen Macht betäubt. Ihre Lippen suchten die seinen, ungestüm, feurig. Kunjar trank von dieser Göttin der Liebe, so wie sie in den reichen Häusern auf Wänden und Gefäßen abgebildet war. Aber dann trat scharf und klar das Bild einer anderen sich entfaltenden Blume vor sein inneres Auge: Frinda.

Bevor er sich's versah, stand er wieder in dem Atrium und schaute in Aulus' lachendes Gesicht.

»Das ist das letzte Mal, dass ich dich begleite. Fortan darfst du allein oder in Begleitung eines Sklaven zum Unterricht gehen.«

X

Die Gäste lagen in einem Halbkreis um den Tisch im Hause des Marcellus. Kunjar befand sich neben Aulus. Das war bestimmt keine glückliche Kombination, jetzt da ihre Freundschaft kühler war denn je. Ihnen gegenüber saß Silvia; sie unterhielt sich lebhaft mit ihrer Mutter über Italien. Seit Kunjar ihre Liebe abgewiesen hatte, würdigte sie ihn keines Blickes mehr.

»In Italien stehen die Oleander in voller Blüte, so warm ist es da schon«, schwärmte ihre Mutter mit ungewohnter Heiterkeit.

»Liebe Frau, schlage dir Italien aus dem Sinn«, sagte der Verwalter.

»Jetzt, da Vitellius dich entlassen hat, hält uns doch nichts mehr hier.«

»Wir bleiben hier, denn bald wird in Italien ein Bürgerkrieg ausbrechen.«

Petronius sah abgemagert und müde aus.

»Es ist eine Schande, dass Vitellius dich entlassen und durch einen Wucherer ersetzt hat«, empörte sich Marcellus.

Aber Petronius' Gattin sah die Sache anders: »Ich wiederhole, dass es eine Torheit ist, deine Entlassung auch nur eine Minute zu bedauern. Du hast deine Pflicht getan und die finanzielle Verwaltung in Colonia nach Kaiser Claudius' Wunsch ausgebaut. Wenn Vitellius die Finanzen jetzt in die Hand eines Schacherers gibt, dann ist das seine Sache. Wir kehren nach Italien zurück.«

»Darüber werde ich entscheiden und sonst niemand«, fuhr der Verwalter sie an.

Diese Frau sucht auch immer Streit, dachte Kunjar. Plötzlich stand Marcellus auf. Mit offenen Armen ging er auf die neu eintretenden Gäste zu: »Edler Civilis und verehrte Asminda, macht es euch bequem.«

Kunjars Eltern begrüßten die Gesellschaft. Mit einer Mischung aus Befremdung und Respekt schauten die Römer zum batavischen Anführer auf.

Petronius' Gattin aber gönnte ihm keinen Blick. Kunjar fiel auf, dass sein Vater ernst dreinblickte.

Als Civilis und Asminda Platz genommen hatten, brachten die Diener und Dienerinnen große dampfende Schalen. Vor Kunjar wurde ein Fasan, von süßen Früchten umkränzt, auf den Tisch gestellt.

Aulus fuhr sich mit der Zunge über die Lippen: »Ich glaube, den schaffe ich allein.«

»Es gibt mehr als genug. Du brauchst das Essen nicht hinunterzuschlingen«, tadelte ihn seine Mutter.

Die Gäste sprachen ihre Bewunderung über das schöne Arrangement der Speisen aus. Der Koch wurde hereingerufen und wegen seiner Kunst gelobt. Dann schnitten die Sklaven den Braten an und die Gäste langten zu. Eine ganze Weile wurde kein Wort gesprochen. Alle waren mit dem Essen beschäftigt. Kaum war ein Becher geleert, wurde er schon wieder von einem herbeieilenden Sklaven gefüllt. Barcas lief miauend von einem Gast zum anderen, in der Hoffnung ein Häppchen zu ergattern.

»Civilis, du kehrst also nach Bataverland zurück«, begann Marcellus.

Civilis entgegnete unwirsch: »Ich bin meines Kommandos enthoben worden.«

»Du auch?«, lachte Petronius trocken auf. Ärgerlich trommelte er mit einem abgenagten Knochen gegen seinen Becher: »Dieser Vitellius ist ein unberechenbarer Mann.«

»Er weiß genau, was er will«, äußerte Civilis knapp, »nämlich die Gunst des Heeres. Soeben hat er noch die Hinrichtung des Crispinus angeordnet, nur weil die Soldaten es forderten.«

Kunjar vergaß weiterzukauen. Hörte er richtig? Crispinus zum Tode verurteilt? Und mit vollem Mund fragte er: »Hat Crispinus Capito ermordet?«

»So denkt das Heer, also denkt auch Vitellius so. Jedenfalls hat man uns Bataver zum Glück nicht länger in Verdacht«, antwortete Civilis.

»Aber trotzdem bist du entlassen worden«, warf Marcellus ein.

»Na ja, eigentlich bekam er einen neuen Auftrag«, erläuterte Asminda.

»Erzähle, Civilis.«

Kunjars Vater nahm einen Schluck, wischte sich das Fett vom Kinn und sprach: »Vitellius will ein starkes Heer aufbauen, um gegen Galba vorzugehen. Deshalb müssen die batavischen Kohorten mit nach Rom ziehen. Aber nach allem, was mir zur Last gelegt wurde, vertraut er mir nicht so recht. Er denkt sogar, dass ich auf Galbas Seite stehe.«

»Ist das nicht so? Du bist doch Galbas Schützling?«, fragte Petronius' Gattin ohne Civilis aussprechen zu lassen.

Der Bataver lächelte bitter: »Der General, für den ich eigentlich kämpfe, ist in Ägypten.«

»Vespasianus«, sagte Petronius.

»Genau. Von diesem Befehlshaber werdet ihr noch hören. Denkt daran: Wenn zwei sich streiten ...«

»... freut sich Vespasianus«, ergänzte Marcellus. »Aber was ist nun eigentlich dein neuer Auftrag?«

»Er will, dass ich im Bataverland neue Truppen anwerbe. Meine Stammesgenossen werden mich warm empfangen. Noch mehr Rekrutierungen!«

»Vitellius ist einfach ein unberechenbarer Kerl«, wiederholte Petronius.

»Trotzdem bin ich der Meinung, dass man einem kaiserlichen Befehl folgen sollte«, sagte seine Gattin fest.

Civilis fuhr auf: »Dann sag mir doch, verehrte Frau, wessen Befehle ich nun eigentlich ausführen soll, die des Vitellius oder die des Galba?«

»Vitellius ist nun einmal dein unmittelbarer Vorgesetzter.«

Da haben wir es wieder, dachte Kunjar. Und wie erwartet antwortete Civilis in barschem Ton: »Ihr Römer betrachtet eure Verbündeten nicht wie Menschen sondern wie Sklaven!«

»Komm, komm«, besänftigte Petronius, »achte nicht auf diese törichten Worte. Sie sind aus Unkenntnis gesprochen.«

»Danke schön!«, brummte seine Gattin. »Ich weiß, was du meinst: Wir Frauen taugen nur für den Haushalt.«

»Das sagst du doch auch immer«, grinste Kunjar zu Aulus gewandt.

»Du wirst schon sehen, dieses Geplänkel wird noch in einem fatalen Streit enden«, sagte Aulus.

Aber der Verwalter, den der Weingenuss in immer bessere Laune versetzte, mischte sich beschwichtigend ein: »Civilis wollte nur sagen, dass wir rein aus Unwissenheit unsere Verbündeten nicht genug wertschätzen. Das hat mit dem Stellenwert der Frauen nichts zu tun. Sogar die weisen Senatoren in Rom sagen manchmal törichte Dinge, weil sie mit ihrer Weisheit am Ende sind.«

Aber seine Gattin gab sich nicht so leicht geschlagen: »Was haben dir die Senatoren angetan?«

»Viel, meine Liebe. Sie haben uns unaufhörlich Anweisungen gegeben, was wir tun sollten, aber selbst taten sie nichts. Sie schmeichelten sich nur bei Nero ein.«

Silvia lachte schallend. Ihr Lachen wirkte ansteckend und auf einmal kehrte die gute Laune zurück.

»Das ist der rechte Moment. Herrschaften, alle mal hersehen!«, sagte Marcellus und gab einem Sklaven ein Zeichen.

Gleich darauf trat ein lustig kostümierter Artist herein, klimperte einige Töne auf der Leier und sang:

Wer kennt nicht Colonia,
die Stadt der Agrippina.
Dort ist es gut
dort ist es fein,
in dieser Stadt am Rhein.

Die meisten schienen dieses Liedchen zu kennen. Sogar Civilis sang den Refrain mit:

in dieser Stadt am Rhein.

Ermutigt von seinem Erfolg legte sich der Sänger noch mehr ins Zeug:

Wer kennt nicht Colonia,
die Stadt der Agrippina.
Dort leben die Germanen,
dort leben auch die Römer,
in dieser Stadt am Rhein.

Auch Kunjar sang jetzt mit:

in dieser Stadt am Rhein.

Und während er seinen Becher hob, sang Petronius aus vollem Hals die letzte Strophe mit:

Wer kennt nicht Colonia,
die Stadt der Agrippina.
Dort trinkt man Bier,
dort trinkt man Wein,
in dieser Stadt am Rhein.

Die Gäste klatschten Beifall.

»Füll noch mal nach«, rief Petronius. Und unbemerkt von der Mutter ließ auch Kunjar seinen Becher bis zum Rande füllen. Aulus war zum Glück nicht gehässig wie sonst und folgte seinem Beispiel.

DIE RACHE DES KÖNIGS

I

»Ist es nicht furchtbar?«, seufzte Marcellus. »Jetzt liegt Fradmos im Sterben und er sehnte sich doch so danach, sein Vaterland noch einmal zu sehen.«

»Fradmos hatte das Glück, alt zu werden«, erwiderte seine Gattin. »Wer von uns darf schon darauf hoffen? Wer weiß, welches Schicksal Aulus beschert ist.«

Missbilligend schaute die Matrone Kunjar an. Seit einiger Zeit fühlte er sich in diesem Haus überflüssig. Überhaupt wollte er am liebsten fort von dieser Stadt. Auf offenem Feld würde er an der Seite seines Vaters für ein freies Bataverland kämpfen, auch gegen Aulus, wenn es sein müsste. Aulus' Mutter ahnte, was in ihm vorging, und deshalb hasste sie ihn.

»Darf ich Fradmos noch einmal besuchen, Marcellus?«

»Geh nur«, sagte der Römer, »aber lass dich von einem Sklaven begleiten.«

Seine Gattin sagte aber: »Du weißt, Marcellus, dass ich kaum noch Personal habe. Ich kann im Augenblick niemanden entbehren.«

»Also gut«, sagte Marcellus, »geh alleine, aber mache keine Dummheiten.«

Endlich frische Luft, weg von Rauch und Ölgestank, dachte Kunjar. Aber es war kalt draußen. Er hätte sich wärmer anziehen sollen, so wie der Mann dort in seinem Schafspelz. Trotzdem zog Kunjar diesen kalten Winter in Freiheit dem vergangenen heißen Sommer vor, den er als eine Art Gefangener in dieser Stadt verbracht hatte. Zum Glück hatte er einen Monat bei Freunden des Marcellus im Hügelland verbringen dürfen. Aber als er die roten Beeren des Weißdorns und den gelben Ginster sah, wurde er auch da von heftigem Heimweh nach Bataverland ergriffen. Normalerweise wäre er im Sommer in seine Heimat zurückgekehrt, aber er hatte von seinem Vater die Anweisung erhalten, in Colonia zu bleiben. Bald zeigte sich, warum, denn kurz darauf brach der Krieg im Bataverland aus: ein Aufstand der Bataver gegen das römische Reich und somit gegen Kaiser Vitellius!

Nach einem blutigen Feldzug von Colonia nach Italien hatte Vitellius die Macht in Rom übernommen. Er war der dritte Kaiser nach Nero in weniger als einem Jahr! Als Vitellius nach Rom kam, war Galba bereits von einem Rivalen aus seiner unmittelbaren Umgebung, einem gewissen Otho, ermordet worden. Und so hatte Vitellius nicht Galba, sondern Otho vom Thron stoßen müssen.

»Das Römische Reich schwankt«, hatte Marcellus gesagt, als er die Nachricht hörte. »Civilis hat den Augenblick für seinen Aufstand gut gewählt. Der Wolf kämpft gegen einen todkranken Bären.«

»Trotzdem hat der Bataver nicht die geringste Aussicht auf Erfolg«, hatte Petronius eingewandt. »Der Bericht von dem Aufstand wird Vitellius in Rom die Augen öffnen und er wird hart zurückschlagen, notfalls unter Einsatz des ganzen römischen Heeres.«

Und Marcellus hatte das Gespräch mit einer düsteren Vorhersage abgeschlossen: »Es wird ein harter, rücksichtsloser Krieg werden.«

Für Kunjar war das Leben noch trübseliger geworden. Im Mai, nachdem Aulus dem Heer beigetreten war, hatte sich die Beziehung zwischen Kunjar und Marcellus' Gattin weiter verschlechtert. Seit Aulus fort war, konnte er ihr nichts mehr recht machen, weil er zu dem Volk gehörte, das ihr Sohn bekämpfte. Eigentlich konnte man nicht von zwei deutlich getrennten Lagern reden, denn fast jeden Tag schlugen sich römische Einheiten auf die Seite des Civilis. Je mehr die Einwohner Colonias merkten, dass der Bataveraufstand sich zu einem erfolgreichen Krieg gegen den neuen Kaiser entwickelte, desto heikler wurde Kunjars Lage. Als dann die Meldung kam, dass in Rom Vitellius seinerseits durch Vespasianus' Heer besiegt worden war und dieser nun der vierte Kaiser nach Nero wurde, spitzte sich die politische Lage unheilvoll zu.

Hier in Colonia hoffte man nun sehnsüchtig auf baldige Friedensverhandlungen zwischen Civilis und Vespasianus. Aber Civilis versöhnte sich nicht mit Rom. Vielmehr setzte er seinen rebellischen Feldzug hartnäckig fort. Der batavische Heeresführer setzte jetzt offenbar alles daran, die Macht über Untergermanien, über das Rheingebiet, an sich zu reißen. Manche fürchteten, dass er auch Belgica oder vielleicht sogar das ganze Gallien erobern wollte. Die Römer begegneten somit Kunjar mit immer mehr Zurückhaltung. Trotz allem empfand Marcellus es immer noch als seine Pflicht, für den Sohn seines Freundes zu sorgen. Aber seine Gattin, zudem von der Gattin des Petronius angestachelt, wurde Kunjar gegenüber immer gehässiger.

»Du hast es hier warm und bist wohl behütet, während Aulus draußen in Wind und Wetter kämpft und Tausenden Gefahren ausgesetzt ist«, musste er immer wieder hören. Und wenn er dann antwortete, dass er es ja so nicht gewollt hatte, wurde sie noch giftiger: »Das würdest du wohl gerne, gegen meinen Sohn kämpfen. Du hast ihn ja immer gehasst.«

Jetzt aber war er draußen. Die Frostluft und der blaue Himmel fegten seinen Trübsinn weg. Sogar bei diesem kalten Wetter ließ der Glasbläser die Tür seiner Werkstatt halb offen stehen. Kunjar steckte den Kopf hinein in der Hoffnung, ihm bei der Arbeit zuschauen zu können. Er hatte Glück. Der Syrer holte gerade mit seinem Blasrohr einen Glasball aus dem Feuer heraus und holte tief Luft. Er blies die flüssige Glasmasse zu einer großen Blase und gab ihr dann mit Hilfe einer Zange eine längliche Form. So entstand eine Flasche mit schönem, schlankem Hals, der in eine breite Rundung mündete. Mit Befriedigung schaute der Syrer auf sein Werk. Dann bemerkte er Kunjar: »He, Bataver, bist du deinem Käfig entkommen?«

»Ich bin auf dem Wege zu meinem kranken Lehrmeister.«

»Wie geht es dem alten Fradmos denn?«

»Heute sandte Petronius uns Nachricht, dass er im Sterben liege.«

Der Syrer reckte den Hals, als ob er nach Atem rang und stieß einen Fluch aus.

»Fradmos stirbt?!« Er starrte ins Feuer und sagte: »Bald bin ich in diesem kalten Loch der einzige Morgenländer.«

Zornig griff er nach seinem Blasrohr, um eine neue Flasche in Angriff zu nehmen.

»Wünsche meinem alten Freund viel Kraft auf seiner letzten Reise«, brummte er.

Jemand hatte sich zu Kunjar gesellt – der Mann im Schafspelz. Er schleppte einen großen Sack mit sich.

»Glasbläser«, rief er, »verkaufst du Riechfläschchen?«

»Für gefüllte Fläschchen musst du woanders hingehen. Außerdem verkaufe ich meine Ware nur gegen bare Münze, am liebsten Silbermünzen.«

Der Mann im Schafspelz machte den Sack auf.

»Hier hast du die beste Wolle.«

»Willst du tauschen? Kommt nicht in Frage. Was soll ich mit der Wolle?«

»Jeder braucht doch warme Kleider gegen den rauhen Nordwind?«

»Ich sehe mich schon spinnen und weben. Nein Freund, ich habe genug mit meiner Arbeit zu tun. Scher dich weg!«

Der Mann murmelte etwas, hob den Sack wieder auf die Schulter und ging davon. Kunjar verabschiedete sich von dem Glasbläser und schlug dieselbe Richtung ein. Als er eben seinen Schritt beschleunigen wollte, sprach der Mann im Schafspelz ihn an: »Kunjar, Königssohn, hier geht es dir besser als im Castellum, wie ich sehe?«

Kunjar erschrak. Er schaute den Fremden genauer an und sah ein

Gesicht, das größtenteils von einem blonden Bart, gekräuselt wie sein Wollpelz, bedeckt war. Aber seine Augen hatten einen schelmischen Ausdruck.

»Kenne ich dich?«

»Als wir beide Pfähle schleppten, kanntest du mich schon.«

Der Tenkterer! Nicht zu glauben ... Wie war doch sein Name?

»Ich bin Waldur.«

»Waldur, tatsächlich. Wie hast du dich befreit?«

»Und so etwas fragt der Sohn des großen Anführers?«

Es war tatsächlich eine dumme Frage, die zeigte, wie wenig er vom Kampf wusste, der außerhalb dieser Mauern wütete. Der Tenkterer dachte wohl das Gleiche, denn er fragte: »Wie kommt es, dass der streitbare Sohn des Civilis gar nicht an dem Aufstand der Rheinstämme und an der Belagerung von Castra Vetera, dem stolzen römischen Lager am Rhein, teilnimmt? Warum spazierst du wie ein römisches Bürgersöhnchen in dieser Stadt herum?«

Die Fragen drangen wie Pfeile in Kunjars Herz.

»Mein Vater will es so«, war das Einzige, das er herausbringen konnte.

Der Tenkterer zog die Augenbrauen hoch.

»Das verstehe ich nicht. Unsere Anführer haben immer ihre Familienmitglieder beim Kampf dabei, damit die Krieger ihnen ihren Mut zeigen können. Und du, Sohn von Civilis, bist hier und kämpfst nicht mit!«

»Ich war in dieser Stadt, als der Aufruhr ausbrach.«

»Und morgen, wenn dein Vater mit seinem Heer vor diesen Mauern stehen wird, wirst du dann immer noch hier sein? Was wirst du dann tun?«

Kunjar hatte darüber noch nicht nachgedacht. Er ärgerte sich, aber was konnte er dafür?

»Du bist doch auch nicht in Kampfausrüstung? Du gehst doch auch nur mit Wolle hausieren. Hast du denn deine früheren Pläne aufgegeben?«

Der Tenkterer lächelte geheimnisvoll.

»Über meine Pläne wirst du nichts erfahren. Mein Mund bleibt verschlossen.«

»Das klingt unheilvoll.«

»Nicht für dich, wenn du inzwischen kein Römer geworden bist.«

»Ach, Waldur, ich will doch weg von hier. Je eher, desto besser. Allerdings stehen die Römer, mit denen ich umgehe, auf der Seite meines Vaters.«

»Soso. Dann ist es also Marcellus, der Ratsherr, und wer sonst noch?«

»Petronius, der als Verwalter gerade von Vitellius entlassen worden ist.«

Mit wachsender Sympathie sah Waldur ihn an: »Kunjar, du bist ein Kerl nach meinem Herzen. Vielleicht ist es doch nicht so schlimm, wenn du noch eine Weile hier bleibst. Lebe wohl.«

Und ohne sich umzusehen ging er mit entschlossenem, schnellem Schritt fort.

II

Zögernd schob Kunjar den Vorhang zur Seite. Fradmos' ausgezehrtes Gesicht leuchtete im Schein der Öllampe. Der Grieche atmete schwer. Eine Sklavin hob seinen Kopf ein wenig an und ließ ihn aus einem Becher trinken. Er stöhnte vor Schmerzen und starrte zur Decke.

Kunjar beugte sich über den Kranken: »Meister, ich bin es ... Kunjar.«

Fradmos' Augen blickten ihn an. Ein leises Lächeln erschien auf dem bleichen Gesicht.

»Kunjar, Junge ... es ist gut, dass du gekommen bist.«

»Der Glasbläser, der Syrer lässt dich grüßen. Er wünscht dir viel Kraft.«

Der Kranke murmelte: »Kraft ... zum Sterben.«

Auch auf dem Krankenlager erkannte Fradmos klar die Wahrheit hinter den Worten.

Kunjar nahm die Hand seines Lehrmeisters. Sie war feuchtkalt.

»Wie geht es deinem Vater, Junge?«

»Der Kampf geht unaufhaltsam weiter. Bis jetzt ist er erfolgreich. Castra Vetera wird zur Zeit belagert.«

Wieder ein blasses Lächeln.

»Ein großer Kampf ... Dein Volk ist mutiger als das meinige ...«

Aber dann zeigte sich ein besorgter Zug um seinen Mund: »Was wird mit dir geschehen, Junge?«

»Wenn der Krieg noch lange dauert, werde ich auch kämpfen müssen.«

Fradmos starrte wieder vor sich hin. Tränen schossen Kunjar in die Augen. Den einzigen Freund, den er in dieser Stadt hatte, würde er bald verlieren.

»Kämpfen«, murmelte der Lehrmeister kaum hörbar. Kunjar beugte sich noch tiefer über den Kranken.

»Das Schwert ... können sie ... dir aus den Händen schlagen ... aber die Waffe des Geistes nicht ... Kämpfe deshalb mehr ... mit dem Geist als mit dem Schwert ... Lebe wohl.«

Fradmos schloss die Augen. Er hatte von Kunjar Abschied genommen und atmete jetzt ruhiger.

Behutsam schlich Kunjar aus dem Raum.

Petronius saß in seinem Arbeitszimmer. Er stand auf und ging auf Kunjar zu. Die Bartstoppeln in seinem Gesicht verrieten, wie wenig Ruhe er sich noch gönnte. Auch für die tägliche Badekur nahm er sich offensichtlich nicht mehr die Zeit.

»Kunjar, ich weiß, was in dir vorgeht. Auch ich verliere einen Freund und fühle mich einsam in dieser aus den Angeln geratenen Welt.«

Die herzlichen Worte des Römers taten Kunjar wohl.

»Ich bin froh, dass ich Fradmos im vergangenen Jahr die Freiheit gegeben habe. So stirbt er nicht als Sklave, sondern als freier Bürger.«

»Diesen Wunsch hast du ihm zwar erfüllt, Verwalter, aber Fradmos wäre auch gerne in sein Vaterland zurückgekehrt.«

»Dass weiß ich, Junge, aber wer von uns darf noch auf einen Lebensabend in einem friedlichen Land hoffen?«

Kunjar sah ihm an, dass er sich große Sorgen um die Zukunft machte.

»Sobald mein Vater ein Abkommen mit General Vespasianus geschlossen hat, wird wieder Ruhe eintreten.«

Ein bitteres Lächeln spielte um Petronius' Mund: »Du siehst die Sache viel zu einfach, Kunjar. Die politische Lage wird nur noch verworrener und aussichtsloser werden.«

Kunjar schien nicht überzeugt. Da streckte Petronius den Arm nach vorne, als ob er auf einen fernen Horizont zeigte, an dem sich ein Gewitter zusammenzog: »Die Zeichen des Unheils mehren sich. Nach Capito wurde General Vocula ermordet. In Rom ist der Jupitertempel auf dem Capitol ausgebrannt. Castra Vetera, die älteste Festung am Niederrhein, droht jeden Augenblick zu fallen ...«

Es klang tatsächlich mehr als unheilverkündend.

Petronius fügte noch hinzu: »Die Weissagung der gallischen Druiden und germanischen Priester wird bestätigt: Das Römische Reich geht unter ...«

Nach kurzem Schweigen murmelte er: »Fradmos wird jedenfalls den Untergang nicht mehr erleben.«

Kunjar konnte über den unaufhaltsamen Niedergang des Römischen Reiches nicht trauern. Untergang für die Römer bedeutet Segen für die Bataver, dachte er. Wenn er schon Trauer verspürte, dann war es nur um das Schicksal seines griechischen Lehrmeisters. Er bedeutete Petronius, dass er nach Hause gehen wollte.

»Ich gebe dir einen Sklaven mit«, schlug der Verwalter vor.

Aber Kunjar lehnte ab: »Ach was, Petronius, du weißt doch, dass ich Marcellus' Schutz genieße. Seit Crispinus' Tod habe ich nichts mehr zu befürchten. Außerdem besteht das Heer zur Hälfte aus Germanen.«

Die Sorgenfalten um Petronius' Mund wurden noch tiefer. Dieser gutherzige Römer tat Kunjar wirklich leid. Die Rollen schienen nun vertauscht. Nicht Kunjar, sondern Petronius schien des Schutzes zu bedürfen.

»Sei unbesorgt, Verwalter. Was auch geschehen mag, dir wird kein Haar gekrümmt. Dafür bürge ich.«

Petronius klopfte ihm kameradschaftlich auf die Schulter, während er die Haustür öffnete. Silvia stand in der Tür. Sogar in ihrem dicken Wintermantel sah sie bezaubernd aus. Doch sie grüßte Kunjar nicht einmal. Ihre Kälte berührte ihn kaum. Seine Gedanken flogen ins Bataverland, zu Frinda, die so unerreichbar weit weg schien.

III

In letzter Zeit waren die Straßen in Colonia belebter als früher. Man begegnete auffallend vielen Soldaten. Die Römer fühlten sich durch den nahenden Krieg unsicher und bedroht. Niemand auf der Straße achtete auf Kunjar. Wie könnte es auch anders sein, er sah ja wie ein römischer Bürgerjunge aus, der zu schwach war, um eingezogen zu werden. Aulus hatte ihm einmal vorgeworfen, dass er ein Muttersöhnchen und weich wie ein Mädchen wäre. Aber er wusste, dass dieser Vorwurf ungerecht war und dass Aulus ihn damit nur verhöhnen wollte. Trotzdem wurde es höchste Zeit, dass er, genau wie sein römischer Hausgenosse, das Schwert umgürtete und bewies, dass er ein Mann war. Aulus war ihm darin zuvorgekommen. Vielleicht hatte er, hoch auf seinem Ross, schon einen Bataver oder Tenkterer getötet.

Und was war mit Kinor? Er schien wie vom Erdboden verschwunden zu sein.

»He du, junger Mann, kannst du mir mal helfen?«

Ein Fuhrmann hatte Schwierigkeiten, seine Pferde in Zaum zu halten. An seinem Planwagen war etwas nicht in Ordnung.

»Am Hinterrad hat sich ein Achsnagel gelockert.«

Zwischen dem Wagen und der Mauer versuchte ein zweiter Mann vergebens das linke Hinterrad wieder an seinen Platz zu hieven. Jeden Augenblick drohte die Achsenstange aus der Nabe zu springen.

»Wir werden den Wagen hochheben müssen!«, lachte Kunjar und stemmte die Arme unter den Wagen.

»Ich helfe dir, alleine schaffst du das nicht!«, rief der Mann. Zusammen hoben sie mühsam den Wagen hoch. Bald war das Rad wieder fest verankert.

»Wo willst du hin, junger Mann?«

»Zum Haus des Ratsherrn Marcellus, nicht weit vom Nordtor, in einer Seitenstraße der Hauptstraße nach Novaesium.«

»Das ist kaum ein Umweg für uns, steig nur ein«, lud ihn der Fuhrmann ein.

Das Segeltuch wurde zur Seite geschoben. Kunjar sprang in den Wagen, bekam aber im selben Augenblick einen solch harten Stoß, dass er zu Boden stürzte. Während er sich empört aufrichten wollte, setzte sich der Planwagen in Bewegung. Aufs höchste erstaunt sah er zwei Schwerter, die auf seine Brust gerichtet waren.

»Setz dich! Wenn du einen Laut von dir gibst, stirbst du ruhmlos in einem Fuhrwerk.«

Was hatte das zu bedeuten? Ein Überfall oder womöglich eine Falle? Waren es Räuber oder irgendwelche Schurken?

»Was wollt ihr von mir? Ihr verwechselt mich mit jemandem!«

»Halt die Schnauze!«

Die Spitze des Schwertes suchte eine weiche Stelle zwischen seinen Rippen. Das war kein Spiel mehr. Es sah ziemlich schlimm für ihn aus. Fieberhaft suchte Kunjar nach einem möglichen Auftraggeber. So sehr er sich auch anstrengte, es fiel ihm niemand ein, aber er ahnte, dass diese Gefangennahme mit dem herannahenden Feldzug seines Vaters zu tun hatte. Jetzt wusste er es! Wahrscheinlich wollten sie ihn in diesem geschlossenen Wagen aus der Stadt schmuggeln und in irgendein Lager bringen, um ihn dann später als Geisel bei

Verhandlungen mit seinem Vater zu benutzen. Und würde Civilis sich dann, um seinen Sohn zu retten, geschlagen geben? Er wagte es kaum, sich diesen ungeheuren Zwiespalt auszumalen. Marcellus und Petronius hatten also doch recht gehabt. Er hätte wirklich nicht ohne Sklave ausgehen dürfen.

Der Wagen polterte ruhig weiter über das Pflaster. Die Entführer wollten offensichtlich keinen Argwohn erwecken. Kunjar hatte den Eindruck, dass sie nach Norden fuhren, Richtung Novaesium. Aber nein, jetzt bog der Wagen nach Westen ab. Manchmal schaukelte er beängstigend hin und her. Wenn er in einem solchen Augenblick aus dem Wagen springen würde? Aber vor allem der Kerl, der ihm gegenüber saß, ließ kein Auge von ihm. Die beiden anderen schielten ab und zu durch einen Spalt des Segeltuchs. Kunjar wollte erst einmal ruhig und klar seine Lage überdenken. Plötzlich fiel ihm auf, dass seine Entführer keine Bauern waren, sondern Soldaten in Bürgerkleidung, denn sie waren wie Soldaten rasiert und trugen ihr Haar kurz. Ihre Waffe war das römische Kurzschwert. Wenn er die Flucht ergreifen wollte, musste er unerwartet und blitzschnell handeln. Sie würden zögern ihn niederzustechen, denn tot hatte er keinen Wert für sie.

Jetzt! Wie ein Wurfgeschoss fuhr er auf. Aber der Soldat, der ihm gegenübersaß, konnte ihn gerade noch bei einem Bein fassen. Kunjar fiel. Ein brennender Schmerz durchzuckte seine Lenden. Einer der Männer stürzte sich mit seinem vollen Gewicht auf ihn. Sein Kopf wurde nach hinten gezogen und er wurde geknebelt. Ein wenig später lag er, an Händen und Füßen gefesselt, wieder auf dem Boden. Sein ganzer Körper schmerzte. Er musste würgen und rang nach Luft. Würde er diese Höllenfahrt überleben?

Die Fahrt dauerte endlos. So groß war diese Stadt doch nicht, oder waren sie schon außerhalb der Stadtmauer? Kunjar versuchte eine bequemere Haltung einzunehmen, aber die Wunde schmerzte und er spürte, dass seine Tunika vom Blut feucht wurde.

Der Wagen fuhr jetzt langsamer und ein wenig später stand er still. Kunjar verbiss seinen Schmerz und versuchte, etwas von der Umgebung zu erhaschen. Unter dem Segeltuch hindurch konnte er gerade noch das Straßenpflaster sehen. Sie waren also noch immer in der Stadt.

Der Wagen setzte sich erneut in Bewegung. Die Straße verschwand aus seinem Gesichtskreis und hinter dem Wagen wurde ein Tor geschlossen. Das Segeltuch wurde zur Seite geschoben und die Männer sprangen heraus.

»Beim Mars, er blutet! Der Centurio wird schön wütend sein.«

Kunjar sah, dass das Blut auch seinen Mantel durchtränkt hatte.

»Dann holen wir erst einen Sanitäter. Ich möchte keine Schwierigkeiten mit dem Centurio haben.«

Sie ließen ihn in seiner erbärmlichen Lage zurück. Behutsam versuchte er, ans Wagenende zu gelangen. Jetzt konnte er einen Innenhof sehen, der von hohen, kasernenähnlichen Gebäuden umgeben war. An Flucht war hier gar nicht zu denken. In der Nähe des Wagens wurde eine Tür geöffnet. Ein Offizier und drei Soldaten traten heraus. Waren das die Fuhrleute, nur jetzt in Uniform? Sie waren es offensichtlich nicht, denn sie gingen, ins Gespräch vertieft, an dem Wagen vorbei. Da durchfuhr Kunjar ein Schock – der Offizier ... Das durfte doch wohl nicht wahr sein! Er schaute genauer hin, aber der Soldat hatte ihm den Rücken zugekehrt. Doch bevor er durch eine Tür verschwand, blickte er sich noch einmal kurz um. Es bestand kein Zweifel, der Offizier war Claudius Labeo, Stammesbruder und Erzfeind seines Vaters! So stand also die Sache ... Labeo, der Verräter, war in ein Komplott gegen Civilis verwickelt und kämpfte mit dem Feind gegen sein eigenes Volk.

Kunjar bebte vor Wut. Seine Wut gab ihm die Kraft, seinen Schmerz zu überwinden. Er versuchte mit aller Macht sich aufzurichten, aber eine Stimme rief ihm zu: »Halt dich ruhig, Bursche!«

Ein Soldat erschien in der Öffnung des Wagens.

Ein wenig später kletterte jemand in den Wagen und löste den Riemen von seinen Füßen.

»Kannst du laufen?«

»Ich denke schon.«

Sie brachten ihn in einen Raum mit weißen Wänden. Ein Mann in blauer Tunika untersuchte seine Wunde. Auf einem Tisch sah Kunjar einen Haufen Binden und einen Topf mit Salbe.

»Das Schwert ist nicht zwischen die Rippen gedrungen. Die Wunde blutet zwar stark, aber der Schmerz ist gering.«

»Du hast gut reden«, stöhnte Kunjar.

Danach ließen sie ihn allein. Die Kräutersalbe wirkte: Der Schmerz ließ langsam nach. Kunjar betrachtete seine neue Umgebung. Dieses Zimmer sah ganz anders aus als die Zelle im Castellum. Es hatte mit Reliefs verzierte Wände. Später würden sie vielleicht mit Kriegsbildern bemalt werden, wie er sie im Offizierszimmer gesehen hatte. Jetzt sorgten die weißen Mauern, auch wenn die Läden geschlossen waren, für ein dämmriges Licht. Wirklich kalt war es nicht und das Zimmer verfügte über einigen Komfort: ein Bett mit Matratze und Decke, ein Tisch und ein Stuhl, ein Waschbecken mit Amphora und Handtuch, ein Nachteimer ... Es schien, als ob man ihn hier eine Weile behalten wollte. Seine Gedanken wanderten zu dem erniedrigenden Gefängnisleben im Castellum zurück. Im Vergleich dazu hatte er es hier gar nicht so schlecht getroffen.

Der Riegel wurde zurückgeschoben und ein Soldat brachte ihm das Essen. Es war einer seiner Entführer. Kunjar erkannte ihn an seinem hohen Wuchs und seinen flachsblonden Haaren. Schweigend, ohne ihn anzusehen, stellte der Mann das Essen auf den Tisch.

»Warum bin ich hier, Soldat?«

»Du tust gut daran, keine Fragen zu stellen.«

»Aber was wollen sie von mir?«

»Ich wiederhole, keine Fragen.«

Der Soldat verschwand. Er schien nicht so schlimm zu sein.

Kunjar schaute auf das Essen, das aus Brot und Speck, kräftiger Soldatenkost also, bestand. Sie wollten ihn offensichtlich in guter Verfassung erhalten. Aber er hatte keinen Appetit und legte sich aufs Bett. Die gelassene Haltung des Soldaten hatte ihn beruhigt. Eine bodenlose Müdigkeit breitete sich über seinen Körper aus.

Plötzlich fuhr er zusammen. Der Soldat stand wieder neben seinem Bett ... und neben ihm stand noch jemand. Kunjar sah, dass es ein Offizier war.

»Er ist unverletzt, das ist gut so. Wir können zufrieden sein.«

Kunjar richtete sich mühsam auf. Der Schmerz schoss wiederum durch seine Lenden, aber er beachtete ihn nicht. Wild pochte sein Herz. Warum erfasste ihn plötzlich eine solche Unruhe?

»Na, was machst du denn für ein Gesicht? Hast du Schmerzen?«

Diese Stimme kannte er doch! Aufmerksam schaute er den Offizier an. Aber das konnte doch nicht wahr sein! Der Centurio hielt sich jetzt selbst die Laterne vors Gesicht.

»Nun, sieh mich nur an, Sohn des Civilis!«

Alles Blut wich aus Kunjars Gesicht. Es war Crispinus, der Stiernackige.

Angst packte ihn von neuem. Wie Geister, die aus dem Nebel über dem Moor auftauchen, stiegen die Erinnerungen in ihm hoch.

»Erschrickst du? Du hältst mich wohl für einen Geist, was?«

Crispinus grinste kalt und verschwand. Allein mit seinen wilden Gedanken drehte Kunjar sein Gesicht der kahlen Wand zu.

IV

Mitten in der Nacht wachte Kunjar verstört auf und starrte in die Finsternis. Sofort spürte er wieder den stechenden Schmerz in der rechten Seite. Er hatte Durst. Mühsam richtete er sich auf. Er tastete vorsichtig nach dem Krug und trank mit gierigen Zügen. Es fröstelte ihn, denn es war empfindlich kalt geworden. Seine Gedanken eilten zum vergangenen Tag zurück. Sicher hatte Marcellus inzwischen schon eine Suchaktion eingeleitet. Aber würden sie ihn finden? Er selbst hatte keine Ahnung, in welchem Gebäude er gefangen gehalten wurde. Möglicherweise war es in der Kaserne der Stadtwache.

Wenn diese an der Entführung mitschuldig war, würde Marcellus ihn wohl ausfindig machen.

Plötzlich kam ihm Crispinus wieder in den Sinn. Es lief ihm kalt über den Rücken. Was für ein makabres Schauspiel hatte man wegen dieses Halunken inszeniert: Zuerst hatte man alle an seine Gefangennahme glauben lassen, dann an seine Hinrichtung und jetzt war er auf einmal wieder springlebendig? Es zeigte sich damit nur noch deutlicher, dass dieser Mann einflussreiche Beschützer hatte. Vitellius selbst? Der aber war ja inzwischen tot. Kunjar konnte dieses Rätsel nicht lösen. Schon vor dem Schlafengehen hatte es ihn stark beschäftigt. Mutlos legte er sich wieder hin. Langsam kehrte der Schlaf zurück, aber nicht für lange. Erneut richtete er sich auf. Jetzt hatte er aber ganz bestimmt ein Geräusch gehört! Und auf einmal war er sich sicher: Jemand war auf dem Korridor. Aus winzigen Geräuschen konnte er das Schlurfen von Füßen und das Knirschen von Metall heraushören. Was konnte das sein? Ein Scharnier? Die Schulterplatte einer Rüstung? Ihm brach der Angstschweiß aus. Was war hier im Gange? Waren es vielleicht Soldaten, die ihn aus Hass gegen seinen Vater auf eigene Faust umbringen wollten? Da sah er, dass jemand hinter der Tür stand, denn ein schwaches Licht fiel durch die Türspalte. Das Geräusch von Metall auf Metall hatte aufgehört. Der Riegel wurde zurückgeschoben, die Tür öffnete sich und eine Gestalt schob sich herein. In der einen Hand hielt sie eine knarrende Laterne, in der anderen ein Schwert. Kunjar machte sich zum Sprung bereit. Eine zweite Gestalt mit einem Bart wie Schafwolle erschien.

»Komm, Kunjar, schnell!«

»Waldur, wie bist du hereingekommen?«

»Das erzähl ich dir später. Komm mit, jetzt oder nie.«

Sie schlichen durch den Korridor zum Innenhof. Kunjar musste über jemandes Beine steigen.

»Das ist der Wächter«, flüsterte Waldur. »Seine Laterne kann ich gut gebrauchen. Nimm sein Schwert.«

Schaudernd blickte Kunjar auf die leblose Gestalt am Boden. Gott sei Dank, war es nicht der blonde Soldat, der ihm vorhin Essen gebracht hatte.

Auch von Waldurs Begleitern bekam Kunjar einen flüchtigen Eindruck: Männer mit bärtigen, fest entschlossenen Gesichtern.

»Tenkterer«, flüsterte Waldur, »auf der Straße warten noch mehr.«

»Zu den Waffen! Eindringlinge!« Ein zweiter Wachsoldat schlug Alarm.

Ein erstickter Schrei und schon hatte das Schwert eines Tenkterers ihn außer Gefecht gesetzt. Aber der Schrei war gehört worden und in der Ferne erklangen jetzt aufgeregte Rufe und Befehle.

»Schnell, fort von hier!«

Auf der Straße bekamen sie von etwa sechs Tenkterern Verstärkung. Die Flüchtenden liefen auf einen großen Innenhof zu, und als sie ihn überquerten, gellten Posaunen.

»Zum Jupitertempel! Schnell!«

Sie liefen so schnell sie konnten. Beim Tempel ließ Waldur die Truppe Halt machen. Die Augen des Anführers glühten im Mondschein. Der Wolf hatte seinen Schafspelz abgeworfen.

»Wenn es uns gelingt, unbemerkt hinter den Tempel zu gelangen, können wir von dort aus die Stadtmauer erklettern.«

Kunjar überlegte kurz, ob es nicht besser wäre, im Schutze der Finsternis, zu Marcellus zu flüchten. Dort wäre er in Sicherheit. Aber er ließ den Gedanken sofort wieder fahren, denn der Feind war ihnen dicht auf den Fersen. Auch sagte ihm eine innere Stimme, dass der Krieg für ihn jetzt begonnen hatte – es war Wotans Stimme.

Behände wie Katzen schlichen sie an dem Tempel vorbei zur Stadtmauer. Hier drang das Mondlicht kaum mehr durch. Die Männer schnaubten vor Anstrengung und Aufregung.

»Hierher.«

Sie erreichten eine Treppe.

»Drag, sieh schnell nach, wie es oben aussieht!«

Geräuschlos kletterte der Tenkterer die Treppe hoch. Die anderen warteten voller Spannung. Im Inneren der Stadt ertönten erneut Posaunen.

»Wo bleibt Drag denn? Noch einen Augenblick länger und wir werden nicht mehr entkommen können.«

Über ihnen war jetzt ein gedämpfter Schrei zu hören, unmittelbar gefolgt von einem schweren Schlag, der ganz in ihrer Nähe erklang.

»Drag? Was ist los mit dir?«

Endlich war oben an der Treppe Drags Stimme zu hören. »Kommt, der Weg ist frei. Ich musste die Wache ausschalten«, zischte er.

Oben auf der Stadtmauer angelangt, sah Kunjar unter sich den Rhein, er schimmerte im Mondlicht. Dort am anderen Ufer in den düsteren Wäldern wohnten die Tenkterer. Hinter ihm lag die Stadt in winterlicher Ruhe. Aber das schien nur so. Tanzende Fackeln in der Hauptstraße deuteten darauf hin, dass Soldaten nach ihnen suchten.

»Zum Leuchtturm, schnell!«

Geduckt liefen sie stromabwärts in nördlicher Richtung über die Brüstung. Unter ihnen, in den Seitengassen, wurde es auch immer unruhiger: Fackeln und Laternen wogten hin und her, aber viel unheilvoller war der Anblick von immer mehr Helmen und Schwertern, die aufblitzen. Die Flüchtenden erreichten den Turm, der dunkel die Umgebung beherrschte und in dem sich die rettende Treppe zum Rheinufer befand.

»Bei Donars Blitz!«, fluchte Waldur. »Heute geht auch alles schief!«

Vier Soldaten versperrten den Eingang des Turms. Auch auf der Mauer, zwar noch ein ganzes Stück hinter ihnen, tauchten nun dunkle Gestalten auf.

»Wenn wir nicht durch den Turm können, dann steigen wir eben hier über die Mauer«, zischte Waldur.

Aufgeregt fing er an, ein Seil, das um seine Lenden gewickelt war, loszubinden. Ein Römer schrie um Verstärkung. Auf der schmalen Mauer kam es zu einem verzweifelten Kampf. Ein wenig später hörte man einen Schrei, der durch Mark und Bein ging. Der Römer – oder war es ein Tenkterer – stürzte von der Mauer in die Tiefe.

»Hilf mir, Kunjar!«

Waldur drehte sich auf der Brüstung wie eine Spindel, um das Seil abzuwickeln, stets in Gefahr auch in der Tiefe zu verschwinden. Endlich konnte Kunjar das Seil von der Mauer herunterlassen. Immer wieder stieß ihn ein Kamerad roh an, denn die Tenkterer wurden jetzt auch im Rücken angegriffen.

»Beeilt euch«, keuchte Waldur und band das Ende des Seils um eine Zinne.

»Du zuerst, Kunjar. Schwimm ans andere Ufer. Zögere nicht!«

Kunjar ließ sich schlecht und recht von der rohen Mauer hinuntergleiten. Das Seil schnitt ihm in die Handflächen. Mit einem Aufschlag kam er auf dem Boden an. Benommen sah er sich um. Hier war es noch überraschend still. Rasch zog er seinen Mantel aus. Schon stand Waldur neben ihm.

»Da sind bereits Soldaten am Kai.«

Eilig stiegen sie die Uferböschung herunter.

»Schwimm, Kunjar. Wir werden es schaffen.«

Einen Moment lang schnitt Kunjar das eiskalte Wasser den Atem ab, aber dann strömte neue Kraft durch seine Glieder. Fest entschlossen schwamm er dem anderen Ufer zu.

V

Der Regen peitschte ihnen ins Gesicht. Die Tannen ächzten und schwankten im Wind. In wilden Böen jagte der Sturm durch den Wald. Als Kunjar und seine Befreier den Pfad hinunterstiegen, wurde es ruhiger um sie herum. So gelangten sie ins schützende Tal. Dann sah Kunjar das Dorf der Tenkterer vor sich, das genau wie ein batavisches Dorf aus Höfen und Hütten bestand, nur lag es geschützter. Die Gehöfte mit ihren grauen Farben fielen zwischen den dunkelgrünen Nadelbäumen kaum auf. Schweine, auf der Suche nach spärlichen Wurzeln, wühlten im Schlamm herum, in Gärten, die von geflochtenen Zäunen umgeben waren.

So frisch und duftend dieses Dorf vielleicht im Sommer war, so traurig und kalt sah es jetzt aus. Kunjar roch eine Mischung aus brennendem Holz und gebratenem Fleisch. Das Wasser lief ihm im Mund zusammen. Seit gestern hatte er nichts mehr gegessen.

Waldur klopfte an eine Tür. Ein wenig später wurde ihm aufgetan. Drinnen im Zimmer saßen Menschen in einem Kreis um ein Feuer herum. Ein wilder, bärtiger Mann stand auf und kam mit ausgestreckten Händen auf sie zu.

»Kunjar!«

»Du hier, Kinor!«

Ungestüm umarmten sie sich, sie klopften einander immer wieder auf die Schulter und wollten sich gar nicht mehr loslassen.

»Kunjar ...« Bewundernd schaute Kinor seinen Vetter an. »Du bist kein Junge mehr. Du bist groß und stark geworden, ein Mann, der kämpfen kann.«

Kunjar lachte: »Auch du hast dich unglaublich verändert, Kinor. Du siehst ja wie ein Wilder aus.«

»So soll es auch sein. Wenn der Feind mich sieht, nimmt er hoffentlich die Beine in die Hand.«

Sie lachten schallend.

Ein Greis in einem langen, braunen Gewand war inzwischen näher gekommen. Kinor wandte sich zu ihm: »Häuptling, das ist Kunjar, Sohn unseres Königs.«

Der alte Mann verbeugte sich.

»Es ist ein Ehre, dich kennen zu lernen, Jüngling. Ich habe große Achtung vor deinem Vater.«

Auch Kunjar verbeugte sich.

»Ich danke dir, Häuptling, dass du mich aus dem Gefängnis befreien ließest.«

Der Häuptling lächelte und bot ihm einen Platz am Tisch an.

»Gib diesen Freunden doch etwas zu essen«, bat er die Frau des Hauses.

Doch zuerst halfen einige Mädchen ihnen beim Ausziehen der nassen Kleider. Kunjar bekam ein trockenes Wollhemd und eine Hose. Die Mädchen kicherten. Es machte ihnen Spaß, diesen Jünglingen zu helfen. Als sie Kunjars Verletzung bemerkten, schauten sie ihn mit Ehrfurcht an, als ob er ein Held wäre. Er sträubte sich anfangs ein wenig, als die Mädchen ihm einen neuen Wundverband anlegen wollten, doch dann genoss er ihre sanften, pflegenden Hände. Schließlich legte ein Mädchen errötend und mit einer zärtlichen Gebärde einen Schafpelz um seine Schultern. Die Wärme des Pelzes und des Feuers taten ihm wohl. Das kräftige Hirschfleisch mundete ihm ausgezeichnet. Mit freundlichen Gebärden ermunterte ihn die Hausfrau abermals zuzulangen. Aus der Ferne schauten ihn große, neugierige Kinderaugen an.

Als sein ärgster Hunger gestillt war, sprach der Häuptling: »Du hast mir gedankt, Königssohn, aber dein eigentlicher Retter sitzt neben dir. Waldur, erzähle du uns, wie alles zugegangen ist.«

Waldur erzählte, wie er Kunjar in Colonia gefolgt war, und wie er nach dessen Gefangennahme Verstärkung geholt hatte und wie sie mit Hilfe eines Komplizen in die Kaserne eingedrungen waren. Er schilderte auch, mit welchen Schwierigkeiten sie bei der Flucht fertig zu werden hatten.

»Fünf von unseren Männern sind dort geblieben«, sagte Waldur leise.

Der Häuptling wollte ihre Namen wissen. Dann schaute er schweigend in das Feuer, das bei jedem Windstoß, der in den Rauchfang eindrang, grell aufloderte. Eine alte Frau, die sich bis dahin still im Hintergrund gehalten hatte, stimmte mit einer krächzenden Stimme einen Bittgesang an:

Vom Schmerz erlöst sind sie,
die Brüder, die gefallen sind.
O großer Krieger mit dem scharfen Speer,
gib du ihnen
die ewige Ehr.

Die Hausgenossen wiederholten:

die ewige Ehr,
die ewige Ehr.

Nach dieser traurigen Ehrerbietung richtete der Häuptling sich auf: »Ich lasse dich in eine warme Hütte bringen. Die Ruhe wird dir wohl tun.«

Kunjar vermutete, dass der Häuptling, zusammen mit Waldur, nun zu den Familien der Gefallenen gehen würde.

VI

»Hier hast du dich also verborgen gehalten, Vetter? Jetzt ist es mir klar, warum die Römer dich nicht finden konnten.«

Kinor goss seinen Becher aufs neue voll.

»Trink, Kunjar, und mach es dir bequem. Ich habe dir viel zu erzählen.«

Und nachdem er selbst einen kräftigen Schluck genommen hatte, sagte er: »Ich habe mich hier tatsächlich eine ganze Weile verborgen gehalten. Aber ich habe auch an dem Aufstand in Bataverland teilgenommen.«

Kunjar betrachtete seinen Vetter. Der rohe, harte Kämpfer bekam in seinen Augen etwas von einem Helden.

»Der Aufstand in Bataverland ...«, murmelte Kunjar. Und dann fragte er plötzlich eindringlich: »Hast du Frinda gesehen? Weißt du etwas über sie?«

Kinor lachte: »Frinda ist wohlauf. Und jeden Tag spricht sie von dir.«

»Wirklich?«

Schmerz durchzuckte Kunjar. Noch nie vorher hatte er sich so nach diesem Mädchen, seinem batavischen Mädchen, gesehnt. Aber Kinor hatte wenig Interesse für die Verliebtheit eines Jünglings. Für ihn gab es jetzt Wichtigeres: »Die Tenkterer haben dich befreit, weil es ihren eigenen Interessen dient. Sie wollen, zusammen mit Civilis, Colonia angreifen. Wenn die Römer dich als Geisel gefangen gehalten hätten, würde der große Anführer sehr wahrscheinlich nicht mitmachen.«

Colonia angreifen ... Es würde also doch so weit kommen.

»Nun wird es ernst, Kunjar. Bis jetzt hast du geborgen im Kreis einer römischen Familie gelebt ...«

Kunjar wollte etwas erwidern, aber Kinor machte eine besänftigende Gebärde: »Dass du manchmal in Gefahr warst, habe ich erfahren, und zwar vor nicht allzu langer Zeit. Ich war völlig verwundert als Waldur mir die Nachricht brachte, dass Crispinus noch am Leben ist.«

»Du kannst dir nicht vorstellen, wie ich erschrak, als er auf einmal bei mir im Gefängnis an meinem Bett stand.«

Kinor schlug mit seiner Hand auf den Tisch.

»Der Mann ist viel gefährlicher als wir dachten! Seine Hinrichtung wurde nur inszeniert und ein unglückseliger Doppelgänger starb an seiner Stelle. Das bedeutet, dass Crispinus Anhänger hat und ... mächtige Beschützer. Ist dir überhaupt aufgefallen, wie schnell er aufgestiegen ist?«

»Crispinus wurde für seine Dienste belohnt. Wer mag wohl sein Auftraggeber sein?«

»Vielleicht derjenige, der ihn zum Centurio beförderte, nämlich Capito.«

»Der Statthalter? Aber der ist doch tot.«

Kinor nahm einen Schluck.

»Es gibt noch andere mächtige Herren, die es auf unsere Familie abgesehen haben.«

»Das stimmt«, bejahte Kunjar. »Ich kenne sogar einen von batavischer Abstammung.«

Er erzählte, dass er in der Kaserne Claudius Labeo gesehen hatte.

Voller Verwunderung schaute Kinor ihn an.

»Bist du sicher?«

»So sicher wie wir beide hier zusammen sind.«

Kinor kratzte sich am Kopf.

»Kunjar ... es ist ... ein Komplott!«

Er stand auf und zeigte in die Richtung, in der er den heimtückischen Feind vermutete: »Jemand will unseren Untergang und hat alle Fäden fest in der Hand.«

»Meinst du Labeo?«

»Ich bin mir sicher, dass er mit im Komplott steckt. Zu Beginn des Aufstands der Bataver kämpfte er nämlich auf der Seite der Römer.«

»Was hättest du sonst von einem Verräter erwartet?«

»Aber nach dem ersten Zusammenstoß ist er zur Einheit deines Vaters übergelaufen, weil er spürte, dass er bald den Kürzeren ziehen würde.«

»So ein Feigling.«

»Dein Vater vertraute ihm aber nicht und verbannte ihn nach Friesland ... Und jetzt ist er wieder in Colonia. Wenn Civilis das wüsste ...«

Kunjar überlegte.

»Wir müssen aufpassen, Kinor, und nur von den Tatsachen ausgehen, die wir sicher wissen. Eines ist gewiss, Crispinus und Labeo arbeiten zusammen. Aber was haben sie im Sinn? Ist es der Kampf gegen meinen Vater und unsere Familie – ein Kampf, den Capito bereits angefangen hatte? Jetzt da mein Vater so erfolgreich auf dem Schlachtfeld ist, greifen seine Gegner nach hinterhältigeren Waffen. Deshalb wollten sie mich als Geisel haben. Und du dachtest, Kinor, dass alles gelöst wäre, wenn man den Statthalter ermorden würde.«

»Das dachte ich tatsächlich. Ich frage mich nun, ob Capito wirklich der große Feind war ...«

»Wie kommst du darauf?«

»Ich frage mich, wer ihn ermordet hat«, sagte Kinor nachdenklich.

Hatte Kunjar richtig gehört?

»Du fragst dich ..? Hast du ..?«

»Ich habe Capito nicht ermordet, Kunjar.«

»Ich habe die ganze Zeit geglaubt, dass du deine Rache ausgeführt hättest ...«

Kinor seufzte: »Ich war ein dummer, blinder Esel, aber ich habe Capito nicht ermordet, obwohl ich es vorhatte. Crispinus hatte mir eine Falle gestellt und ich bin blind hineingetappt.«

Kunjar starrte ihn so verdutzt an, dass Kinor lachen musste.

»Ich werde es dir erklären, Vetter. Du weißt, ich diente im Heer und zeigte mich hilfsbereit und untertänig.«

»Du?«

»Das tat ich, um meine wahre Absicht, einen Anschlag auf Capito, zu verbergen. Meine Bereitwilligkeit wurde von Crispinus gewürdigt. So schien es mir jedenfalls. Die Wahrheit aber war, dass der Fuchs auf einen noch schlaueren Fuchs traf. Eines Tages trug Crispinus mir auf, Capito einen Rapport zu überbringen. Ich war begeistert. Jetzt würde ich in die Höhle des Löwen vordringen und auskundschaften können, wie ich meine Rache ausführen könnte. Doch kaum war ich in dem Gouverneursgebäude, wurde ich festgenommen. Ich konnte mich aber befreien und rannte auf die Straße. Mit Müh und Not konnte ich aus der Stadt flüchten. Nachts bin ich dann über den Rhein geschwommen. Hier bei den Tenkterern fand ich Unterschlupf. Später hörte ich, dass ich wegen Mordes gesucht würde.«

Kunjar pfiff durch die Zähne: »Du wurdest also wegen einem Mord gesucht, den du nicht begangen, sondern nur geplant hattest?«

»Eine verrückte Geschichte.«

»Aber wer hat denn dann Capito ermordet?«

»Als ich hörte, dass Crispinus von Vitellius des Mordes bezichtigt wurde, dachte ich, er sei der Täter. Aber jetzt bin ich mir da auch nicht mehr so sicher.«

»Vielleicht war die Verhaftung von Crispinus nur ein Scheinmanöver und Vitellius nahm ihn vielmehr in Schutz?«

»Das ist klar. Vitellius inszenierte Crispinus' Hinrichtung allein, um Capitos Anhänger zu besänftigen.«

»Vitellius ist ihm vielleicht für die Ermordung Capitos sogar dankbar?«

»Es sieht zumindest danach aus.«

Mühsam fanden sie den Weg durch das Labyrinth der vielen Fragen und Verwicklungen, aber eine Lösung sahen sie noch nicht.

»Und jetzt möchte ich so schnell wie möglich zu meinem Vater«, rief Kunjar entschlossen.

Kinor musterte ihn seelenruhig.

»Morgen ziehen wir los. Bist du für den Kampf gerüstet?«

»Natürlich!«

»Sei nicht übermütig.«

»Ich will mutig sein.«

»Das ist recht so. Aber sei auf das Schlimmste gefasst. Ich wollte meinen Vater rächen und dachte, dass diese Bluttat das höchste Ziel wäre. Jetzt aber kämpfe ich mit in dem Krieg, in dem großen Kampf zwischen den Völkern, an dem auch die Götter teilhaben. Doch Götter sterben nicht. Die Menschen sind es, die in Raserei töten und in ihrem eigenen Blut sterben.«

VII

Im Lager der Bataver angelangt, bahnten sich Kunjar und Kinor einen Weg durch den Kreis von Kriegern. Hoch loderte das Feuer auf und warf bizarre Schatten auf Pfähle mit hölzernen Figuren, die Tierwesen darstellten.

»Die Herrscher des Waldes«, murmelte Kunjar.

Mit erhobenen Armen betete ein Priester zur göttlichen Dreiheit, zu dem Wolf Wotan, dem Bären Donar und dem Widder Tiwas.

Krieger schafften Waffen herbei, aber auch Nahrung und Hausrat.

»Ein Teil ihrer Beute opfern sie den Göttern«, sagte Kinor. »Ohne ihren Schutz würden sie nie den Sieg erringen.«

Es war eine eindrucksvolle Opferprozession von einigen Dutzend Kriegern, Vertretern der verschiedenen Stämme. Kunjar wurde von dem Ernst des Geschehens ergriffen. Er fühlte tiefe Dankbarkeit, dass er dabei sein durfte.

»Wo ist mein Vater?«

»Ich sehe ihn nirgends, aber nachher wird er eine Ansprache halten.«

Der Kreis öffnete sich und eine aus Zweigen und Ästen geflochtene Puppe mit einem gefiederten Helm und einem Offiziersmantel kam schwankend auf das Feuer zu.

»Ins Feuer!«, schrien die Krieger, während sie kräftig auf ihre Schilde schlugen. Die Puppe drehte sich wild hin und her, so dass ihre steifen Arme um den Körper schlugen.

»Ins Feuer, ins Feuer!«

Plötzlich warf der Mann, der die Puppe trug, seine Last von sich. Die Flammen loderten auf und verzehrten sofort die geflochtene Figur. Allgemeiner Jubel ertönte, der sich überall im Lager fortsetzte.

»So erleben sie erneut den Tod des Kaisers Vitellius. Sie sagen, dass er beim Brand des Capitols umgekommen ist, genau wie die römischen Soldaten hier im brennenden Lager Castra Vetera«, erklärte Kinor.

»Ich habe nicht gewusst, dass Vetera durch Feuer zerstört wurde«, sagte Kunjar.

»Auf Befehl des Königs. Der Groll deines Vaters saß tief.«

Kunjar dachte an das stolze Lager, das er häufig besucht hatte. In seiner Phantasie sah er den Flammenherd und mitten darin schreiende, ratlose Soldaten.

»Der Groll des Königs führte zu einem schrecklichen Racheakt«, murmelte er.

Es wurde still. Ein Krieger wurde auf einem Schild zum Feuer getragen. Es war eine große, eindrucksvolle Gestalt, furchterregend wegen ihrer rot gefärbten Haare, die wie eine Flammenkrone um den Kopf standen. Dann brach erneut Jubel aus.

»Heil Tugan! Heil unserem König!«

Der König stieg von dem Schild herunter und kniete vor dem Priester nieder, der ein großes Messer in der Hand hielt. Der Diener der Götter sprach mit lauter Stimme: »Jetzt, da unser Volk, das so lange geknechtet wurde, gerächt ist, schneide ich dir, König, zum Zeichen des Sieges die Haare.«

Mit feierlichen Gebärden schnitt der Priester große Strähnen ab und warf sie ins Feuer.

»Nehme, Vagdavercustis, Göttin der Tapferkeit, diesen Beweis des Heldenmuts Tugans.«

Mit jedem weiteren Schnitt wurde das Aussehen des Kriegers weniger Furcht erregend und schließlich stand Kunjars Vater wieder da, so wie er ihn kannte, als Civilis »der Gutwillige«, wie die Römer ihn nannten.

Aber als er das Wort ergriff, hörte Kunjar, dass sein Kampfgeist ungebrochen war.

»Tapfere Krieger, ein großer Schritt ist getan, aber den endgültigen Sieg müssen wir noch in hartem Kampf erringen. Castra Vetera, die alte römische Festung am Rhein, liegt in Schutt und Asche. Es herrscht wieder Gerechtigkeit. In diesem Lager bekam ich einst den Befehl, Vindex zu bekämpfen. Der Befehlshaber und die Offiziere des Lagers wussten, dass ich dem Bündnis treu geblieben war und nur im Auftrag und im Sinne meines Befehlshabers mit Vindex verhandelt hatte. Wenn sie ihre Stimmen erhoben hätten, wäre mein Bruder Paulus nicht hingerichtet worden und ich nicht nach Rom entführt. Aber sie haben geschwiegen. In Castra Vetera unterschrieb mein Vater Wernar das Abkommen zwischen Römern und Batavern, ein Bündnis, das dem Rheingebiet Frieden brachte. Als Nero und seine Leute und später auch Vitellius das Abkommen mit Füßen traten, war dieses Lager mitschuldig. Die Soldaten aus Castra Vetera rekrutierten willkürlich Truppen, zogen Vieh ein und vergriffen sich an unserer Jugend, und das alles im Einvernehmen mit der römischen Heeresführung. Die Flammen haben ihre Schandtaten gerächt und haben das Bündnis verzehrt, das wertlos geworden war, seit es schamlos verraten wurde.«

Die Krieger schlugen wild auf ihre Schilde und gaben mit lautem Geschrei ihre Zustimmung zu erkennen. Als wieder Ruhe eintrat, wurden zwei gefesselte Männer in den Kreis geführt. Roh wurden sie an einen Pfahl gebunden. Ein Bataver schnitt herausfordernde Fratzen, hielt ihnen eine Fackel dicht vor das Gesicht und bedrohte sie. Die Umstehenden brachen in wildes Gelächter aus.

»Was haben sie vor?«, fragte Kunjar.

»Folter oder etwas Ähnliches«, erwiderte Kinor. »Diese Römer haben zweifellos Grausamkeiten begangen und jetzt wird ihnen mit gleicher Münze heimgezahlt.«

Ein unbekanntes Gefühl durchfuhr Kunjar. Diesmal stand er nicht auf der schwächeren Seite und konnte also ungestraft seine Feinde verspotten. Es wäre nur noch lustiger gewesen, wenn man Crispinus an den Pfahl gebunden hätte.

Aber was wollten die Bataver jetzt? Ein kleiner Junge mit rotgefärbten Haaren wurde in den Kreis hereingelassen. Jemand gab dem Jungen Pfeil und Bogen. Nein, das war doch nicht möglich!

Kunjar schwankte. Kinor bemerkte es: »Hast du den Jungen erkannt?«

Kunjar stöhnte: »Was treibt mein Vater? Was hat er im Sinn?«

»Mut, Vinir! Zeig, dass du ein Krieger bist!«, riefen die Soldaten.

»Du hörst, der Stamm will es so«, erklärte Kinor.

Der kleine Vinir spannte seinen Bogen. Das tat er sehr geschickt, doch der Pfeil verfehlte sein Ziel.

Die Bataver lachten: »Höher zielen! Kräftiger anspannen!«

Erneut spannte der Junge die Sehne an. Er wurde ganz rot im Gesicht. Der Pfeil zischte los und prallte am Hals des Gefangenen ab, der seinen Kopf krampfhaft zur Seite hielt. Schmerzhaft verzog er das Gesicht, aber er gab keinen Ton von sich.

»Bravo, Vinir, der unerschrockene Kämpfer!«

Die Soldaten genossen das grausame Spiel. Kunjar konnte es nicht länger ertragen. Er fuhr auf, lief auf den Jungen zu und entwand den Bogen den Händen seines Bruders.

»Lass sein, Vinir. Kämpfe nicht gegen einen Wehrlosen!«

Verdutzt schaute der Knabe seinen Bruder an und schrie dann: »Gemeiner Feigling!«

»Packt ihn!«, wurde gerufen.

Kunjar wurde von kräftigen Armen festgenommen.

»Bringt ihn in mein Zelt!«, schrie Civilis.

VIII

Man konnte es nicht gerade ein frohes Wiedersehen nennen. Asminda sah bedrückt aus, Vinir war sehr gekränkt und Civilis wütete wie ein Donnergott.

»Du hast den König öffentlich beleidigt!«

»Es geschah ohne böse Absicht«, entgegnete Kunjar kleinlaut. Dann aber sagte er mit Überzeugung: »Trotzdem finde ich es ein gemeines und brutales Spiel. Soll Vinir auf diese Weise lernen, was Tapferkeit ist?«

»Und was ist dann ein Gladiatorenspiel?«, versetzte Civilis scharf. »Ist das nicht auch brutal? In Friedenszeiten töten Männer einander zum Vergnügen des Publikums. Jetzt ist Krieg und meine Soldaten freuen sich auf das Spiel, bei dem diese römischen Halunken kaum einen Kratzer davontragen.«

»Kaum einen Kratzer. Der Römer hätte auch ein Auge einbüßen können.«

Diese Bemerkung war Kunjar entschlüpft, bevor er sich klar wurde, wie schmerzlich sie Civilis in den Ohren klingen musste.

»Vater«, sagte Kunjar in versöhnlicherem Ton, »ich bin hierher gekommen, um dir zur Seite zu stehen.«

»Dann wirst du ganz anders zupacken müssen«, brummte Civilis. »Was denkst du denn, wie man diese Bande zügeln kann? Ich bin kein römischer Kaiser, verstehst du. Ich bin nur einer von ihnen.«

»Du bist trotzdem König«, merkte Kunjar auf.

»Ein batavischer König«, sagte Civilis, »wird von den kampffähigen Männern gewählt. Nach seinem Beispiel kämpfen sie wie Löwen. Der germanische König ist kein blöder Tyrann wie Nero, er ist nur ein Soldat unter Soldaten.«

Es wurde Kunjar allmählich deutlich, weshalb sein Vater so verletzt und wütend war.

»Kunjar«, sagte Civilis ruhiger, »du weißt noch nicht, was Krieg ist. Das wird sich jetzt schnell ändern. Deshalb will ich, dass du mir gehorchst.«

»Das werde ich bestimmt.«

»Trotzdem hat dein Sohn auch einiges erlebt«, wagte Kinor einzuwerfen.

»Erzähle«, sprach der König.

Und Kinor erzählte von dem Überfall und der darauf folgenden Befreiung. Als Civilis hörte, dass Crispinus noch am Leben war, knurrte er wie ein Wolf. Kinor beendete seine Geschichte mit der Frage: »Civilis, wirst du jetzt Colonia angreifen?«

Civilis' Mund war nur noch ein schmaler Streifen. Schließlich sagte er: »Ich will mit den Tenkterern sprechen.«

»Die wollen Colonia erobern.«

»Jeder will, was ihm zupass kommt. Die Tenkterer wollen Colonia in Schutt und Asche legen, die Gallier ihrerseits wollen ein gallisches Reich und die Römer schließlich möchten, dass ich das Schwert niederlege.«

»Und, was willst du selbst?«, fragte Kinor.

»Der König will das, was für sein Volk am besten ist.«

Und mit dieser Antwort musste sich Kinor zufrieden geben, denn Civilis drehte sich um und verließ das Zelt.

IX

Frinda streichelte seine langen wilden Haare.

»Erschrecke ich dich nicht, meine liebe Frinda?«

»Dein Äußeres ist nur deshalb so schrecklich, weil es dein weiches Herz verbergen soll.«

Sie küsste ihn süß und verlangend.

»Frinda, willst du, dass ich bei dir bleibe und nicht in den Kampf ziehe?«

»Es ist deine Pflicht zu kämpfen. Ich werde aber im Zelt auf dem Hügel auf dich warten. Nach der Schlacht werde ich deinen schmerzenden Körper waschen und mit Öl salben, wie die Römer es uns gelehrt haben.«

»Und wenn ich sterbe ...« Seine Stimme stockte.

»Dann sterbe ich mit dir. Dann werde ich mich in dein Schwert stürzen.«

Kunjar erwachte aus seinem Traum und blickte auf die Rauchöffnung des Zeltes, durch die ein Sonnenstrahl den neuen Tag ankündigte. Er vertrieb die Müdigkeit aus seinem Körper und durchlebte noch einmal den schönen Traum, der mit einem so bangen Gefühl endete. Er vermisste Frinda jeden Tag mehr. Aber der Traum hatte ihm auch Trost gebracht. Aus dem fernen Bataverland hatte sein Mädchen zu ihm gesprochen. Er war sich sicher, dass sie heute Nacht den gleichen Traum hatte.

Er stand auf und verließ das Zelt. Es war jetzt wärmer geworden; der Frühling lag schon in der Luft. Die Sonne ging hinter den Hügeln am anderen Ufer des Flusses auf. Colonia schien noch friedlich zu ruhen. Aber das war nur Schein. In der Stadt waren die Nerven der Bewohner bis zum Zerreißen gespannt, denn übermorgen hielten die Ubier Landtag und da würde die Entscheidung fallen: entweder den Forderungen der Tenkterer nachkommen oder kämpfen. Kunjar wusste, dass es für die stolzen Bürger Colonias keine einfache Entscheidung war. Mehr als jedes andere Volk hatten die Ubier Lebensstil und Komfort der Römer übernommen. Als er noch in Colonia wohnte, hatte er diese Stadt gehasst. Aber jetzt, da er sie in der roten Glut der aufgehenden Sonne liegen sah, machte der Gedanke an ihren möglichen Untergang ihn beklommen. Zum ersten Mal sah er sich selbst, wie er war: ein Bataver, aber mit ubischem Blut in den Adern. Colonia Agrippina hatte auf immer einen Platz in seinem Herzen erobert.

»Eine schöne Stadt.«

Es war Civilis, der so sprach.

»Ich hoffe, dass sie unversehrt bleiben wird«, sagte Kunjar.

»Der Krieg lässt uns oft keine Wahl.«

»Und wenn die Ubier die Bedingungen der Tenkterer akzeptieren?«

»Die Bedingungen sind unannehmbar.«

»Also wird es Kampf geben?«

»Nicht unbedingt.«

Kunjar kam nicht mehr mit. Weshalb machten Vermittler und Volksführer es immer so kompliziert?

»Es ist doch einfach: Frieden oder Krieg, ja oder nein.«

Civilis' Mundwinkel verriet ein Lächeln.

»Schau«, sagte er, »die Ubier wollen ihre Stadt retten. Aber die Tenkterer stellen unmögliche Bedingungen: Schleift die Stadtmauer und tötet die Römer.«

Die römischen Freunde kamen Kunjar in den Sinn: Marcellus, Petronius, Fradmos ... aber der war ja inzwischen schon gestorben.

»Das können sie natürlich nicht akzeptieren. Viele Ubier sind mit Römern verheiratet. Und trotzdem denkst du, dass es vielleicht zu einer Übereinstimmung kommen kann?«

»Ja«, fuhr Civilis fort. »Ubier und Tenkterer sind zwar alte Feinde, aber sie haben auch gemeinsame Interessen. Der Rhein ist für beide eine Lebensader. Beide Stämme leben vom Handel. Wenn die Ubier ihre berühmte Diplomatie einsetzen und den Tenkterern versprechen, dass in Zukunft auch sie an Colonias Wohlstand Anteil haben werden, kommt vielleicht doch noch eine friedliche Abmachung zustande.«

»Und wenn nicht?«

»Du stellst eine unnötige Frage, Kunjar.«

Er schaute seinen Vater an. Er merkte, dass diese Frage eine wunde Stelle in ihm berührte.

»Vater, ich habe den Eindruck, dass du, falls es nötig wäre, Colonia nur mit Widerwillen angreifen würdest.«

»Ich möchte die Stadt schonen, weil Marcellus dir Schutz gegeben hat.«

»Aber wenn der Krieg dich zwingt, die Stadt zu vernichten, wirst du es dann schaffen, deine Freunde zu beschützen?«

»Ich wiederhole, du stellst zu viele Fragen.«

»Ich bin doch dein Sohn«, sagte Kunjar gekränkt. »Ich habe doch das Recht zu wissen, was du vorhast. Man sagt, dass Kaiser Vespasianus den Frieden will.«

Grimmig fragte Civilis: »Auf was willst du hinaus? Willst du mir vielleicht vorschreiben, was ich tun und lassen soll?«

Kunjar erschrak vor der barschen Antwort und stotterte: »Nein ... ich meine nur ...«

»Nun also, tue du nur deine Pflicht. Beweise zuerst, dass du ein richtiger Krieger bist. Als König treffe ich die Entscheidungen und ich hole bei dem Rat, der ihn mir geben kann. Friede ist auch mein Ziel, aber eben ein ehrlicher Frieden. Seit Vetera gefallen ist, zollen uns die Römer zum ersten Mal wieder Respekt. Bevor ich zu Verhandlungen bereit bin, muss unsere Position erst noch stärker werden. Wenn heute die Ubier und morgen die Nervier und Tungrer meine Seite wählen, werden die Römer sich so bedrängt fühlen, dass sie meine Bedingungen wohl oder übel akzeptieren müssen. Jetzt hofft Rom noch, mich klein zu kriegen. Mit wem soll ich überhaupt verhandeln? Mit dem Heer in Untergermanien, das entlassen und aufgelöst wurde? Oder mit dem Heer in Obergermanien, das nun selbst den Kampf gegen Rom aufnimmt und somit meine Seite wählt?«

Es erstaunte Kunjar, wie komplex die Lage war, und wie sein Vater mit Bedacht und Weitblick die Chancen abwog.

»Und was Colonia betrifft«, sagte Civilis, »habe ich den Tenkterern deutlich gemacht, dass es für alle Parteien von Vorteil wäre, wenn wir die Ubier als Freunde behalten könnten: Zusammen sind wir stark.«

Unwillig schloss er: »Und denk nur nicht, dass ich so naiv bin, dem Feind die Bruderhand zu reichen, ohne ihm Forderungen zu stellen. Die Unterhändler sollten folgende Bedingungen vorbringen: die Auslieferung von Centurio Crispinus, aber vor allem die meines Stammesgenossen Claudius Labeo!«

X

»Claudius Labeo ist mit einigen Getreuen nach Belgica geflüchtet. Er hofft die Nervier auf seine Seite zu bekommen.«

»Und Crispinus?«

»Von dem Centurio weiß ich nichts«, antwortete Admiral Burdo.

Civilis schnaubte verächtlich: »Mit anderen Worten, den Bewohnern von Colonia können die Bataver gestohlen bleiben, auch wenn sie die Stadt geschont haben. Den entflohenen Römern dagegen gewährt ihr immer noch euren Schutz.«

Burdo schwieg, aber seine Gedanken waren leicht zu erraten.

Die Rollen waren jetzt vertauscht. In der Kaserne, in der Kunjar sich eine Nacht in Haft befunden hatte, trat jetzt sein Vater als Kommandant auf. Die Stadtverwaltung Colonias hatte die Seite des Civilis gewählt. Die Tenkterer waren bei den Verhandlungen außergewöhnlich wohlwollend gewesen. Im Tausch für freien Handel auf dem Rhein hatten sie von ihren Forderungen weitgehend abgesehen. Kein Stein der Stadtmauer war geschliffen worden und kein Haar eines Römers gekrümmt. Burdo war nun unter den römischen Soldaten, die nicht mehr hatten flüchten können, der Ranghöchste.

»Ich hoffe, dass ich unter den gegebenen Umständen auf deine Mitarbeit rechnen kann?«

Kunjar sah, dass diese Frage Burdo schmerzlich berührte. Er kannte den Admiral als korrekten Vollstrecker von Befehlen, sofern diese aus Rom kamen. Jetzt wurden sie ihm aber von einem Bataver erteilt.

Bedachtsam antwortete Burdo: »Du hast Colonia Agrippina geschont. Das betrachte ich als äußerst entgegenkommend von den Batavern. Solange ich aus Rom keine anderen Befehle erhalte, verhandle ich mit jeder Macht, die die Römer respektiert.«

Kunjar schloss aus der komplizierten Redeweise, dass Burdo sich mit den Tatsachen abfand, aber dass er es mit Würde und Stil tat. Es war ihm nicht anzusehen, dass er gleich zu Beginn des batavischen Aufstands seine ganze Flotte verloren hatte.

»Ich nehme an, dass die beiden jungen Herren nicht deine Gehilfen sind?«

Kunjar und Kinor schauten sich gegenseitig an. Die Frage des Admirals – höflich formuliert – war mehr als beleidigend für sie.

»Kunjar ist mein Sohn, Kinor mein Neffe, und als solche sind sie hier«, sagte Civilis trocken. »So wie ich sind beide von den Römern immer wieder schikaniert worden.«

»Was meinst du damit?«

»Tu doch nicht so, als ob du von nichts weißt, Admiral. Mein Sohn wurde zweimal verhaftet und jedesmal saß ihm Crispinus im Nacken. Mein Neffe bekam den Mord an Capito in die Schuhe geschoben und ich wurde als Auftraggeber verdächtigt.«

»Solange dieser Mord nicht aufgeklärt war, wurde jeder verdächtigt. Auch ich wurde dafür verantwortlich gemacht und von Vitellius verbannt«, erwiderte der Admiral.

Civilis höhnte: »Bitte keine Komödie, mein Verehrtester! Crispinus wurde des Mordes bezichtigt. Du wurdest für alles verantwortlich gemacht. Aber was tat Vitellius, um die Anhänger des ermordeten Statthalters zu beruhigen? Er inszenierte Crispinus' Hinrichtung.«

Burdo schaute ihn gekränkt an: »Stehen meine Worte zu den deinigen im Widerspruch? Vitellius musste einen Schuldigen haben, sonst wäre in seinem Heer eine Meuterei ausgebrochen. Deswegen gab er Crispinus und mir die Schuld, weigerte sich jedoch, das Urteil zu vollstrecken.«

Mit einem Ruck wandte Burdo sich plötzlich zu Kinor: »Offen gestanden, ich war der Meinung, dass du den Anschlag verübt hattest.«

Der Admiral spielte mit offenen Karten. Das beschwichtigte Civilis einigermaßen, aber Kinor sah die Sache nicht so einfach: »Ich wurde mit einem Auftrag zum Kommandanten geschickt. In dem Hauptquartier wurde ich aber sofort festgenommen. Ich konnte entkommen und später wurde ich fälschlicherweise des Mordes angeklagt. Das alles geschah im Auftrag von Crispinus, vielleicht auch von dir.«

»Das höre ich zum ersten Mal«, sagte Burdo empört. »Das ist eine schwere Anklage gegen Centurio Crispinus. Aber ich werde es berücksichtigen und in meinem Rapport melden.«

Kunjar fand, dass der Admiral in seiner heiklen Lage einen zu selbstsicheren Ton anschlug. Verärgert fragte er: »Weißt du inzwischen, wer uns damals auf dem Rhein verfolgte?«

Burdo betrachtete ihn von oben herab: »Du hast diese Frage schon mehrfach gestellt. Die Untersuchung hat nichts ergeben. Und du weißt, dass ihr damals sehr unvorsichtig wart. Der Rhein ist nicht der Tiber.«

Dieser Offizier war unnahbar, auch wenn er eigentlich ein Gefangener war. Er trug seine stolze Rüstung, als ob er noch auf einem Admiralsschiff stünde. Er gehörte noch zu den Soldaten, die früher einmal wegen ihrer Fähigkeiten und nicht wegen ihrer Grausamkeit, wie Crispinus, befördert wurden.

Civilis stand auf. Er hatte noch anderes zu erledigen, als sich mit einem römischen Offizier herumzustreiten.

»Admiral, du weißt, dass du zur Verfügung zu stehen hast.«

»Bin ich unter Arrest gestellt?«

»Du bleibst weiterhin zur Verfügung.«

XI

Als Kunjar und sein Vater in Colonia das Haus des Marcellus betraten, fiel Kunjar auf den ersten Blick auf, wie kalt und leblos das sonst so gastfreundliche Haus aussah. Die farbigen Figuren der Wandgemälde schienen nicht mehr zu diesem vereinsamten Haus, sondern viemehr zu einer versunkenen Welt zu gehören. Hausrat und Möbel waren aufs Nötigste beschränkt. Kostbare Sachen, die nicht zu schwer waren, waren bereits eingepackt und lagerten irgendwo für die Abreise. Marcellus' Gattin war abweisend und kalt wie eine Statue. Sie gab sich nicht die geringste Mühe, ihren Pflichten als Gastgeberin nachzukommen. Sie betrachtete die Bataver als Eindringlinge, schlimmer noch, als ihre Feinde, weil ihr Sohn gegen sie kämpfte. Es gab wenig oder gar keine Nachricht von Aulus. Zuerst hatte er in der vierten Legion unter dem Befehl des Generals Vocula gekämpft. Als dieser ermordet wurde, war Aulus in den Süden geflüchtet, quer über die Alpen, vielleicht sogar bis nach Rom. Aulus hatte dabei wie ein echter Römer gehandelt und sich geweigert, unter einem Überläufer zu dienen. Mit Würde, aber manchmal auch mit Bitterkeit, trug die Römerin den Gedanken an ihren Sohn im Herzen.

Auch die anderen, die Kunjar früher so gut gekannt hatte, gingen ihm und seinem Vater aus dem Weg. Nach Lehrmeister Fradmos war auch der Verwalter Petronius gestorben. Etwa vor zehn Tagen wurden die anhaltenden Spannungen seinem schwachen Herzen zu viel und er erlag einem Schlaganfall. Petronius' Gattin hatte jeglichen Kontakt zu ihrer Umgebung aufgegeben. Ganz in sich versunken saß sie auf einem Stuhl und starrte vor sich hin. Nicht einmal die Zuneigung Silvias konnte sie aus ihrer Lethargie holen. Falls in ihrem Kopf doch noch Gedanken aufstiegen, dann wanderten diese zu ihrem Vaterland zurück, zu den sonnigen Tagen ihrer Jugend.

Kunjar wollte dieses Haus, in dem er so viele Monate verbracht hatte, möglichst schnell verlassen. Aber sein Vater betrachtete es als seine Pflicht, noch einmal seinem alten Freund Marcellus zu begegnen und mit ihm die Lage zu besprechen.

»Civilis, du schließt also keinen Frieden mit Vespasianus?«

Marcellus' vorwurfsvoller Ton war nicht zu überhören: Wenn Civilis es noch einigermaßen gut mit den Römern meinte, sollte er sich bald mit seinem ehemaligen Kommandanten aussöhnen.

»Zuallererst will ich ein freies Bataverland.«

»Das hast du doch schon.«

»Nein, denn Claudius Labeo wiegelt die anderen Völker gegen mich auf und stiftet überall Uneinigkeit.«

»Er ist vielleicht ein größerer Realist als du. Er hat wenigstens nicht den Kontakt mit Rom abreißen lassen.«

»Labeo ist nicht zu trauen. Er greift aus dem Hinterhalt an.«

Noch waren Marcellus und Civilis Freunde, aber in ihren Worten klangen Bitterkeit und Enttäuschung mit.

»Vespasianus wird dir nie vergeben, dass du ein unabhängiges gallisches Reich ausgerufen hast.«

»Das habe ich nicht getan. Das taten meine gallischen Freunde.«

»Warum brichst du dann den Kontakt mit ihnen nicht ab?«

»So einfach geht das nicht, Marcellus. Ich würde nur noch mehr Feinde bekommen.«

»So wie es jetzt ist, geht es auf jeden Fall in die falsche Richtung. Du kannst damit rechnen, dass Vespasianus, sobald er die Macht in der Hand hat, mit einem großen Heer gegen dich ziehen wird.«

Marcellus schaute seinem alten Kampfgefährten direkt ins Gesicht. Seine Worte kamen von Herzen. Kunjar spürte, dass sie seinen Vater hart ankamen.

Beharrlich sagte Civilis: »Das Bataverland muss frei sein. Der Kaiser wird die Waal als neue Reichsgrenze anerkennen müssen.«

Sie schwiegen eine ganze Weile. Barcas schlich herbei. Die ungewöhnliche Ruhe befremdete ihn. Mit seinem sanften Pelz strich er an Silvias Kleid entlang und miaute herzzerreißend, auf der Suche nach einem leckeren Häppchen. Auch für diesen exotischen Kostgänger hatten sich die Zeiten geändert.

»Es ist eine große Erleichterung für uns, Civilis, dass du Colonia geschont hast. Der arme Petronius hat sich umsonst Sorgen gemacht.«

»Soweit es in meiner Gewalt lag, habe ich die Stadt nie bedroht. Mein Sohn kann es bezeugen.«

Komisch, dachte Kunjar. Civilis, der sich vor einigen Tagen noch wie ein Wilder gebärdet hatte, verteidigte sich jetzt gegenüber einem Römer.

»Was hast du jetzt vor, Civilis?«

»Ich kann hier natürlich nicht meine ganze Strategie ausbreiten, aber zuallererst will ich mit Labeo abrechnen. Euch droht jetzt keine Gefahr mehr. Packt eure Sachen wieder aus.«

Kunjar las Zweifel in den Augen der Hausbewohner.

»Wir werden trotzdem versuchen, von Colonia wegzukommen, aber bis jetzt sehe ich keinen sicheren Reiseweg«, antwortete Marcellus.

»Wir sitzen wie die Ratten in der Falle«, sagte Silvia. Sie war schön, diese junge Römerin, aber in ihrer Verbitterung war sie unnahbar. Ab und zu warf sie einen verächtlichen Blick in Kunjars Richtung. Marcellus' Gattin dagegen schien hoffnungsvoller gestimmt: »Die kaiserlichen Truppen werden eines Tages kommen, um uns zu befreien. Mein guter Aulus wird dabei sein.«

»Verehrte Frau«, wandte Civilis sich an sie, »ich werde dir beweisen, dass ich es gut mit euch meine.«

»Was kann ein Bataver uns noch beweisen?«, spottete sie.

Marcellus beschwichtigte: »Schieb nicht alle Schuld auf die Bataver. Die schlechte römische Verwaltung ist schuld.«

»Du hast dich also der Fahrlässigkeit in der Verwaltung schuldig gemacht!«, rief Marcellus' Gattin. Und während sie auf Civilis zeigte: »Und er! Was hat er gemacht? Castra Vetera anzünden – war das etwa kein Verbrechen?«

Civilis ließ sich durch diesen Ausbruch nicht aus der Ruhe bringen: »Ich werde euch den Beweis liefern, dass ich nicht vorhabe, Colonia anzugreifen. Ich überlasse der Stadt wichtige Personen als

Geisel: meine Gattin Asminda, meinen jüngsten Sohn und meine Schwester. Für ihr Wohlergehen muss gesorgt werden und ich sähe es gerne, wenn sie bei Bekannten ein Unterkommen fänden.«

Marcellus dachte über Civilis' Angebot nach: »Ich habe mich immer schon gewundert, warum ihr jedesmal die ganze Familie in den Krieg mitschleppt.«

»Als Soldat mit römischer Ausbildung empfinde ich das auch als hinderlich, aber die Stammestradition will es so.«

»Eine schöne Tradition! Und jetzt, da die Lage ernst wird und deiner Familie Gefahr droht, wird wieder an die alte Freundschaft appelliert und ein anderer soll sich um sie kümmern.«

Kunjar wäre am liebsten im Erdboden versunken. Die harten Worte verletzten Civilis schwer. Seufzend setzte er sich.

»Marcellus, ich bin dir dankbar für alles, was du schon für mich und meine Familie getan hast. Ich bitte dich diesmal, auch für meinen Standpunkt Verständnis zu haben. Glaube mir, auch ich will einen gerechten Vertrag mit Rom. Zweifle nicht an der Aufrichtigkeit meiner Absichten und urteile über meinen Vorschlag wie ein kühl denkender Politiker: Wenn ich meine nächsten Verwandten hier zurücklasse, muss das doch für die Ubier ein lebender Beweis sein, dass ihre Stadt unter meinem Schutz steht. Asminda ist ja Ubierin!«

Der Ratsherr besann sich.

»Aber die Gallier könnten uns angreifen.«

Civilis biss sich auf die Unterlippe. Schließlich sagte er: »Ich werde auch die Gattin eines gallischen Heerführers als Geisel zurücklassen.«

»In diesem Fall ...«, zögerte Marcellus. »Nun gut, es sei so. Petronius' Witwe und ihre Tochter Silvia werden zu uns ins Haus ziehen, so dass ihr Haus frei wird. Dort können dann deine Verwandten wohnen, freilich unter Aufsicht des Stadtrates.«

»Selbstverständlich«, sagte Civilis.

Kunjar atmete erleichtert auf. Eine so günstige Wendung des Gesprächs hatte er nicht erwartet.

XII

Die Wolfshunde knurrten und fletschten ihre scharfen Zähne.

»Ich gehe keinen Schritt weiter«, sagte Kunjar. »Ich lass mich nicht lebendig auffressen.«

Aber da kam schon ein Wächter auf sie zu.

»Kusch! Ruhig!«

Die Hunde winselten und zogen sich zurück.

»Was sucht ihr hier? Das ist hier heilige Erde!«

»Wir kommen im Auftrag meines Vaters Civilis.«

»Kenne ich nicht. Fort mit euch.«

»Mein Vater ist Tugan, König der Bataver.«

Der Brukterer steckte das Schwert in die Scheide und strich sich verlegen über den Schnurrbart, als ob er seine Barschheit entschuldigen wollte.

»Ich werde der heiligen Jungfrau eure Ankunft melden. Wartet hier.«

Es dauerte lang, bis er zurückkam. Sie durften nun tiefer in den Wald hineingehen. Die Hunde beachteten sie nicht mehr. Auf einmal befanden sie sich vor Veledas Wohnstätte: ein düsterer Turm aus grauem Naturstein. Kunjar wusste, dass die Priesterin sich oben im Turm aufhielt und sich nie ihren Besuchern zeigte. Durch die Löcher in der Mauer – Fenster konnte man diese Öffnungen nicht nennen – konnte sie die ganze Umgebung übersehen. Vielleicht konnte sie sogar die Lippe, den Fluss, dem sie stromaufwärts gefolgt waren, noch sehen.

Ein Mädchen in einem langen Wollkleid erschien in der Tür. Sie erinnerte Kunjar an Frinda. Lange, blonde Haare umschlossen ihr sanftes Gesicht wie die Kapuze eines Mantels. Sie begrüßte die Besucher und fragte, welche Bitte sie ihrer Meisterin überbringen solle.

Kunjar hatte sich seine Botschaft gut eingeprägt: »Mit diesem Geschenk möchte König Tugan der Priesterin für ihre richtigen Voraussagungen Dank sagen. Die Legionen am Rhein sind gefallen oder haben sich auf unsere Seite geschlagen. Für die Germanen ist der Rhein nun wieder ein freier Fluss. Mit unserer Unterstützung haben die Gallier ihr Land zu einem unabhängigen Gallien ausgerufen. Jetzt droht aber der große Krieg gegen Rom. Tugan erbittet sich Wotans Befehl, dem er einzig und allein folgen will. Gebietet Wotan, dass er mit dem neuen Kaiser verhandeln soll oder soll er weiterkämpfen, mit oder ohne Hilfe der Gallier?«

Das Mädchen nahm die Börse mit Silbermünzen an und sagte: »Ich werde mit der Priesterin sprechen.«

Nach einer Weile kam sie wieder herunter.

»Die Priesterin will selbst zu euch sprechen«, erklärte sie. Sie führte die beiden Besucher in einen zu ebener Erde gelegenen Raum.

»Weiter dürft ihr nicht gehen«, sagte sie und stieg dann die Treppe hoch. Plötzlich hörten sie eine Stimme in einem singenden Tonfall sprechen. Es war unmöglich zu sagen, woher sie kam.

»Kunjar, Sohn von Tugan, und Kinor, Sohn von Havar, Sprosse aus dem Geschlecht des Wernar, seid willkommen. Überbringt dem König Civilis meinen Dank für seine milde Gabe. Ich fordere euch auf, eure Bitte zu wiederholen.«

Diese unirdische Stimme schien keinem Menschen zu gehören, sondern eher einem frei schwebenden Geist. Die Worte mit ihren tönenden Lauten besaßen eine fremde, zwingende Kraft. Kunjar wiederholte nun seine Bitte.

»Warum ist Tugan nicht selbst gekommen?«, fragte die Stimme.

Auch auf diese Frage hatte sein Vater ihn vorbereitet.

»Die Truppen jetzt alleine zu lassen wäre gefährlich. Immer mehr Stämme erkennen Civilis' Befehlsgewalt an. Eine Stammesfehde während des Königs Abwesenheit könnte schlimme Folgen haben.«

»Das begreife ich«, tönte die Stimme. »Und wie ist der Zusammenhalt innerhalb des batavischen Stammes?«

Veleda schien die Lage gut zu kennen, selbst über den Verrat des Claudius Labeo schien sie unterrichtet zu sein.

»Mein Vater sieht es als seine Aufgabe, unter den batavischen Stämmen die alte Ordnung wieder herzustellen.«

Stille. Nach einer Weile fing die Stimme wieder zu tönen an: »Ich werde die Götter befragen.«

Die Dienerin erschien und lud sie ein, sich auf die großen Steine zu setzen. Oben hörten sie die Priesterin in einem singenden, beschwörenden Ton beten. Kunjar konnte die einzelnen Worte nicht verstehen, aber manchmal meinte er, die Namen der Obergötter zu hören.

Nach etwa einer Stunde – in Colonia hatte er gelernt, die Zeit mit den römischen Einheiten zu messen – wurden ihre Worte für Kunjar verständlich. Die Priesterin richtete sich erneut an ihre Besucher:

Die Götter unterstützen Tugan in seinem neuen Kampf ...
Es ist Wotans Wille, dass er kämpft ...
nicht verhandelt ...
aber kämpft mit Hilfe der Gallier ...
Tugan muss über die Einheit seines Heeres wachen ...
vor allem in seinem eigenen Stamm ...
Wie ein Mann müssen die Bataver hinter ihm stehen ...
Überzeuge davon den Rat der Adligen ...
Überzeuge den Rat ...
Dann wird Tugan siegen ...
Dann wird der Kaiser für immer ...
die Freiheit der Rheinvölker anerkennen ...

Die Stimme schwieg. In trägen, schwingenden Sätzen hatte die Prophezeiung durch den hohen Raum geklungen und wurde von den Wänden zurückgeworfen. Dennoch hatte Kunjar jedes Wort verstanden. Er wiederholte die Botschaft innerlich und prägte sie sich ein. Das Mädchen verabschiedete sich mit einer Verbeugung, zum Zeichen, dass sie jetzt gehen sollten.

»Überbringe der Priesterin meinen Dank für ihren göttlichen Rat«, sagte Kunjar zum Abschied.

Sie traten eilig den Rückweg an. Auf einmal legte Kinor seine Hand auf Kunjars Schulter.

»Kunjar, warte einen Augenblick.«

»Wir müssen uns beeilen, Kinor, die Zeit drängt.«

»Es ist wichtig, Kunjar. Veleda ließ etwas durchblicken.«

»Was meinst du? Dass die Einheit unseres Stammes das Wichtigste ist?«

»Genau das meine ich. Der Rat der Adligen muss davon überzeugt werden.«

»Du hast recht. Wir werden dieses Problem meinem Vater vorlegen.«

Kunjar lief weiter. Was hatte sein Vetter vor? Wollte er erst ins Bataverland gehen? Das wäre aber ein gefahrvoller Umweg und würde ein Zeitverlust von mehreren Tagen bedeuten. Auf einmal schien es ihm sehr verlockend, Frinda nach so vielen, vielen Monaten wiederzusehen ... Aber nein, er würde sich den ewigen Hass seines Vaters zuziehen.

Der Pfad fiel hier zum Fluss ab. Kinor schoss urplötzlich an Kunjar vorbei und versperrte ihm kurzerhand den Weg.

»Hör mal zu, Königssohn. Hast du die Worte der Priesterin wirklich verstanden?«

»Aber ja.«

»Überzeuge den Rat, hat sie gesagt. Was bedeutet das? Das bedeutet, dass wir jetzt ins Bataverland reiten müssen, und zwar sofort.«

»Ausgeschlossen. Der Auftrag meines Vaters war deutlich: Auf dem kürzesten Weg sollen wir zurückkehren. Als Anführer wird er entscheiden, was zu tun ist.«

Aber Kinor ließ nicht locker.

»Wenn wir erst deinem Vater die Botschaft überbringen müssen, wird eine Gesandtschaft erst in einigen Tagen aufbrechen können. Dadurch geht kostbare Zeit verloren. Vielleicht ist Claudius Labeo dann bereits in die Heimat zurückgekehrt, um für seine Sache Stimmung zu machen.«

»Eine andere Möglichkeit gibt es nicht. Auch wenn wir jetzt sofort ins Bataverland reiten, dauert es noch einige Tage, bis der Rat der Adligen zusammengerufen wird. Und dann wird mein Vater die

Weissagung erst noch später vernehmen. Das wird er mir nie vergeben.«

»Und doch gibt es noch eine andere Möglichkeit, nämlich dass ich alleine gehe.«

»Du? Alleine? Das kommt nicht in Frage.«

»Ich habe schon Erfahrung mit solchen geheimen Aufträgen. Morgen setzt ihr mich über den Rhein und in zwei, höchstens drei Tagen bin ich zu Hause. Ich werde mit Wanar, dem Vorsitzenden des Rates, sprechen und als Veledas Bote auftreten. Du wirst sehen, alle Bataver werden nur deinem Vater folgen und Labeo den Rücken kehren.«

Kunjar schaute seinen Vetter an. Als einer, der untertauchen und dann wieder an die Oberfläche kommen konnte, hatte er sich tatsächlich bereits einen Ruf erworben. Wenn sie Kinors Plan ausführen würden, wäre nicht nur die Mission der Priesterin erfüllt, sondern auch die seines Vaters. Auf dem schnellsten Weg könnte sowohl Einfluss auf den Rat genommen als auch sein Vater benachrichtigt werden.

»Gut, ich bin einverstanden«, sagte Kunjar schließlich. »Es ist Wotans Wille. Du genießt den Schutz der obersten Gottheit. Gebe Frinda einen Kuss von mir und sage ihr, dass ich nach dem Sieg zurückkehren werde.«

»Der große Sieg«, lachte Kinor.

Sie umarmten sich zum Abschied.

XIII

Die Erde begab sich zur Ruhe. Einige Schritte, von der Stelle, wo sich Kunjar befand, lief eine Elster stolz umher. Sie hielt einen Zweig im Schnabel und flog damit zum Wipfel einer hohen Birke, wo sie ein Nest baute. Die Elster kehrte nicht mehr zurück, denn auch für sie war der Tag zu Ende. Kunjar dachte an Bataverland, wo nun der Frühling wohl alles zum Blühen brachte. In einem Monat wäre der Ginster so weit. Vielleicht schaute auch Frinda jetzt zum Abendstern empor und dachte an ihn. Ihm wurde ganz mulmig zumute, so unmittelbar vor dem Kampf.

»Mach deinen Helm besser fest.«

Es war Gladiator, sein Befehlshaber, der zu ihm geschlichen kam.

»Musst du mich sogar noch im Kampf bemuttern?«, grinste Kunjar.

»Sei nicht eigensinnig, Kunjar, du hast noch viel zu lernen.«

»Das sagst du mir jetzt, im Angesicht des Feindes!«

Er blickte zum anderen Ufer der Maas. Die Zelte des feindlichen Heeres waren von der eintretenden Dunkelheit verschluckt worden.

»Wenn du meinen Rat befolgst, wird dir nichts passieren«, beruhigte Gladiator ihn.

»Wie bist du eigentlich zu deinem verrückten Namen gekommen, Gladiator?«

Der kleine, stämmige Bataver legte sich bequem auf die linke Seite, wie ein Römer, der sich zum Nachtessen niederlegt.

»Ich habe viele Jahre unter römischer Herrschaft gedient und gelernt mit dem Kurzschwert umzugehen. Meine Kameraden konnten es nicht fassen, dass mich keiner, obwohl ich ja so gedrungen bin, kleinkriegen konnte. Daraufhin gaben sie mir den Namen Gladiator.«

»Du warst ein Centurio und trotzdem kämpfst du jetzt mit den Batavern?«

»Ich bin Bataver und Claudius Labeo betrachte ich als einen Verräter.«

Unter dem Helm funkelten zwei scharfe Augen hervor.

»Gladiator, gestern beim Kampf um die Brücke über der Maas, wusste ich nicht so richtig, was ich tun sollte. Geht es immer so heiß her?«

»Für dich war es eine schwere Feuerprobe, mein Junge. Eine Brücke erobern ist immer eine heikle Sache!«

»Hast du Angst gehabt, dass es uns nicht gelingen würde, Gladiator?«

»Ich habe mir tatsächlich Sorgen gemacht. Dein Vater ist zwar ein guter Befehlshaber, aber er sieht oft nur die Hälfte seiner Feinde!«

Kunjar musste lachen.

»He«, brummte Gladiator, »du meinst wohl wegen des einen Auges, nein, daran dachte ich nicht.«

»Ich glaube, dass du recht hast. Er hatte nicht gedacht, dass die Nervier einen so heftigen Widerstand leisten würden.«

»Aber das war doch zu erwarten! Labeo, der Schurke, hat ihnen vorgeschwindelt, dass Civilis ihr Gebiet erobern wolle. Still, ich höre das Signal zum Angriff!«

Der Ruf einer Eule erklang. Es war das Zeichen zum allgemeinen Aufbruch. Gladiator legte seine Kleidung am Ufer ab und Kunjar folgte seinem Beispiel. Unterdessen wickelte ein Soldat eine Rolle Seil ab. Gladiator band sich das eine Ende des Seils um den Bauch und gefolgt von Kunjar watete er in den Fluss hinein. Die Kälte des Wassers ließ sie erschauern, aber nach kurzem Zögern ließen sie sich in das Wasser gleiten. Die Maas schien nicht so breit wie der Rhein, aber Kunjar spürte deutlich die starke Strömung.

»Ich werde vorausschwimmen. Du lässt das Seil allmählich nach«, befahl Gladiator. »Wenn ich dreimal an dem Seil ziehe, kommst du mir hinterher.«

Einen Augenblick später war sein Kampfgefährte im dunklen Wasser verschwunden. Gespannt wartete Kunjar auf das verabredete Zeichen. Auf einmal wurde das Seil in seiner Hand dreimal kurz angezogen. Mit kräftigen Stößen schwamm Kunjar an dem Seil entlang. Es war nicht einfach, denn er musste aufpassen, dass er nicht von der starken Strömung erfasst und mitgerissen wurde. Doch schon bald stieß er auf Gladiator.

»Hier kannst du stehen. Hole zuerst das Seil ein und gib es dann allmählich frei!«

Gladiator schwamm weiter. Jetzt dauerte es eine ganze Weile, bis Kunjar wieder einen Ruck an dem Seil spürte. Nun kam die gefährlichste Strecke! Hier war die Strömung besonders stark und Kunjar musste sich immer wieder an das Seil klammern. Endlich erreichte er seinen Kameraden.

»Das Schlimmste haben wir hinter uns! Nun aber Vorsicht, denn wir nähern uns dem feindlichen Ufer.«

Gladiator, der wieder vorausgeschwommen war, wählte eine dunkle Stelle, um ans Ufer zu kriechen. Kunjar fühlte, wie sich das Seil straffte. Gladiator hatte sein Ende an einen Baum gebunden.

Jetzt überquerten auch die anderen Bataver den Fluss. Nacheinander krochen die triefnassen Krieger an Land und die Uferböschung hinauf. Und schließlich wurden auch die Waffenrüstungen der Soldaten auf einem Floß eilig über den Fluss gezogen. An der Schnelligkeit und der Geschicklichkeit, mit der dieses Manöver ausgeführt wurde, konnte man sehen, dass Civilis für diesen Auftrag die besttrainierten Einheiten ausgewählt hatte. Kunjar durfte dabei sein und zeigen, was er konnte, auch wenn sich sein Einsatz noch in der schützenden Nähe eines bewährten Kämpfers abspielte.

XIV

Im Osten wurde der Himmel langsam hell und allmählich lösten sich die Konturen des feindlichen Lagers aus den Schatten des dunklen Waldes.

»In einem der Zelte aus Hirschleder schläft Labeo seelenruhig auf seiner Pritsche«, höhnte Gladiator.

Als sie näher an das Zeltlager herangeschlichen waren, fühlte Kunjar in sich die heftige Erregung eines Raubtieres aufsteigen, das spürt, dass seine Beute in der Nähe ist. Gladiator wartete quälend lang, bevor er das Zeichen zum Angriff gab. Doch Kunjar wusste, dass es Zeit brauchte, das römische Lager zu umzingeln.

Dieser Lagerplatz war nicht durch einen Zaun geschützt. Nur hier und da saßen einige Soldaten. Wachten sie oder waren sie eingeschlafen? Die Römer schienen sich auf dieser Seite der Maas sicher zu fühlen. Kunjar erkannte die Bataver unter ihnen an ihrem Bart und ihren blonden Haaren. Auf einmal wurde ihm schlagartig bewusst, dass dieser Überfall zu einem furchtbaren Brudermord führen würde. In seinem Eifer, Claudius Labeo ergreifen zu wollen, hatte er sich nicht klargemacht, dass es zu einem Blutbad kommen könnte.

Und dann ging auf einmal alles rasend schnell. Ein Posten hatte einen von den heranschleichenden Batavern bemerkt und schlug Alarm. Gladiator reagierte blitzschnell und gab Befehl zum Angriff. Die verdutzten Soldaten, die aus ihren Zelten am Rand des Lagers kamen, hatten keine Zeit sich zu verteidigen und wurden niedergemetzelt. Aber je tiefer die Angreifer in das Lager eindrangen, desto mehr wuchs der Widerstand, und überall wurde verbissen gekämpft. Einige Soldaten ergriffen die Flucht. Inzwischen hatte sich um das Hauptzelt ein grimmiger Kordon aus Legionären gebildet. Ein Hornsignal ertönte. Und plötzlich erkannte Kunjar in dem Römer mit dem Helmbusch und bartlosen Kinn, um den sich der Kreis gebildet hatte, den Erzfeind seines Vaters. Claudius Labeo schien in Panik zu geraten und erteilte hastige und unüberlegte Befehle.

»Den da müssen wir haben! Umzingelt ihn!«, schrie Kunjar.

Es war, als ob dieser Schrei ihn zum Anführer machte. Seine Kameraden kämpften mit erneuter Kraft. Die Gegenwehr ließ allmählich nach.

»Durchstoßen!«, rief er und schon stand er Auge in Auge mit Labeo.

»Du unreifes Bürschchen, meinst du, du kommst gegen mich an?«

Sofort spürte Kunjar, dass er sich in seinem Übermut zu weit vorgewagt hatte. Ihm fehlten Kraft und Erfahrung, um den Kampf mit einem solchen Haudegen durchzustehen. Verbissen wehrte er die wüsten Schläge des Gegners mit seinem Schild ab. Von Gegenangriff konnte nicht die Rede sein. Sein Gegner holte gerade zum tödlichen Schlag aus, als ihm plötzlich jemand zu Hilfe kam. Es war Gladiator! Vor seinen mörderischen Hieben musste Labeo weichen. Mit einem kräftigen Schlag riss er Labeo den Helm vom Kopf. Labeo schwankte. Nun aber wurde Gladiator selbst von zwei Seiten angegriffen. Mit Todesverachtung sprang Kunjar seinem Kampfgenossen bei. Ein stechender Schmerz durchzuckte seine Schulter. Er fiel ...

Als er sich wenig später wieder aufrappelte sah er gerade noch, wie Labeo sich auf ein Pferd schwang und davonsprengte.

Hinzugeeilte Römer deckten seinen Abzug. Diese Truppe wurde von einem stämmigen Offizier angeführt. Diesen Römer kannte er doch. Und während Kunjar nach seiner schmerzenden Schulter griff, erhaschte er einen Blick auf das zu einem Grinsen verzerrte Gesicht des Crispinus.

»Ihm hinterher!«, brüllte Kunjar.

Wie ein Gewitter, das vorüberzieht, erlosch das Gefecht. Nur das Stöhnen und Jammern der Verwundeten war zu hören. Kunjar sah, dass viele der toten Feinde batavische Brüder waren. Mutlos steckte er das blutverschmierte Schwert in die Scheide.

»Alles umsonst«, seufzte er.

»Du hast dich tapfer geschlagen«, munterte Gladiator ihn auf. »Hier, nimm Labeos Helm als Ehrenzeichen!«

XV

Civilis war tief enttäuscht.

»Einige Dutzend Bataver sind gefallen«, knurrte er, »und der Schuft, um den es mir ging, ist geflohen.«

»Dein Sohn kämpfte wie ein Löwe«, tröstete ihn Gladiator.

»Hat er einen Feind getötet?«

Kunjar blickte bei dieser Frage erstaunt auf, aber dann begriff er deren Sinn: Solange ein Bataver keinen Feind getötet hatte, wurde er nicht als vollwertiger Krieger angesehen.

»Nun?«

Kunjar blieb die Antwort auf diese Frage schuldig und selbst Gladiator konnte ihm beim besten Willen nicht beistehen.

»Das ist typisch für euren Kampf«, sagte Civilis verärgert. »Ihr habt euch wie blutige Anfänger benommen. Nur mit perfekter Vorbereitung kann man eine Umzingelung wagen.«

»Dein Vorwurf ist unbegründet«, entgegnete ihm Gladiator. »Wir hatten Labeo fast erwischt. Wäre uns das gelungen, dann wäre das nur deinem Sohn zu verdanken gewesen.«

Aber Civilis hielt an seinem Vorwurf fest.

»Du hast die Bataver angegriffen, ohne auf die Römer unter ihnen zu achten.«

Kunjar fand, dass sein Vater zu streng urteilte. Eigentlich hätte er Grund genug gehabt, zufrieden zu sein. In der Zeit, in der sie Claudius Labeo umzingelt hatten, war es Civilis gelungen, mit seinem Heer über die Brücke zu ziehen und nach einem kurzen Gefecht, seinen Gegner zu Verhandlungen zu zwingen. Nervier, Tungrer und Baetasier hatten sich darauf auf seine Seite geschlagen. Sein Heer hatte dadurch eine Verstärkung von Tausenden Soldaten bekommen.

Mit Bitterkeit in der Stimme antwortete Gladiator: »Und ich sage dir, du urteilst ungerecht.«

Civilis sah ihn mit funkelnden Augen und zusammengepressten Lippen an. Er schwieg. Doch allmählich entspannten sich seine Züge.

»Du hast recht«, gab er schließlich zu. »Ich konnte meine Enttäuschung nicht sofort verschmerzen, denn ich dachte an Veledas Prophezeiung. Nun kann Labeo den Rat der Adligen ungestört bearbeiten und Uneinigkeit säen.«

Kunjar war klar, dass es jetzt an der Zeit war, von Kinors Unternehmung zu sprechen: »Das wird ihm nicht gelingen, Vater, denn Kinor hat dem batavischen Rat bereits Veledas Botschaft überbracht.«

»Das werde ich erst glauben, wenn dein Vetter vor mir steht. Solange er mir nicht selbst davon berichtet, werde ich weiterhin Labeo verfolgen.«

Civilis, der die herbe Enttäuschung überwunden zu haben schien, lud die Heeresführung in sein Zelt ein. Trinkhörner und Becher wurden gefüllt, geräuchertes Fleisch und Brot herumgereicht. Zu Kunjars Erstaunen wurde das Treffen zu einem fröhlichen Festgelage, wobei der Sieg ausgiebig gefeiert wurde. Über den Misserfolg von Gladiator, wurde nur noch gelacht.

»Kunjar, setz den Helm auf!«, rief Gladiator.

Er zögerte, aber die anderen drängten ihn. Er zwängte seinen Kopf in den gefiederten Helm.

»Sieh Civilis, Labeo will sich ergeben.«

Sie lachten wie betrunken, aber sein Vater gönnte seinem Sohn keinen Blick.

Ein Offizier überbrachte eine Nachricht der Nervier, dass eine große Heeresmacht aus Italien gen Norden aufrücke. Zur großen Verwunderung der Anwesenden schien das keine Neuigkeit für Civilis zu sein!

»Da jetzt der Schnee in den Bergen schmilzt, war es zu erwarten, dass die Römer Verstärkung bekommen. Aber gemeinsam mit den Galliern sind wir unbesiegbar. Der Feind wird mit uns verhandeln müssen oder wir werden ihn zerschmettern.«

Das selbstbewusste Auftreten des Anführers machte Eindruck. Bald kehrte die ausgelassene Stimmung zurück. Nur Kunjar, der von seinem Vater so missachtet wurde, fühlte sich elend unter den Zechenden.

XVI

Wie eine glitzernde Schlange wand sich die Mosel zwischen den Hügeln hindurch. Auf dem gegenüberliegenden Ufer lag Augusta, die Stadt der Treverer, in der Sonne. Seine Bewohner gingen, nichts Böses ahnend, ihren Geschäften nach. Diesseits des Flusses, links und rechts der Brücke, hatten die römischen Legionen ihr Lager aufgeschlagen.

»Von hier aus hat man eine herrliche Aussicht, Kinor.«

Kunjar ließ seinen Blick über die Hügelreihen hinweg in die Weite schweifen bis zu dem fernen Gebirge, das sich am Horizont erstreckte. Im Osten ging die Sonne auf und färbte den Himmel feurig rot. Als Bewohner des Flachlandes konnte er sich an diesem großartigen Schauspiel nicht satt sehen.

»So schau dich doch um, Kinor.«

»Die rote Glut verheißt nichts Gutes«, brummte sein Vetter.

»Sie verheißt, dass Blut fließen wird. Oder was hast du sonst erwartet?«, fragte ihn Kunjar.

Kinor schwieg.

»Wo ist deine Kampflust geblieben, Kinor, mit der du mich damals im Bataverland anstecken wolltest? Die Soldaten brauchen mehr denn je deine Begeisterung und dein feuriges Beispiel, jetzt da du selbst Befehlshaber bist.«

Kinor lächelte schwach. Sein hochgewachsener, starker Vetter war abgemagert. Es war ihm zwar gelungen, Veledas Auftrag dem Häuptling Wanar zu überbringen, aber danach hatte der Rückweg an seinen Kräften gezehrt. Tagelang war er halb verhungert umhergestreift, immer wieder sich vor den Feinden versteckend. Als er endlich Civilis' Heer wiederfand, war er völlig erschöpft. Kunjar hatte alles, was er über Frinda erzählte, wie Nektar aufgesogen. Danach war Kinor zunehmend verschlossener geworden. Über seine Ernennung zum Anführer einer Einheit hatte er sich kaum erfreut gezeigt. Während des darauf folgenden Feldzuges hatte er dennoch mutig seine Pflicht erfüllt. Es schien aber, dass seine Kräfte bei jedem neuen Zusammenstoß mit dem Feind immer mehr nachließen. Der anhaltende Krieg gönnte ihm keine Ruhe.

»Kopf hoch, Vetter. Unsere Chancen standen noch nie so gut. Sieh dir doch das römische Lager genau an.«

Der enge Streifen Land zwischen steilem Hang und Fluss ließ den Römern eindeutig zu wenig Raum, um ihre klassische Viereckssformation zu bilden. Die Soldaten hatten nicht einmal einen starken Verteidigungswall zur Hügelseite hin gebaut. Vielmehr hatten sie ihre Zelte, wie ein Nomadenstamm, in einer lockeren Reihe dem Fluss entlang aufgeschlagen – eine strategisch sehr ungünstige Position.

»Unsere Übermacht wird sie in die Mosel treiben. Dann wird der General hoffentlich gezwungen sein, Verhandlungen aufzunehmen.«

Kinors Stirn glättete sich.

»Diesmal muss es uns tatsächlich gelingen«, stimmte er zu. »Noch nie waren wir so stark.«

Kunjar fragte sich, ob Aulus mit General Cerialis aus dem Süden zurückgekehrt war und sich jetzt irgendwo in dem Lager dort unten befand. Und wo hielten Labeo und Crispinus sich versteckt? Auch heute, wie vor jeder Schlacht, geriet er in eine innere Erregung, die ihn gefangen hielt und die sich noch steigerte, als er seine Waffenrüstung anlegte. Heute war er vielleicht noch aufgeregter als sonst. Der bevorstehende Sturmangriff war von entscheidender Bedeutung. Er murmelte ein kurzes Gebet zu Donar und bat flehentlich, dass sie den Sieg erringen möchten und dass er unverletzt bliebe. Und eigentlich bat er Donar auch, ihm eine Heldentat zu gewähren, die ihn von der Missachtung seines Vaters befreien würde.

»Kunjar, komm mit, es ist Zeit.«

Das Heer bot einen prächtigen Anblick. Auf den Hügeln rund um das Tal hatten sich Tausende von Soldaten in Schlachtordnung aufgestellt. Alle wollten sie für ein freies Gallien kämpfen. Die römische Kriegsmacht unten im Tal würde heute nicht nur um ihr eigenes Schicksal kämpfen müssen. Dieses Lager würde als letztes Bollwerk eines schwankenden Kaiserreiches über den Fortbestand oder den Untergang der römischen Macht entscheiden.

Eine unheimliche Stille senkte sich über die wartenden Heerscharen. Nur hie und da hörte man das leise Klirren von Metall. Jeder war aufs äußerste angespannt. Kunjar schaute zu Gladiator hin, der wie aus Granit gehauen regungslos dastand. Das Schlachthorn gellte. Überall setzten sich die Truppen in Bewegung und stiegen über das wellige Gelände zum Fluss hinunter. Erst drangen die Reihen in geschlossener Formation vorwärts, die sich über eine weite Strecke ausdehnte und damit Lager und Stadt bedrohte, aber als der Hang steiler wurde und dichter bewachsen, fiel die Schlachtordnung in kleine Gruppen auseinander. Kunjar merkte, dass dadurch die Kraft des Sturmlaufes verloren zu gehen drohte. Er sah gerade noch wie sein Vater mit ausholenden Gebärden, den Aufmarsch, so gut es ging, zu lenken versuchte.

Die Gallier, die über einen vorhandenen Weg talwärts liefen, eilten den anderen weit voraus. Die Bataver dagegen fingen erst jetzt mit dem steilen Abstieg an. Bäume und Gestrüpp behinderten sie dabei. Mit dem Schwert bahnte sich Kunjar einen Weg. Wildes Geschrei drang zu ihm durch. Offensichtlich hatten die Gallier die gegnerischen Stellungen bereits erreicht und fielen über den Feind her. Wenn sie es schafften, dachte er, weiter vorzustoßen und auch die Brücke zu besetzen, wäre bereits ein wichtiger Teil des Kriegsplanes verwirklicht. Als die batavischen Einheiten sich endlich durch das Dickicht hindurchgearbeitet hatten, erblickten sie auf hundert Schritte vor ihnen die ersten römischen Zelte, aus denen aufgeschreckte Soldaten auftauchten. Die batavischen Heerscharen machten sich zum Sturm bereit.

»Vorwärts zum Angriff!«

Der römische Wachsoldat, der wie verrückt Alarm blies, fiel als Erster. Es wurde ein ungleicher Kampf. In kurzer Zeit waren die Römer überwältigt. Einige Legionäre versuchten zu fliehen, aber nur wenige entkamen. Kunjar sah, wie die Gefangenen entwaffnet und zusammengetrieben wurden. Es waren zum größten Teil junge Männer. Dass sie noch völlig unerfahrene Krieger waren, konnte man an ihren Gesichtern ablesen.

Dem Lärm nach wurde tiefer im Tal noch tüchtig gekämpft. Der linke Flügel schien es schwer zu haben. Kinor würde zeigen müssen, was er konnte.

»Es läuft auf der anderen Seite nicht nach Wunsch, wie ich höre«, brummte Gladiator.

»Wir haben auf jeden Fall unseren Auftrag erfüllt«, sagte Kunjar.

»Meinst du? Wir müssen sobald wie möglich die Hände freibekommen, um unseren Kampfgenossen zu Hilfe zu eilen.«

Kunjar zog die Augenbrauen zusammen. Was meinte Gladiator damit?

Plötzlich wurde es ihm klar! Der alte Krieger, der das Kommando über den rechten Flügel führte, war dabei, einen schrecklichen Befehl zu geben, nämlich sich der gefangenen Rekruten zu entledigen.

»Das darfst du nicht!«, schrie Kunjar.

»Was darf ich nicht?«, Gladiator schaute ihn mit einem bösen Gesichtsausdruck an.

»Ein solcher Befehl wurde nicht erteilt«, sagte Kunjar fest entschlossen.

»Not kennt kein Gebot«, erwiderte der Haudegen und zuckte mit den Schultern.

»Sogar Cerialis tat das nicht, Gladiator. Er erwies den Treverern Gnade.«

»Was Cerialis tut, ist seine Sache. Ich kämpfe auf meine Weise.«

»Wir können die Gefangenen einfach freilassen. Unbewaffnet können sie doch nichts ausrichten.«

»Und was machen wir dann? Mit zwei Schwertern fechten? Nein, Kunjar, du sprichst wie ein Grünschnabel. Denk an das, was dein Vater von dir verlangt. Solange der Kampf dauert, muss man den Feind töten, so dass er einem nicht in den Rücken fallen kann.«

Die vorwurfsvollen Worte brachten Kunjar das eiserne Kriegsgesetz in Erinnerung: siegen oder sterben. Schweigend schaute er zu. Gladiator winkte einen Wachtmeister herbei. Aber da erschien ein Bote und unterbrach Gladiators Vorhaben. Der König trug ihnen auf, unverzüglich die mittlere Position einzunehmen. Sie sollten den Batavern des rechten Flügels, die einen Sturmangriff auf die Brücke unternehmen wollten, den Rücken decken.

»Die Brücke erobern?«, fragte Gladiator erstaunt.

»Ja, wir haben sie wieder preisgeben müssen.«

Es lief also keineswegs wie geplant. Gladiator erteilte die nötigen

Anordnungen. Eine kleine Truppe blieb zurück, um die Gefangenen zu bewachen. Die anderen rückten zum Kampfplatz vor. Bald stießen sie auf die ersten Zeichen eines harten Kampfes: Tote und Verwundete überall. Der Kampflärm nahm zu. Noch versperrte ein Weidenwäldchen ihnen den Blick auf das Kampfgewühl. Sobald sie das Wäldchen passiert hatten, sahen sie die batavischen Krieger, die in einen verzweifelten Kampf um die Eroberung der Brücke verwickelt waren.

Kunjars Einheit stürzte sich sofort in das Kampfgewühl, aber es war umsonst, denn die Truppenkonzentration rundum die Brücke machte es unmöglich, kräftig dreinzuschlagen um vorzustoßen.

»Verflixt noch mal!«, schrie Gladiator.

In kleinen Gruppen sprangen sie einander ablösend den Kämpfenden zu Hilfe. Gerade wollte Kunjar sich in das Getümmel stürzen, als einige Bataver einen schwerverletzten Kameraden vom Kampfplatz wegtrugen. Es war ein Offizier! Eine dunkle Ahnung befiel Kunjar. Ohne sich weiter zu besinnen, rannte er dem Verletzten nach. Ein Pfleger drückte dem Verwundeten ein Tuch auf die klaffende Wunde am Hals. Kunjar fiel neben ihm auf die Knie.

»Kinor, bist du es?«

Vorsichtig nahm er seinem Vetter den hinderlichen Helm vom Kopf.

»Kunjar ...«, röchelte der Verletzte.

»Kinor, mein Freund, wir werden dir helfen.«

»Mutter«, murmelte er. Seine Augen brachen.

Kunjar umarmte seinen sterbenden Freund. Sein Geist versuchte noch Kinors Geist zu fassen, aber unwiderruflich entglitt er dem Körper. Ein wilder Schmerz überfiel Kunjar. Er heulte wie ein Kind. Nach einer Weile legte sich eine Hand auf seine Schulter.

»Komm«, sagte Gladiator. »Der allgemeine Befehl zum Rückzug ist erteilt worden.«

XVII

Schweigend ritten Civilis und seine Offiziere nebeneinander. Der Weg ging bergab und die Pferde fielen in Trab. Sie kamen gut voran. Voraussichtlich würden sie noch am gleichen Nachmittag Tolbiacum erreichen, wo sie mit Friesen und Chauken zusammentreffen würden.

Nach seiner Niederlage in Augusta setzte Civilis seine ganze Hoffnung auf die Krieger dieser Stämme, um sein stark dezimiertes Heer zu ergänzen.

Seit Tagen war er düster gestimmt. Die Niederlage in Augusta hatte sein Vertrauen in seine Verbündeten schwer erschüttert. Während der Schlacht hatten die Gallier den größten Ruhm davontragen wollen, indem sie die Ersten sein wollten, die den Feind überfielen. Aber ihr unüberlegter Angriff war mit einem schweren Gegenausfall bestraft worden. Die Germanen ihrerseits hatten nach dem ersten Sieg sofort mit der Plünderung des Lagers begonnen, dadurch war ihre Wachsamkeit und Kampfbereitschaft gemindert. Die Angreifer waren zum Rand des Tales zurückgetrieben worden. Civilis hatte noch mit aller Kraft versucht, die Brücke wieder zu erobern. Aber es war ihm nicht mehr gelungen, das Übel abzuwenden. Und er, Kunjar, war nachher von seinem Vater streng gerügt worden, weil er nicht mitgekämpft hatte. Nicht einmal einen einzigen Feind hatte er getötet, ja sogar sein Vetter war unter seinen Augen gestorben, während er tatenlos zusah. Es war ein bitterer und ungerechter Vorwurf. Das Verhältnis zwischen Vater und Sohn hatte sich dadurch noch weiter verschlechtert.

»So, wie wir hier auf der Heeresbahn reiten, sind wir von überall gut sichtbar«, bemerkte Gladiator. »Fürchtest du nicht, Civilis, dass wir in einen Hinterhalt geraten könnten?«

Civilis gab keine Antwort. Plötzlich spornte er sein Pferd an und sprengte im Galopp davon. Einige Offiziere wollten ihm folgen, aber Kunjar sagte: »Lasst ihn nur, vielleicht überwindet er seinen Groll schneller, wenn er sich einmal so richtig ausgetobt hat.«

In einiger Entfernung sahen sie den König auf einem Hügel stehen. Er war abgestiegen und überblickte die Landschaft, die hier weniger bewaldet war. Als die anderen Reiter ihn eingeholt hatten, rief er ihnen zu: »Seht, dort wo der Rauch aufsteigt, muss Tolbiacum liegen.«

Die Offiziere seufzten erleichtert auf. Ihr Anführer hatte sich wieder gefangen. Alle schauten nun in die angedeutete Richtung.

»Die Rauchwolke ist so dicht, wahrscheinlich brennt etwas«, meinte Gladiator.

»Bald wissen wir mehr«, erwiderte Civilis.

»Dort unten im Tal sehe ich Männer.«

»Sieh nach, Gladiator, wer sie sind, aber sorge dafür, dass dich niemand bemerkt«, befahl Civilis.

Schnell und geräuschlos verschwand Gladiator. Es dauerte eine ganze Weile, bis er wieder auftauchte.

»Es sind Friesen, manche sind verletzt. Der Brandgeruch hängt noch in ihren Kleidern.«

»Bei Donar, dort ist etwas schief gegangen.«

Civilis sprang aufs Pferd und raste ins Tal hinunter; die anderen folgten. Als sie die Gruppe erreichten, wollten einige die Flucht ergreifen, aber Civilis machte von weitem eine beruhigende Gebärde mit der Hand und ritt auf die Friesen zu. Kunjar bemerkte im Schatten des Waldes Verwundete, die von Soldaten in voller Waffenrüstung betreut wurden. Ihre Helme mit Stierhörnern und ihre Streithammer zeigten ihm, dass diese Krieger Germanen vom anderen Rheinufer waren. Kunjar ging auf sie zu.

»Kunjar!«

»Waldur, du hier?«

Sie hielten sich an den Armen fest. Nach Tagen der Betrübnis fühlte Kunjar zum ersten Mal wieder Freude in sich aufsteigen, Freude über das Wiedersehen mit einem Freund. Mit Mühe hielt er seine Tränen zurück, als er von dem Tod seines Vetters erzählte.

»Kinor tot«, seufzte Waldur, »... auch das noch.«

Civilis kam herbei und fragte: »Was ist passiert?«

»Schreckliches, mein König.«

»Lass hören.«

Es fiel Waldur schwer, mit seiner Geschichte herauszurücken.

»Los, raus mit der Sprache, Mann. Ich will wissen, was hier vorgeht.«

»Die Friesen sind heute Nacht von Ubiern überfallen worden. Das Lager wurde niedergebrannt. Das hier sind die einzigen Überlebenden.«

Civilis starrte düster vor sich hin. Wie ein in die Enge getriebenes Tier knurrte er: »Warum waren sie nicht wachsamer. Sie hatten doch den Auftrag, das Land der Ubier und die Stadt Colonia zu bewachen.«

Und heiser vor Erregung schrie er: »Warum, um Gottes willen, erfüllten sie nicht ihre Pflicht?«

Waldur machte ein betretenes Gesicht, als ob er selbst schuld wäre.

»Sie ... sie feierten gerade.«

»Sie feierten, verdammt noch mal.«

Civilis hob seine Hände zum Himmel.

»Warum kämpfe ich?« Und dann, außer sich vor Wut, wandte er sich den unglücklichen Friesen zu und schleuderte ihnen ins Gesicht: »Saufbolde seid ihr!«

Einige Friesen, die, die am wenigsten verletzt waren, schlugen die Augen nieder. Dann wandte sich Civilis wieder an Waldur: »Ubier waren es, sagst du. Die wollten sich natürlich rächen, weil wir im Frühjahr ihre Felder geplündert haben.«

»Vielleicht.«

»Weißt du, wer den Befehl führte?«

Wieder zögerte der Tenkterer. Civilis stampfte auf den Boden.

»Wer? Raus mit der Sprache!«

»Crispinus, im Auftrag von Admiral Burdo.«

Civilis' Nasenflügel wurden weiß vor Wut und zitterten.

»Burdo«, zischte er, »wie konnte ich so dumm sein.« Und plötzlich mit Unruhe in der Stimme: »Was ist mit meiner Frau? Und mit meinem Kind?«

Waldur verlor sein letztes Fünkchen Mut. Civilis packte ihn an den Schultern und schüttelte ihn heftig.

»So sprich doch, Kerl!«

»Als die Ubier von ihrer Niederlage an der Mosel erfuhren, schlugen sie sich auf die Seite des Cerialis. Daraufhin ließ Burdo deine Familie gefangen nehmen.«

Wie ein verwundeter Bär schwankte Civilis den Hang hinunter. Verzweifelt schlug er mit dem Kopf gegen einen Baum.

»Warum kehrt sich das Schicksal gegen mich?«, stöhnte er.

Er sank auf die Knie und flehte die Götter um Hilfe an. Es war ein erbärmlicher Anblick. Auch die Offiziere schauten verzweifelt drein. Kunjar fühlte sich elend. Ihm war klar, dass die Bataver ein zweiter vernichtender Schicksalsschlag getroffen hatte. Das erste Mal hatte Cerialis im offenen Feld ihnen einen schweren Schlag versetzt und nun hatte Burdo wie ein Meuchelmörder zugeschlagen. Die ganze Tragweite des Dramas, das sich in Colonia abgespielt hatte, drang noch nicht zu Kunjar durch, aber so viel begriff er, dass der feine Admiral ein sehr gefährlicher Herr war. Hatte er doch früher schon versucht, seine Familie zugrunde zu richten.

Civilis stand auf. Mit schweren Schritten kehrte er zu den anderen zurück.

»Waldur, hole Verstärkung jenseits des Rheines und bringe Vorräte mit, denn mein Heer ist ausgehungert.«

Der Tenkterer schluckte: »Kein leichter Auftrag, Herr, aber ich werde mein Bestes tun.«

»Ich danke dir.«

Waldur schwang sich aufs Pferd und war bald verschwunden.

»Civilis, wir werden deine Familie befreien«, rief Gladiator eifrig.

Civilis klopfte seinem treuen Offizier auf die Schulter.

»Ich weiß, dass du vor keiner Unternehmung zurückschreckst, aber hier in diesem Hügelland wird nicht mehr gekämpft.«

Diese Worte des Anführers lösten großes Erstaunen aus.

Civilis erklärte: »Um Colonia zu belagern, ist es zu spät. Cerialis würde uns von hinten angreifen.«

»Du befiehlst doch nicht den Rückzug?«, fragte Gladiator ungläubig.

»Wir ziehen uns zurück. Cerialis wird uns verfolgen, aber er wird es bereuen!«

Kunjar war davon beeindruckt, dass sein Vater so rasch seinen alten Kampfgeist wiedergefunden hatte, aber die wiedergewonnene Sicherheit seines Vaters konnte Kunjars innere Unruhe nicht dämpfen.

»Was wird mit Mutter und Vinir geschehen?«

»Ich kenne Cerialis. Der Römer lässt sie am Leben, denn er weiß, dass er Geiseln braucht, wenn es zu Verhandlungen kommen wird.«

Diese nüchterne Antwort traf Kunjar bis ins Mark. Sein Mund fühlte sich trocken an. Er wusste jetzt, dass sein Vater eine schreckliche Wahl getroffen hatte und in äußerster Not Frau und Kind opfern würde.

»Oder willst du etwa Burdo den Endsieg schenken?«, fauchte ihn Civilis an.

Die Bemerkung traf ihn wie ein Peitschenhieb.

»Nein, das nie.«

Civilis war wieder ganz der Alte. Kurz entschlossen ordnete er an, die verletzten Friesen tiefer in den Wald zu tragen. Er winkte Gladiator und Kunjar zu sich.

»Ab jetzt werde ich es anders anpacken.«

»Wie denn?«, fragte Gladiator.

»Meine größten Siege habe ich im Flachland errungen. Erst werde ich die Römer da hinlocken und sie dann in unserem sumpfigen Land von Rhein und Waal im Schlamm versinken lassen. Wir werden siegen. Wie hat doch Veleda gesagt?«

»Der große Sieg ist Tugan sicher, wenn die Bataver wie ein Mann hinter ihm stehen«, antwortete Kunjar.

»Wie ein Mann! Dieses Mal muss mein Plan hieb- und stichfest sein und damit der Sieg unser. Ihr beide zieht mit einer Einheit in die Heimat.«

»Und du?«

»Ich muss erst dem Heer wieder auf die Beine helfen. Dann komme ich euch nach.«

»Und was ist unser Auftrag?«

»Ich darf nicht das Risiko eingehen, rücklings angegriffen zu werden. Diese Gefahr besteht, wenn die Römer mit ihrer Flotte, die in der Nähe von Britannien liegt, den Rhein hinauffahren. Geht vor der endgültigen Heimreise zu Brinno, dem König der Kannenefaten, und warnt ihn vor der drohenden Gefahr. Er wird einem möglichen Angriff von Übersee die Stirn bieten können.«

Und dann wandte er sich seinem Sohn zu: »Kunjar, sage Brinno, wer du bist. Es wird ihn beeindrucken, wenn der Sohn Tugans zu ihm kommt, um mit ihm zu verhandeln. Reise dann weiter ins Bataverland. Ich möchte wissen, ob Labeo dort herumstreift und den Bataverrat gegen mich aufwiegelt.«

»Wir werden mit ihm abrechnen«, sagte Gladiator fest.

»Sei vernünftig, mit nur einer Einheit vermagst du nichts. Kommt dann später nach Vetera, dort werde ich mein Lager aufschlagen.«

Mit neuem Selbstbewusstsein schaute Civilis zum Horizont und hinüber zum Rhein und sprach mit feierlicher Stimme: »Veleda, ich werde kämpfen, wie Wotan es will. Es wird die große Abrechnung werden.«

Auch Kunjar wollte nicht zurückstehen und sagte:

»Ich werde meinen Auftrag zu deiner Zufriedenheit ausführen, Vater.«

»Das will ich dir auch geraten haben, denn du musst mir noch einiges beweisen.«

Kunjar beachtete den Tadel nicht. Er fühlte vielmehr Dankbarkeit für das Vertrauen, das sein Vater ihm immer noch entgegenbrachte. Zurück ins Bataverland! Sein Herz machte einen Sprung. Die Aussicht, Frinda wiederzusehen, ließ ihn alle Unannehmlichkeiten der letzten Zeit vergessen.

BOTSCHAFTER DER EINHEIT

I

Wanar erschien in der Tür seines Hauses, würdig wie ein gallischer Druide. Sein Bart und seine Haare waren schneeweiß geworden. Nachdenklich zog er die Augenbrauen zusammen. Da erkannte der Häuptling in dem Besucher den Sohn des Civilis.

»Kunjar, ich hätte nicht gedacht, dich noch einmal wiederzusehen! Du siehst wie ein erwachsener Krieger aus. Ist dein Vater auch hier?«

»Mein Vater hat mir aufgetragen, Brinno, den König der Kannenefaten, vor einem möglichen Angriff aus Übersee zu warnen. Das habe ich getan und nun bin ich auf der Durchreise nach Castra Vetera. Aber wo ist Frinda?«

»Komm herein, Junge, und erzähle in aller Ruhe.«

»Ich bin ratlos, Wanar! Das Haus des alten Rugan steht leer. Meine Tante sagt, dass er gestorben ist und dass Frinda schon seit einiger Zeit verschwunden ist.«

Wanar ließ einen Krug Met bringen. Das wurde zu einer quälenden Geduldsprobe für Kunjar, denn Wanar sprach nicht, bevor nicht die Becher gefüllt waren.

»Trink, Junge, das wird dir gut tun.«

Das Gesicht des Häuptlings war ernst.

»Kunjar, ich denke, dass dir der härteste Kampf nicht so schwer zu schaffen machen wird, wie das, was ich dir jetzt zu sagen habe.«

Kunjar fröstelte. Es war, als ob in diesem dämmrigen Haus das letzte bisschen Kraft, das noch in ihm war, vollends aufgezehrt würde.

»Eines morgens lag Rugan tot in seinem Haus. Seine Lebenskräfte waren aufgebraucht. Sein Enkelkind Frinda saß wie von Sinnen bei dem Leichnam ihres Großvaters. Ich habe versucht, mit ihr zu reden und sie zu trösten, aber sie war unerreichbar.«

»War sie denn so tief erschüttert?«, fragte Kunjar.

»Sie schien eher verwirrt. Der Tod ihres Großvaters schien sie ganz und gar durcheinander gebracht zu haben.«

Wanar zögerte kurz, bevor er weitersprach: »Ich mache mir Vorwürfe, dass ich niemandem aufgetragen habe, für sie zu sorgen, oder dass ich sie nicht selbst zu mir ins Haus genommen habe, bis sie wieder klar denken konnte.«

Die langsame, bedächtige Rede des alten Mannes brachte Kunjar fast um den Verstand.

»Seit der dritten Nacht nach Rugans Tod ist sie verschwunden. Das letzte Mal hat man sie in der Nähe der Tempelruine gesehen.«

Verzweifelt hielt Kunjar den Kopf zwischen den Händen. Während er, der große Krieger, kämpfte, hatte sich hier ein Drama abgespielt, das seinem Leben jeden Sinn nahm. Die großen Feldzüge, ja selbst die Niederlage seines Vaters, alles konnte ihm gestohlen bleiben. Was spielte das jetzt noch für eine Rolle, ob er selbst je einen Feind töten würde, wie sein Vater es von ihm verlangte, oder nicht.

Geistesabwesend seufzte er: »Der Krieg bringt nur Elend mit sich.«

Sich wieder zusammenreißend sprach er bewegt: »Ich habe meine Tante besucht. Der Kummer dieser Frau, die nun auch ihren Sohn verloren hat, ist bodenlos.«

»Das kann ich mir vorstellen«, sagte Wanar. »Der Krieg zieht eine tiefe Spur von Leiden und Schmerz hinter sich her. Das Heer ist auf dem Rückzug, sagst du?«

Es fiel Kunjar schwer, eine Antwort zu geben.

»Nach der Niederlage an der Mosel wurde mein Vater zum Rückzug gezwungen. Er ordnet zur Zeit seine Truppen neu und will dann den Feind im Flachland angreifen. Er ist davon überzeugt, dass er diesmal Cerialis den Gnadenstoß geben wird.«

Wanar trank von seinem Becher. Mit seinem breiten Ärmel wischte er die Tröpfchen des süßen Getränks aus seinem Bart.

»Dein Vater besitzt den Mut eines echten Anführers. Und ich glaube, dass auch du tapfer bist, selbst wenn du jetzt Schweres zu verkraften hast.«

Diese Worte taten Kunjar gut. Seit langem hatte kein Mensch mehr ein anerkennendes Wort zu ihm gesagt.

»Mein Vater hofft auf die volle Unterstützung durch die Heimatländer.«

»Selbstverständlich«, sagte Wanar. »Zweifelt Civilis daran?«

»Er fürchtet, dass Claudius Labeo hier bereits Uneinigkeit gestiftet hat.«

»Davor braucht er keine Angst zu haben, Kunjar. Labeo haben wir hier nicht gesehen.«

Das war eine große Erleichterung für Kunjar. Aber seine Gedanken gingen wieder zu Frinda zurück.

»Verstehst du meine Verzweiflung, Wanar. Sie, die mir das Liebste war, nach der ich mich so gesehnt habe, ist mir genommen worden. Gibt es noch Hoffnung, was meinst du?«

»Ich möchte dir gerne einen tröstenden Gedanken für die Zukunft mitgeben, aber ich bin keine Wahrsagerin.«

Wahrsagerin? Das brachte ihn auf eine Idee. Kunjar stand auf.

»Ich gehe nun, Häuptling. Hab Dank für dein Mitgefühl.«

»Ich hätte dir gerne geholfen. Wo gehst du jetzt hin?«

»Ich werde so bald wie möglich zum Heer zurückkehren, aber zuerst will ich auf die Suche nach Frinda gehen.«

Wanar begleitete ihn zur Tür.

»Alles Gute, Kunjar. Ich hoffe, dass du die Spur findest, die uns verborgen blieb.«

11

Von dem stolzen römischen Tempel war nur noch ein Haufen Steinbrocken und verkohlter Balken übrig geblieben. Die Bataver hatten hier schlimm gewütet. Krähen kreisten wie Geister, die um die verschwundene Gottheit trauerten, über den Trümmern. Langsam stieg Kunjar die Treppen hinauf. Gladiator und die anderen Krieger seiner Einheit warteten unten. Kunjar schaute sich nachdenklich um. Hier hatte sein Großvater das Bündnis mit Kaiser Augustus durch ein Dankopfer besiegelt. Jahrzehntelang hatten Bataver und Römer hier demselben Gott gehuldigt. An derselben Stelle hatte Kunjar vor dem Rat der Adligen Zeugnis abgelegt, als sein Vater damals im Gefängnis in Rom war. Nun zeugte die Ruine von einem geschundenen Bündnis und von einem verfluchten Gott.

»Krieger, was suchst du hier auf diesem heiligen Boden?«

Vor ihm stand der Priester dieses Heiligtums. Sein Kleid war grau und abgenutzt, seine Augen glühten.

»Ich bin Kunjar, Sohn des Civilis, und suche meine Geliebte, Frinda.«

Der Priester schaute ihn missmutig an.

»Hier wirst du sie nicht finden.«

»Man hat sie zum letzten Mal bei diesem Tempel, bei dieser Ruine gesehen.«

»Wenn sie hierher kam, um Opfer zu bringen, so war sie im Irrtum. Die Bataver haben die Gottheit auf ewig erzürnt.«

»Ich habe die Zerstörung des Tempels nicht gewollt, Priester.«

»Doch dein Vater wollte sie.«

»Da bin ich gar nicht so sicher.«

Der Priester zuckte die Schultern. Kunjars Bemerkung war ihm nicht die Mühe einer Antwort wert. Er sah sehr heruntergekommen aus, doch seinen Hochmut hatte er noch nicht abgelegt.

»Ich verstehe deine Bitterkeit, Priester, aber du weißt doch, dass der römische Kaiser als erster das Bündnis mit Füßen getreten hat.«

»Hier wurde nicht Nero, sondern Mercurius Friausius verehrt«, sagte der Priester trocken. »Die Bataver haben der Aufforderung von Veleda Folge geleistet. Sie haben sich von dem Gott des Bündnisses abgewandt und der Priesterin des Hasses Gehör geschenkt.«

Veleda, Priesterin des Hasses! Solche beleidigenden Worte hatte Kunjar in seinem ganzen Leben noch nicht gehört. Dieser Priester zeigte sich wahrlich unversöhnlich. Und doch stimmte es auch, dass Veleda die treibende Kraft hinter dem Aufstand war.

»Du hast Frinda also nirgendwo gesehen?«

»Nein«, antwortete der Priester, während er Kunjar aufmerksam anschaute. »Du scheinst sehr besorgt um sie zu sein.«

»Sie bedeutet mir alles.«

Der Priester murmelte etwas. Dann fragte er mit tadelnder Stimme: »Wann schließt ihr nun endlich Frieden mit Rom?«

»Mein Vater will einen gerechten Frieden, keine Unterwerfung.«

»Einen gerechten Frieden«, lachte der Priester höhnisch. »Die Bataver haben dieses Land von den Römern bekommen. Solange dieser Tempel nicht wiederaufgebaut wird, wird es keinen Frieden geben.«

Der Priester schien an nichts anderes als an sein zerstörtes Heiligtum denken zu können. Er war mit dem Tempel verwachsen und würde wohl auf diesem Trümmerhaufen sterben. Kunjar verabschiedete sich von ihm mit den tröstenden Worten: »Vielleicht auf bessere Tage.«

III

Je tiefer Kunjar mit Gladiator und seiner Einheit in den Wald in der Nähe seines Dorfes eindrang, desto mehr wuchs seine innere Unruhe. Er erinnerte sich noch lebhaft an seine Flucht vor den römischen Soldaten und daran, wie damals die Bäume an ihm vorbeihuschten. Heute aber ließ er sein Pferd im Schritt gehen, denn es fiel ihm schwer, den Weg zu Agas Hütte wiederzufinden. Der Waldpfad führte sie erst an der heiligen Eiche vorbei. Bald würden sie zu der Gabelung kommen und dann mussten sie links abbiegen. Oder mussten sie doch den rechten Weg einschlagen? Nein, Agas Hütte lag mehr gen Westen und gar nicht einmal so tief im Wald. Die alte Frau würde ihm helfen können. Zwar war sie nicht so bekannt wie Veleda, aber auch sie hatte die Gabe einer Seherin und auch sie konnte Verbindung mit dem Allvater Wotan aufnehmen. Er würde ihr erzählen, was mit Frinda passiert war. Vielleicht konnte sie sogar sagen, ob Frinda ... Er wagte es nicht, seinen Gedanken freien Lauf zu lassen, aber in seinem Herzen glühte eine tiefe Hoffnung, an die er sich hartnäckig klammerte. Plötzlich waren sie auf der Lichtung, wo Aga wohnte.

»Warte hier auf mich«, sagte Kunjar zu Gladiator.

Die Hütte sah noch verfallener aus als früher. Die Läden hingen schief und es schien, als ob die Tür mit Gewalt eingetreten worden wäre. Ein ängstliches Vorgefühl beschlich ihn. Mit klopfendem Herzen ging er hinein. Die Hütte war leer. Der einzige Stuhl war umgefallen und ein Krug lag in Scherben daneben. Kunjar zog den Vorhang, der vor der Schlafnische hing, auf: Das Bett war leer. Er öffnete den Vorratsschrank. Eine Maus huschte davon und eine angefressene Brotkante rollte über den Boden. Was war hier passiert? Was war mit Aga geschehen? Eins war deutlich: Diese Hütte war mit Gewalt durchsucht worden. Hatten die Eindringlinge die Kräuterfrau vielleicht überwältigt und weggeschleppt? Kunjar wunderte sich, dass ihm niemand im Dorf etwas davon erzählt hatte.

Das Wiehern eines Pferdes schreckte ihn aus seinen Gedanken auf. Kunjar rannte aus der Hütte. Er sah sofort, dass irgendetwas im Wald los war.

»Dieser Kerl hielt sich im Dickicht versteckt«, rief ein Krieger ihm zu.

Zwei Bataver zerrten einen wild aussehenden Mann aus dem Gebüsch und führten ihn zu der Lichtung. Kunjar erkannte sofort den Hirten, obwohl er nun älter und gebeugter war.

»Was suchst du hier?«, fragte Gladiator streng.

»Ich komme oft hierher«, antwortete der Hirte verärgert und versuchte sich aus dem Griff der Soldaten zu befreien. »Lasst mich in Ruhe. Ich bin ein Bataver wie ihr.«

»Ich kenne ihn. Er ist ein Freund der Kräuterfrau«, sagte Kunjar. »Was ist mit Aga passiert, Hirte?«

»Ich weiß es nicht. Eines Morgens war sie weg.«

»Und du hast es niemandem erzählt?«

»Nein.«

»Warum nicht?«

»Aga hatte mir gesagt, dass sie eines Tages verschwinden würde. Ich dürfte es niemandem erzählen. Wenn sie für eine Weile fortgehen würde, wäre das der Wunsch der Götter, hat sie gesagt.«

Eine seltsame Geschichte. Es sah so aus, als ob Aga vor etwas geflüchtet wäre.

»Hast du hier kein Mädchen gesehen?«

»Ich weiß, wen du meinst«, sagte der Hirte. »Du meinst die Enkelin des alten Rugan. Ich habe sie das letzte Mal bei der Tempelruine gesehen. Es tut mir leid, mein Junge, dass ich sie nicht zu meiner Hütte mitgenommen habe, aber ich wusste ja nicht, dass sie herumirrte. Ich fürchte, es steht nicht gut mit ihr.«

»Wenn sie ertrunken wäre, dann hätte man doch nach einigen Tagen ihre Leiche gefunden«, sagte Kunjar starr.

Aber der Hirte schüttelte den Kopf.

»Ich fürchte, es sieht nicht gut aus«, wiederholte er.

»Und trotzdem leuchtet es mir nicht ein, warum du über das Verschwinden der Kräuterfrau geschwiegen hast«, sagte Gladiator.

»Ich werde mich hüten, etwas zu tun, was Aga nicht will, denn sie besitzt übernatürliche Kräfte. Denen, die ich sonst mit Kräutern versorge, habe ich gesagt, dass Aga krank wäre. Aber ich will nicht ständig neue Lügen erfinden müssen, und deshalb komme ich regelmäßig hierher, um nachzusehen, ob sie zurückgekehrt ist.«

»Würdest du etwas für mich tun?«, fragte Kunjar.

»Wenn ich kann, gern.«

»Frage Aga, wenn sie wiederkommt, ob sie weiß, wo Frinda ist?«

Der Hirte sah ihn betrübt an.

»Du glaubst also, dass sie noch lebt. Ich kann dir wenig Hoffnung machen, Kunjar. Ich hab die Kräuterfrau schon nach ihr gefragt.«

»Und?«

»Sie wusste es nicht.«

Kunjar wollte aus diesem dunklen Wald so schnell wie möglich heraus.

IV

»Passt doch auf, ihr Dummköpfe, oder ihr werdet sonst vom Wasser noch mitgerissen.«

Aber das Unheil war schon geschehen. Es war, als ob der Fluss sofort die kleine Öffnung, die die Bataver in den Damm geschlagen hatten, entdeckt hätte, denn nun richtete er seine ganze zerstörerische Gewalt darauf. Im Nu hatte sich die Bresche in dem Erdwall vergrößert. Ein Soldat, der noch versuchte, über die breiter werdende Bresche zu springen, landete auf dem abbröckelnden Rand und wurde vor den Augen seiner Kameraden von der wirbelnden Wassermasse mitgerissen.

»Ihm hinterher!«, brüllte Civilis. Aber jede Hilfe kam zu spät. Von seiner Kleidung behindert konnte sich der unglückliche Soldat nicht über Wasser halten, und bevor ihn das Boot erreichen konnte, war er bereits in der Tiefe verschwunden. Durch dieses Unglück gewarnt arbeiteten die Bataver nun mit mehr Vorsicht. Sie durchstachen nun zum Ufer hin in regelmäßigen Abständen den Erdwall, der auf diese Weise so nach und nach vor ihren Augen verschwand. Gebannt schaute Kunjar dem Wirken der Naturgewalt zu. Je mehr der Erddamm abbröckelte, desto deutlicher sichtbar und unaufhaltsamer verlegte der Rhein seinen Lauf. Während der nördliche Arm des

Rheines immer dünner wurde, und dunkle, glänzende Uferstrecken sichtbar werden ließ, schwoll der südliche Arm des Rheines, die Waal, immer stärker an. Hier konnte das Flussbett die Wasserflut nicht mehr aufnehmen und bald strömte das Wasser über das andere Ufer und setzte große Teile des Bataverlandes unter Wasser.

Die Seite, auf der sich das Heer befand, schien nicht bedroht.

»Wird die Flut nicht auch unsere Dörfer mitreißen?«, fragte Kunjar.

»Nur das angrenzende Land wird vom Wasser überschwemmt werden«, antwortete Civilis. »Ich gebe nur dem Fluss seinen alten Lauf zurück. So entsteht wieder eine breite Grenze zwischen meinem Land und dem der Römer. Wenn der Feind versuchen sollte, unerwartet überzusetzen, werden wir ihn in den Fluten ertränken.«

Sein Vater war wieder der alte kämpferische Feldherr. Es gab nun auch wieder Grund zum Stolzsein. Während Kunjars Abwesenheit, hatte er in einem gemeinsamen Angriff von Germanen und Galliern, einen wichtigen Sieg errungen. Der folgende Kampf war unentschieden geblieben, aber dennoch zeigte sich, dass die neue Strategie des Anführers die richtige war: Im Flachland bestimmte er die Gefechtstaktik.

»Cerialis wird bald mit einem starken Heer anmarschieren«, knurrte Civilis, »aber das wird ihm zum Verhängnis werden. Vespasianus wird dann mit uns verhandeln müssen.«

Kunjar schwieg. Er wünschte, er könnte auch so denken wie sein Vater.

Civilis bemerkte seinen Zweifel: »Ich wäre bereit, ein Opfer zu bringen von etwas, was mir sehr teuer ist, wenn du dadurch Tapferkeit erlangen würdest und an den Sieg glauben könntest. Paulus' Sohn fiel wie ein Held, Civilis' Sohn dagegen scheut den Kampf.«

Kunjar war durch diese Worte zutiefst verletzt.

»Ich bin dem Kampf nicht aus dem Weg gegangen. An der Maas habe ich mich in einen Zweikampf auf Leben und Tod mit Labeo gestürzt. Dein Urteil ist ungerecht, Vater.«

Civilis brauste nicht auf wie sonst, sondern sagte nur: »In Colonia haben dich die Römer verzogen. Die Ubier sind bekannt für ihre Feigheit.«

»Meine Mutter ist nicht feige.«

Civilis schwieg. Asminda war tatsächlich eine mutige Frau, die zur Zeit in der Gefangenschaft ein gehöriges Maß an Zähigkeit unter Beweis stellen musste. Und doch lag in dem Vorwurf seines Vaters auch etwas Wahres. In Colonia hatte seine Umgebung seinen Geist tatsächlich umgebildet. Weder Römer noch Ubier, sondern der Grieche Fradmos hatte das bewirkt. Der Lehrmeister hatte, so wie man einen Fluss in ein neues Flussbett verlegt, seinen Geist von dem Flussbett des Krieges in das des Friedens gelenkt. An die Stelle des Waffenlärms hatte er die Kraft des Wortes gesetzt.

»Meine letzten Aufträge habe ich doch auch richtig ausgeführt.«

»Das stimmt.«

Dieses kurze Lob aus dem Mund seines Vaters, das erste nach vielen Monaten, klang Kunjar wie Musik in den Ohren.

»Du hast mir tatsächlich einen günstigen Bericht überbracht: Labeo hat bis jetzt in Bataverland keine Uneinigkeit gesät. Der Wunsch Veledas ist damit erfüllt. Jetzt müssen wir nur noch Wotans Auftrag ausführen und um den Endsieg kämpfen.«

Kunjar fühlte sich neben seinem mächtigen Vater einsam und unverstanden. Dieser dachte nur an den bevorstehenden großen Krieg. Um die kleinen Sorgen seines waffenscheuen Sohnes konnte er sich nicht kümmern.

»Die Frage, was mit Frinda passiert ist, lässt mich nicht los.«

Civilis schaute ihn verwundert an, dann sagte er: »Ach ja, das Mädchen – die Enkeltochter Rugans. Schlag dir den Gedanken an sie aus dem Kopf. Du weißt doch, dass es in Bataverland viele heimtückische Moorseen gibt.«

»Auch Aga ist verschwunden.«

»Heute ist Aga weg und morgen ist sie wieder da. Wir haben jetzt andere Sorgen.«

Civilis ging auf die Soldaten zu, die unten am Flussufer ihre Arbeit zu einem guten Ende gebracht hatten. Er klopfte einigen auf die

Schulter und gab neue Anordnungen. Als er wieder die Uferböschung hinaufkam, sagte er zu Gladiator: »Übermorgen treffen wir uns mit den Anführern der Gallier und Germanen, damit wir uns über den Angriffsplan einigen können. Hat der Schreiber das Gelände auf einer Karte richtig dargestellt?«

»Jawohl Herr, aber manche wundern sich, dass wir südlich der Waal den Kampf eröffnen wollen und dadurch den Vorteil des Wassergebietes preisgeben.«

»Ich muss auch an unsere Verbündeten denken, die sich bei ihren Truppenbewegungen in einem so sumpfigen Gebiet nicht zurechtfinden würden. Meine ganze Strategie ist auf einen gleichzeitigen Angriff des gesamten verfügbaren Heeres aufgebaut. Der über die Ufer getretene Strom ist unsere Grenze, hinter der liegt unser Bataverland in Sicherheit. Wir werden auf gallischem Boden, und nicht zwischen unseren Dörfern kämpfen.«

Und während er Gladiator fest in die Augen schaute, fügte er hinzu: »Du führst die batavische Reiterei an. Kunjar kämpft an deiner Seite. Ihr habt den Auftrag, überall dort, wo Hilfe gebraucht wird, mit eurer Einheit einzuspringen.«

V

Wie eine Flutwelle ergoss sich das batavische Heer über das Schlachtfeld. Bald stieß es in aller Heftigkeit mit dem Feind zusammen. Doch das römische Heer wurde wider Erwarten nicht im ersten Anlauf völlig niedergerannt. Zwar stifteten die Angreifer in den vordersten Reihen der Legion ziemliche Verwirrung, aber andere Reihen rückten sofort nach und die Bataver mussten zurückweichen.

»Vorwärts!«, rief Gladiator, der den Zeitpunkt seines Einsatzes gekommen sah.

Die batavische Reitertruppe setzte sich in Bewegung. Zuerst lief alles noch ruhig, doch spürte Kunjar sofort, wie er von einem mächtigen Strom aufgenommen wurde, der ihn unaufhaltsam mit sich zog. Auf der Höhe der römischen Mannschaften angelangt, machte ihre Truppe eine Wendung und hielt kurz an.

»Zum Angriff!«, brüllte Gladiator.

Die Reiter spornten ihre Pferde an. Fest umklammerte Kunjar seinen Speer. Er sah gerade noch, wie die Legion an ihrer Flanke eine Viertelwendung in ihre Richtung machte und eine Mauer aus Schilden bildete. Einen Augenblick später befand sich Kunjar inmitten eines wilden mörderischen Knäuels von Menschen und Tieren. Als sein Speer den ersten Gegner durchbohrte, blieb ihm keine Zeit, Entsetzen über seine Tat zu empfinden, denn sofort musste er sich selbst vor einer auf ihn gerichteten Lanze bücken und gleich wieder zuschlagen.

Der Angriff ihrer Einheit hatte mehr Erfolg als der des Fußvolkes, denn es gelang der Reiterei, einen Keil in die römischen Reihen zu treiben. Plötzlich erblickte Kunjar hinter sich Reiter, die mit erhobenen, weithin sichtbaren Lanzen auf sie zustürmten. Römer!

Sie liefen jetzt Gefahr, eingekesselt zu werden. Kunjar rief Gladiator ein warnendes Wort zu und dieser gab sofort den Befehl zum Rückzug. Es war höchste Zeit, denn die römischen Reiter gingen zum Angriff über. Es wurde ein grausamer Kampf, bei dem mancher Krieger aus dem Sattel geworfen wurde. Da erkannte Kunjar in einiger Entfernung Crispinus. Als er den eiskalten Blick des Stiernackigen auf sich gerichtet fühlte, lief ihm ein Schauder den Rücken hinunter. Kunjar begriff sofort, dass Crispinus seine Soldaten auf ihn hetzen würde.

»Aufgepasst, von dort droht Gefahr«, rief Kunjar seinen Kameraden zu und zeigte auf den Centurio.

Er sah noch kurz den spöttischen Blick des Centurio und dann rammte die anstürmende römische Reiterschar seine Truppe. Kunjar wurde nun von allen Seiten angegriffen. Zu allem Unglück brach auch noch sein Speer. Er hatte keine Zeit mehr, sein Schlagschwert zu ziehen. Verzweifelt wehrte er die Schläge mit seinem Schild ab.

Lange würde er diesem Ansturm nicht standhalten können. Doch da wandten sich plötzlich einige seiner Angreifer von ihm ab, denn sie wurden jetzt selbst heftig bedrängt: Gladiator war zu einem kräftigen Gegenangriff übergegangen. Nun wurden die Römer zur Verteidigung gezwungen. Crispinus, vor Wut außer sich, unternahm mit zwei Dutzend Reitern einen Vorstoß. Viele Bataver fielen. Den Römern gelang es, heftig kämpfend, ihre frühere Position wieder einzunehmen.

Auf einmal bemerkte Kunjar, dass Gladiator in äußerster Gefahr war. Crispinus hatte sich ihm von der Seite her unbemerkt genähert und holte mit dem langen Reiterschwert zum Schlag aus. Kunjar drückte dem Pferd die Sporen in die Weichen und sprang seinem Anführer zur Hilfe. Kunjar sah noch, wie Gladiators Arm durch einen gezielten Hieb gelähmt wurde, da schlug er selbst schon auf den Stiernackigen ein. Der Aufprall war so heftig, dass Crispinus, von Kunjars Schwert tödlich in die Seite getroffen, zu Boden stürzte. Rasend vor Schmerz und Wut wollte sich der Centurio wieder aufrichten, aber schon stachen die Speere von Gladiators Begleitern zu. Kunjar wandte seine Augen ab.

VI

Während die Bataver am westlichen Flügel erfolgreich waren und die Kraft des feindlichen Heeres gebrochen hatten, schien der östliche Flügel der batavischen Streitkräfte dem Zusammenbruch nahe. Als dann von der westlichen Seite ein Bote bei Gladiator erschien, mit der alarmierenden Nachricht, dass die Römer Verstärkung von sicher tausend Soldaten bekämen, wurde die Lage sehr heikel. Da Gladiator wegen seiner schweren Verletzung den Kampfplatz hatte verlassen müssen, gab Kunjar nun die Befehle. Er zog sich mit seiner stark gelichteten Einheit von der linken Seite zurück und eilte der Waal entlang den bedrängten Kohorten zu Hilfe. Auf der rechten Seite des Kampfplatzes war ein fürchterliches Gemetzel im Gange. Kunjar und seine Krieger trabten zwischen flüchtenden Kampfgenossen hindurch. Einige hatten sogar Schild und Schwert weggeworfen.

»Feiglinge!«

In der Mitte des Schlachtfeldes tobte der Kampf unvermindert fort. Kunjar erblasste, als er sah, was sich dort abspielte. General Cerialis setzte alles daran, um zum Hauptkommando vorzustoßen und Civilis den vernichtenden Todesstoß zu versetzen. Ohne Zögern wies Kunjar seinen Soldaten diese am meisten bedrohte Stelle an und schwang sein Schwert über dem Kopf zum Zeichen des Angriffs. Durch den Überraschungsangriff waren sie zunächst im Vorteil und säten Verwirrung in den feindlichen Reihen.

Ein überwältigendes Gefühl von Mut und Stolz durchströmte Kunjar: Er führte eine batavische Kerntruppe erfolgreich an. Alle Kämpfe, an denen er bis jetzt teilgenommen hatte, waren wie eine Vorübung für diese große Schlacht gewesen. Seine Gedanken und Gefühle, Ermattung und Schmerz, alles wurde in einem wilden inneren Aufruhr mitgerissen. Um ihn herum fielen Feinde und Kameraden. Doch er konnte dem keine Aufmerksamkeit schenken. Ein heftiger Schmerz, der kurz seine Schulter durchzuckte, verschwand wieder beim nächsten Zusammenstoß.

Da bemerkte er in einiger Entfernung seinen ehemaligen Studiengenossen Aulus. Der Römer gab seine Befehle ruhig und fachmännisch. Er verfolgte Kunjars aussichtslosen Kampf mit kühlem, beherrschten Blick.

Ungestüm wagte Kunjar einen Ausfall in Richtung von Marcellus' Sohn, aber sofort wurde er umzingelt. Wie ein Wilder schlug er mit dem Schwert um sich. Diese Erniedrigung wollte er nicht überleben. Lieber wollte er wie ein Held auf dem Schlachtfeld sterben. Aber die Soldaten wichen seinen blinden Hieben aus.

»Greift ihn! Es ist Civilis' Sohn.«

Da wurde der feindliche Kreis plötzlich von batavischen Reitern angegriffen, die Kunjar zu Hilfe eilten.

»Flieh, Kunjar. Sie wollen dich als Geisel haben, jetzt da dein Vater geflohen ist.«

Blitzartig durchschaute Kunjar die Situation: Aulus hatte ihn offensichtlich einen Augenblick eher erkannt und gleich den Wert dieser Beute eingeschätzt. Da Civilis entkommen war, war sein Sohn die wertvollste Kriegsbeute. Seine Gefangennahme hätte für den jungen römischen Offizier sicher eine große Ehre bedeutet.

Kunjar zögerte nicht länger und setzte alles daran, der Übermacht zu entkommen. Auch seine Kameraden verteidigten sich tapfer. Einen kurzen Augenblick lang ließ der Druck des feindlichen Rings nach. Jetzt oder nie! Kunjar gab seinem Pferd die Sporen. Es schoss vorwärts und durchbrach die Umzingelung. Über Tote und Verwundete hinwegspringend, eilte Kunjar in wildem Galopp zur Waal.

VII

Erst brannte der Holzstoß nur zaghaft, aber bald loderten die Flammen hoch auf und das Feuer prasselte wild. Die batavischen Krieger wärmten ihre erstarrten Glieder. Zum ersten Mal seit Tagen nach der Niederlage des letzten Kampfes strömte wieder Wärme durch Kunjars Körper. Unaufhörlich wurde dieses Land am Ufer des Flusses von Wind und Regen aus dem Westen heimgesucht. Durch den vielen Regen war die Umgebung des Zeltlagers überschwemmt. Auch das römische Lager drohte überschwemmt zu werden. Noch nie hatte es eine so günstige Gelegenheit für Civilis gegeben, seine schwere Niederlage zu rächen. Jetzt konnte er, wie er schon immer gewollt hatte, die Römer in diesem sumpfigen Gebiet ersäufen. Aber der König rührte sich nicht. Voller Groll blieb er in seinem Zelt.

Ein Mann setzte sich neben Kunjar ans Lagerfeuer und schob seine schwere Kapuze zurück.

Kunjar erkannte seinen Freund: »Waldur, hier hast du ein Stück Brot. Kannst du nicht versuchen, meinen Vater zu überreden?«

»Dein Vater ist ein Dickschädel. Nie waren die Götter uns so wohlgesinnt. Eine solche Chance, Cerialis zugrunde zu richten, wird sich so bald nicht wieder bieten. Ich frage mich, über was Civilis schon so lange brütet.«

»Er hat viele treue Freunde verloren. Er scheint des Kämpfens müde zu sein und sehnt sich nach Frieden.«

»Frieden?«, Waldur sah ihn missbilligend an.

»Was wird uns der kosten? Sollen wir alle Sklaven werden? Wo ist nun der Anführer, der immer darauf pochte, dass wir nur als Sieger zu Friedensverhandlungen bereit wären?«

Der König glaubt nicht mehr an den Sieg, dachte Kunjar. Irgendetwas Sonderbares spielte sich ab. Seit der ubische Weinhändler, der vor kurzem auf mysteriöse Weise im Lager aufgetaucht war, mit Civilis gesprochen hatte, war sein Vater ganz verändert. Es schien, als hätte der zwielichtige Kaufmann ihn verzaubert. Statt ihn fortzujagen, hatte der König ihn in seinem Zelt sogar empfangen!

»Mein Vater muss seine alte Kampflust wiedergewinnen«, sagte Kunjar entschlossen, »und du, Waldur, musst dabei helfen.«

Kunjar erschrak vor seiner eigenen Kühnheit. Lektionen seines griechischen Lehrmeisters tauchten in seinem Inneren auf, aber er löschte sie schnell wieder aus. Waldur starrte ins Feuer, während er nachdenklich an dem trockenen Brot knabberte.

Endlich stand er auf: »Komm mit«, sagte er. »Lass uns die Sache gemeinsam anpacken.«

Civilis trank. Der Weinhändler hatte also gute Geschäfte gemacht. Neben ihm saß der Anführer der Friesen.

Gelangweilt blickte der batavische Befehlshaber auf die zwei unbequemen Besucher. Noch bevor einer von ihnen etwas fragen konnte, sagte er unwirsch: »Ich bin euch keine Rechenschaft schuldig.«

»Das verlangen wir auch nicht von dir«, sagte Kunjar. »Wir wollen nur, dass du unsere Lage einmal genauer ins Auge fasst.«

»Was glaubt ihr, was ich die ganze Zeit tue? Wenn ich Cerialis in seinem Lager ertränke, habe ich nur Rache genommen, aber nichts wäre gelöst.«

»Ich dachte, dass du dann als Sieger mit Vespasianus verhandeln könntest, wie du es immer vorgehabt hast.«

Civilis' eines Auge betrachtete – trotz des Weines – seinen Sohn scharf.

»Nein«, entgegnete er barsch. »Verhandeln hat keinen Sinn mehr.«

»König«, sagte Waldur, »die Lage war noch nie so vorteilhaft wie jetzt.«

»Was hat dich denn plötzlich zum Strategen gemacht?«

Das war eine gemeine Beleidigung. Eigentlich hatte Civilis viele Gründe, Waldur dankbar zu sein. Aber der Tenkterer beherrschte sich und sagte: »Du trauerst deinen verlorenen Freunden nach, aber bedenke, dass auch viele Anführer der Römer umgekommen sind. Kunjars persönlicher Feind Crispinus fiel, sogar Admiral Burdo, dein und deiner Familie Feind, ist tot. Er legte Hand an sich, als seine Flotte endgültig von uns vernichtet wurde.«

Civilis brummte etwas vor sich hin. Das war das Einzige, was er hervorbrachte, um sein Unrecht zuzugeben. Kunjar fand, dass sein Vater sich wie ein jämmerlicher Säufer benahm. Er schämte sich für die Art und Weise, wie sein Vater den Tenkterer erniedrigte.

»Vater«, sagte Kunjar streng, »deine Haltung ist unverantwortlich. Als du hörtest, dass die Tenkterer die römische Flotte überwunden hatten, warst du hoch erfreut. Du bedauertest nur, dass Cerialis entkommen war. Jetzt, da du selbst die Chance hast, mit ihm abzurechnen, unternimmst du nichts.«

Civilis platzte heraus: »Vor einem Monat hatte ich noch ein Land! Meine Niederlage an der Waal hat alles zunichte gemacht. Wie eine Ratte habe ich flüchten müssen. Die Römer haben das Bataverland verwüstet und mein Volk hat keine Heimat mehr.«

Civilis' Stimme klang kläglich, wie das Heulen eines Wolfes.

»Wie soll ich da noch als Sieger Verhandlungen anknüpfen?«

Eine peinliche Stille entstand. Der König starrte düster auf seinen Becher. Auch der friesische Anführer neben ihm schaute trüb vor sich hin. Draußen rauschte der Regen schon wieder gegen die Zeltplane, an der der Wind heftig rüttelte. Aber Waldur gab sich noch nicht geschlagen.

»Als stolze Sieger haben wir das römische Kommandoschiff die Lippe hinaufgezogen und es Veleda geschenkt. Die Seherin war noch nie so kämpferisch gestimmt. Vertraue wie sie auf den Sieg, Civilis!«

Seine Worte hatten kaum eine Wirkung.

»Veleda hatte Recht«, knurrte Civilis und nahm einen Schluck Wein.

Es kam Kunjar vor, als ob sein Vater seinen Kummer im Wein ertränken wollte. Für Kunjar war eins deutlich: Der Weinhändler hatte seinem Vater wie ein Giftmischer einen Zaubertrunk gegeben, der seinen Geist allmählich zerstörte.

»Lass den Wein und urteile klar«, mahnte ihn Kunjar.

Aber Civilis hörte es nicht.

»Veleda hatte Recht«, wiederholte er. »Wie ein Mann sollten sie hinter mir stehen, dann würde ich, Tugan, Sohn von Wernar, den Sieg erringen.«

»Dafür ist es noch nicht zu spät«, sagte Waldur beharrlich.

Aber diese Bemerkung drang nicht zum König durch. Er murmelte:

»Einheit hat es nie gegeben. Nun ist mein Land verwüstet und das Volk kehrt sich gegen mich. Es ist zu spät, das auszuführen, was Wotan wollte.«

Der friesische Anführer stand auf und mischte sich nun auch in das Gespräch ein: »Es hat keinen Sinn weiterzureden. Ihr solltet jetzt besser gehen.«

»Mein Volk«, seufzte Civilis.

»Viele Bataver aus den verwüsteten Dörfern sind über den nördlichen Rhein nach Friesland geflohen. Begleite sie, Civilis, deine Leute brauchen dich.«

Civilis sah den Friesen an und dachte über den Vorschlag nach.

»Viele fliehen nach Friesland, sagst du?«

»Unter ihnen ist sogar eine Wahrsagerin, die noch an den Sieg glaubt.«

Kunjar spitzte die Ohren.

»Kennst du ihren Namen?«

»Nein, aber sie wird wegen ihrer großen Kenntnisse über stärkende und heilende Kräuter geehrt. Ihr Rat ist in diesen elenden Zeiten Gold wert. Sie ist eine alte Frau, aber ein Mädchen steht ihr bei.«

»Ich ziehe mit meinen Stammesgenossen nach Friesland«, entschloss sich Kunjar kurzerhand.

»Dann trennen sich hier unsere Wege«, sagte Waldur bitter. »Ein schöner Traum geht zu Ende.«

VIII

In den Gegenden, die vom Krieg verschont geblieben waren, kam Kunjars Einheit zügig voran. Je tiefer sie in dieses nördliche Gebiet vordrangen, desto mehr lernten sie den friesischen Führer schätzen, der sie begleitete. Er trat als Dolmetscher auf und so ging keine kostbare Zeit durch mühsame Gebärdensprache verloren.

Endlos wiederholte der Führer seine Frage: »Habt ihr vielleicht eine batavische Kräuterfrau gesehen?«

Und jedesmal lautete die Antwort: »Nein, Herr, nie von ihr gehört.«

Eines Tages aber begegneten sie einem Landsmann, der auf die Frage erwiderte: »Aber sicher kenne ich diese batavische Frau. Sie hat bei einer Frau, die bereits im Sterben lag, das verzehrende Feuer aus ihrem Bauch vertrieben. Die Heilerin wohnt in einer Hütte hinter dem großen See.«

Daraufhin waren sie in einem weiten Bogen um den See gezogen. Die Landschaft sieht aus wie im Bataverland, dachte Kunjar, hier wachsen Pflanzen, die Aga kennt.

Der Dolmetscher fragte einen Hirten nach Agas Hütte.

»Dort am Waldrand«, sagte dieser und wies ihnen die Richtung an.

Kunjars Herz begann heftig zu klopfen. Wen würde er vorfinden? Aga und ... Frinda vielleicht? Oder zwei Unbekannte, die vielleicht auch einiges über Kräuter wussten? Während er mit seiner Reiterschar weiterritt, schaute Kunjar aufmerksam in die angedeutete Richtung. Er entdeckte eine kleine Laubhütte, die kaum vom Grün des Waldes zu unterscheiden war. Die Frauen schienen hier unter erbärmlichen Umständen zu hausen. Eine Gestalt erschien in der Türöffnung ... oder war es nur eine Täuschung? Kunjar konnte nicht länger an sich halten und fiel in einen schnellen Galopp. Da sah er eine gebeugte Gestalt aus dem Wald kommen. Er erkannte Aga. Sie trug denselben schäbigen Mantel wie damals, nur war er noch mehr verschlissen. Die Kräuterfrau war sehr alt geworden.

»Aga!«

Die alte Frau erschrak und schlurfte zur Tür der Hütte.

»Aga, ich bin es, Kunjar, der Sohn Tugans.«

Sie drehte sich um. Die vielen Runzeln in ihrem Gesicht zeugten von dem schweren Leid, das sie ausgestanden hatte. Kunjar stieg ab. Seine Reiter blieben taktvoll in einiger Entfernung zurück.

»Kunjar, Junge, wie freue ich mich, dich wiederzusehen.« Aber dann fragte sie mit Angst in der Stimme: »Du bringst doch keinen neuen Krieg?«

»Nein, Aga, sei beruhigt, ich wollte nur zu euch.«

Die Runzeln in ihrem Gesicht falteten sich zu einem Lächeln.

»Es ist nett von dir, dass du mich mit einschließt, aber drinnen ist diejenige, die du wirklich suchst.«

Die Tür öffnete sich und eine schlanke Gestalt erschien. Es war Frinda. Sie trug ein prächtiges, weißes Kleid mit farbigen Motiven umsäumt. Obwohl sie von dem harten Leben abgemagert war, sah sie göttlich wie eine Nymphe aus.

Ungestüm umarmten sie sich.

»Frinda!«

»Kunjar, ich wusste, dass du eines Tages kommen würdest.«

»Du bist so hübsch! Dieses Kleid ist wunderschön. Wie ist das möglich, sich in einer solchen Hütte so zu kleiden.«

Sie lachte ihr bezauberndes Lächeln, das er so gut kannte.

»Ich habe monatelang an diesem Kleid gearbeitet und habe es nach Friesland mitgenommen. Es hing hier für diesen Augenblick bereit. Noch bevor Aga dich bemerkte, hatte ich dich schon kommen sehen. Ich habe mich geschwind umgezogen, so wie ich es schon so oft gemacht habe.«

»Verrücktes Mädchen. Du trägst jetzt schon dein Brautkleid!«

»Der Priester und das Stammesoberhaupt sind weit weg. Jetzt gehören wir uns. Die Götter schenken uns diesen Tag, es ist Wotans Wille, dass wir uns heute wiedersehen.«

Er küsste sie innig und drückte sie heftig an sich, als fürchtete er, dass sie ihm wie ein Traum entgleiten würde. Aber er fühlte sie, ganz warm und nah.

»Komm Liebste, diese Stunde gehört uns allein.«

Sie entfernten sich von Aga und den Reitern, die sich zuzwinkerten, während sie dem jungen Paar nachsahen. Auf einer kleinen Lichtung im Wald breitete Kunjar seinen Mantel aus. Er sah Frinda tief in die Augen und vergaß alles. Der Krieg, das monatelange Elend, die Jahre der Trennung, alles fiel von ihm ab.

»Frinda, hast du im Traum mit mir gesprochen?«

»Ja, Kunjar, ich war mir sicher, dass du lebst und dass du irgendwann kommen würdest.«

»Hast du keine Angst gehabt?«

»Oft, aber jedes Mal war ich unglücklich darüber und bat Wotan um Vergebung, weil ich an seinem Schutz gezweifelt hatte. Du kämpftest doch in seinem Dienst?«

»Das tat ich tatsächlich, Liebste.«

Aber er wollte jetzt nicht über den Krieg sprechen.

»Du wirst dich erkälten, Frinda.«

»Nicht wenn du ganz nah bei mir bist, Kunjar.«

Inmitten der Natur, über die die Abendruhe sich legte, versanken sie ineinander.

IX

»Tut dir der Rücken sehr weh, Frinda? Kannst du es noch aushalten?«, fragte Kunjar zu Frinda gewandt.

»Ich spüre meinen Rücken schon lange nicht mehr, und ob wir weiterreiten oder absteigen, macht wenig Unterschied.«

Kunjar hob seine Hand und die Bataver hielten an.

Gladiator richtete den Verband um seinen Arm neu und sagte dann: »Jetzt darfst du das Tempo nicht zurücknehmen. Abkühlung lässt die Glieder steif werden.«

»Nur eine kurze Pause. Wir sitzen zu zweit auf einem Pferd, weißt du.«

»Als ob du was dagegen hättest.«

Die Reiter schmunzelten. Kunjar ließ sie lachen und umarmte sein Mädchen zärtlich. Aber Frinda schaute besorgt drein.

»Ist es nicht zu gefährlich hier?«

»Über das ganze Bataverland herrscht das Wasser«, antwortete Kunjar. »Solange das Land überschwemmt ist, brauchst du dich vor keinem Feind zu fürchten.«

Frinda schien nicht überzeugt. Sie hatte in letzter Zeit zu viel durchgemacht.

»Als Mädchen alleine im Wald warst du viel mehr gefährdet. Hier im flachen Land wagt es niemand, unsere tapferen Reiter anzugreifen.«

Aber in seinem Innern wünschte Kunjar sie wären bereits in den Nebelbänken, die in der Ferne zu sehen waren. Erst da würden sie wirklich in Sicherheit sein.

»Du möchtest um jeden Preis bei der Ratsversammlung dabei sein?«, fragte Gladiator.

»Ja«, antwortete Kunjar, »da wird über Krieg und Frieden entschieden.«

»Und über das Schicksal der Könige, denn Civilis wird der Zusammenkunft nicht beiwohnen«, fügte Gladiator hinzu.

»Deswegen muss ich dabei sein.«

Kunjar hob seinen Arm und rief seiner Mannschaft zu: »Wir ziehen weiter, denn die Zeit drängt. Wir werden von nun an nicht mehr so schnell vorwärts kommen, denn der Boden auf dieser Landzunge ist sehr matschig.«

Sie hatten sich gerade erst wieder auf den Weg begeben, da rief einer der Bataver:

»Anführer, Krieger hinter uns!«

Mit einem Ruck wandte Kunjar sich um und spähte in Richtung Norden, woher sie selbst gekommen waren.

»Verflucht seien diese Reiter wie mein kaputter Arm«, schimpfte Gladiator. »Die wollen was von uns.«

Die fremden Reiter näherten sich in fliegendem Galopp. Frinda schrie auf.

»Ruhig Mädchen, du brauchst keine Angst zu haben. Sie werden uns nicht einholen und selbst wenn, so wird dir doch kein Haar gekrümmt werden.«

Aber Gladiators ritterliche Worte vermochten sie nicht zu beruhigen. Auch Kunjar wurde es mulmig zumute und er spornte seine Kameraden zur Eile an. Wer, zum Teufel, waren diese Verfolger?

Der Boden unter den Pferdehufen wurde zunehmend sumpfiger und vor allem Kunjars Pferd mit seiner doppelten Last fiel es besonders schwer, mit den anderen Schritt zu halten.

»Nimm mein Pferd«, bot Gladiator an, »ich bleibe mit den Reitern zurück.«

»Wir fliehen zusammen oder kämpfen zusammen«, entgegnete Kunjar verbissen.

Bald verschwanden sie im Nebel. Der schmale Streifen Land, von beiden Seiten von Wasser umgeben, war hier kaum mehr zum Reiten geeignet und plötzlich tat sich ein unüberwindbares Hindernis vor ihnen auf: Eine breite Wasserfläche versperrte ihnen den einzig möglichen Weg. Bis über die Knie sanken die Pferde in den Schlamm ein.

»Alles ist gegen uns. Donar muss uns helfen. Zurück zur Abzweigung!«

Aber es war zu spät. Die ersten Verfolger tauchten bereits aus dem Nebel auf und machten sich zum Kampf bereit.

»Aufstellen in Achterreihen!«, befahl Kunjar. Und zu Gladiator: »Du bleibst mit Frinda im Hintergrund.«

Frinda, die fürchtete, dass ihr junges Glück von so kurzer Dauer sein würde, zitterte am ganzen Körper.

»Sei vorsichtig, Kunjar«, stammelte sie.

»Du solltest ihm besser Mut machen«, knurrte Gladiator. »Das ist die erste Pflicht einer batavischen Frau.«

Aber Kunjar spürte gar keine Angst. Vielmehr stieg in ihm ein maßloser Zorn auf, weil sein gerade begonnenes Glück durch diese plötzliche Bedrohung auf dem Spiel stand. Und dann sah er, welche Krieger ihnen gegenüberstanden. Er erkannte die Bataver an ihrer sichtlich mitgenommenen römischen Waffenrüstung. Noch bevor er ihn gesehen hatte, wusste er, wer ihr Befehlshaber war: der Todfeind seines Vaters, Claudius Labeo! Kunjar beobachtete, wie Labeos Haufen anwuchs und schließlich doppelt so stark war wie seine Einheit. Instinktiv zog er sein Schwert. Mit einer feierlichen Gebärde strich er über seine Waffe. Diese Klinge würde das Blut fließen lassen!

Die feindlichen Truppen gerieten aneinander. Die ersten Hiebe fielen in blindem Hass, wie immer, wenn Stammesgenossen aufeinander prallen. Kunjar spornte seine Männer an. Jedes Mal, wenn einer getroffen wurde, brachte das seine Wut noch mehr zum Kochen. Labeo zeigte, dass er ein erfahrener Kämpfer war. Er setzte seine Soldaten in Wellenbewegungen ein, einmal angreifend, dann wieder zurückweichend. Und die vorderste Reihe wurde regelmäßig abgelöst, so dass die Schlagkraft seiner Truppe unvermindert blieb. In Kunjars Reihen fiel ein Krieger nach dem anderen. Die Übriggebliebenen wurden unaufhaltsam zurückgedrängt und bald sanken sie tief in den weichen Boden ein. Eine hoffnungslose Lage!

Kunjar hatte sich vor Frinda aufgestellt. Das Mädchen umklammerte krampfhaft Gladiators Schild. Der Veteran konnte ihn mit seinem verletzten Arm nicht selber halten. Zwei von Labeos Reitern sprangen auf Kunjar zu, aber mit einigen treffsicheren Schlägen hatte er sie niedergemetzelt. Kunjar wusste eins sicher: Bevor der Feind seine Hand nach Frinda ausstrecken würde, würde er viele getötet haben. Aber plötzlich ließ der gegnerische Druck nach und die Kampfgewalt des Feindes machte einer allgemeinen Verwirrung Platz.

»Hilfstruppen!«, jauchzte Gladiator.

Aus dem Nebel tauchten Krieger auf, die ihre Streithämmer über ihren runden Schilden kreisen ließen. Es waren Germanen! Innerhalb weniger Augenblicke hatte sich das Blatt gewendet. Nun war es der Feind, der heftig bedrängt wurde, und zwar von zwei Seiten. Labeos Mannschaften wichen dorthin aus, von wo sie am wenigsten bedroht wurden, und das war nach Kunjars Seite hin.

Dadurch loderte hier der Kampf erneut auf, wie ein Feuer, das von einem plötzlichen Windstoß angefacht wird. Kunjars Freude war nur von kurzer Dauer gewesen. Die Lage spitzte sich zu. Kunjar und Frinda, Gladiator und einige Bataver wurden von den zurückweichenden Soldaten allmählich ins Wasser getrieben.

Plötzlich stürzte ein Reiter mit entsetzlichem Gebrüll auf sie zu.

»Tod und Verderben!«, brüllte er.

Sein Schrei ging durch Mark und Bein. Kunjar hielt sein Schwert dem Wütenden entgegen und traf ihn am Oberkörper. Die Wucht des Stoßes brachte Kunjar ins Schwanken und er fiel zu Boden. Einen Augenblick später war er schon wieder auf den Beinen. Aber sein Gesicht wurde totenblass, denn sein Gegner hob gerade sein Schwert, um Frinda zu treffen, die im Schlamm festsaß. Wutentbrannt schleuderte Kunjar sein Schwert nach Labeo. Dann sauste ein gewaltiger Schlag auf seinen Kopf nieder. Es wurde ihm schwarz vor Augen.

X

Kunjar fühlte, wie er hochgehoben wurde. Er hatte den modrigen Geschmack von Schlamm und Blut im Mund.

»Frinda«, konnte er gerade noch herausbringen.

»Ich lebe, Kunjar, und auch du lebst.« Sie küsste ihn auf seine verschmierten Lippen. Mit bebenden Fingern betastete Kunjar ihr Gesicht. Er rieb seine Augen, und als er sie abermals öffnete, sah er in Waldurs lachendes Gesicht.

»Waldur, du hier! Wo ist Labeo?«

»Du hast ihn unter der Achsel getroffen. Als er daraufhin mit der Waffe in der anderen Hand versuchte, Frinda zu töten, habe ich ihn erledigt.«

»Ich danke dir, treuer Freund.«

»Donar gab mir in der äußersten Not Treffsicherheit«, entgegnete Waldur bescheiden.

Kunjar erkannte Labeos Körper, halb im Wasser liegend. Es wurde Kunjar schwindelig. Er betastete seinen Kopf und fühlte eine gewaltige Beule und Blut, das in seinen Haaren klebte. Gladiator hob Kunjars Helm auf und zeigte auf eine tiefe Delle an der Stelle, wo vorher der Helmbusch befestigt gewesen war.

»Weißt du noch, dass wir dich früher rügten, weil du es wagtest, Labeos Helm zu tragen?«, lachte Waldur. »Aber es muss eine Eingebung der Götter gewesen sein, denn er hat den tödlichen Schlag abgefangen und dir damit das Leben gerettet.«

»Aber mein größter Beschützer warst du.«

Der Tenkterer machte eine abwehrende Gebärde.

»Ich konnte mich nicht mit dem Gedanken abfinden, dass alles verloren sein sollte. Als ich hörte, dass Labeo noch in der Gegend herumstreifte, wurde mir das Nichtstun unerträglich. Auch wollte ich nicht in mein Vaterland zurück, wenn Labeo der neue Anführer der Bataver werden würde. Mein Entschluss stand fest: Ich wollte ihn aus dem Hinterhalt angreifen. Die göttliche Dreiheit stand mir bei. Denn heute sahen wir, wie eine Reitertruppe von einer anderen verfolgt wurde. Wir eilten sofort hinzu – gerade noch rechtzeitig, wie du siehst.«

Kunjar überblickte den Hügelrücken. Die Tenkterer hatten die besiegten Soldaten des Labeo zusammengetrieben und gefesselt. In der einbrechenden Dunkelheit pflegten sie die schwer verletzten Mitkämpfer. Hie und da wurde eine Fackel angezündet.

»Wir können die Verwundeten hier nicht zurücklassen«, sagte Waldur. »Ich schicke sofort Boten, um Hilfe zu holen!«

Kunjar erklärte ihm, dass er beim ersten Morgenrot weiterreiten würde. Er wollte unbedingt bei der Ratssitzung dabei sein.

»Was erwartest du noch von dieser Bande von Greisen?«, spottete Waldur. »Mit Labeo haben wir sowieso abgerechnet und dein Vater lagert am anderen Rheinufer.«

»Der Rat der Adligen hat vor, mit den Römern zu verhandeln. Gerade weil mein Vater dort nicht erscheinen wird, hat mein Wort doppeltes Gewicht.«

»Nun gut, Kunjar, du musst selbst wissen, wie wichtig deine Anwesenheit ist.«

XI

Der Himmel wurde heller und die letzten dunklen Wolken trieben weg. Auf einmal fielen die ersten Strahlen der Herbstsonne zwischen den Bäumen des Waldes hindurch. Wie ein Zeichen der Hoffnung strahlte Wotans Licht über die Welt. Die Eichen, als Wächter der Götter, prunkten in vollem Laubschmuck. Ihr wildes Rauschen war zu einem leisen Flüstern geworden, aus Ehrfurcht vor ihrem großen Bruder, dem Waldriesen, der als göttliche Wotanssäule in der Mitte der Lichtung stand. Auf dem dichten Blätterteppich an seinem Fuß hielten die Mitglieder des batavischen Rates seit dem frühen Morgen ihre Versammlung ab. Unter ihnen erkannte Kunjar den Priester des verwüsteten Tempels.

Als Kunjar die Lichtung erreichte, sah er, wie alle dem Ältesten zuhörten, der den Platz des verstorbenen Rugan eingenommen hatte. Es war allerhöchste Zeit, denn der Älteste war dabei, den Beschluss der Ratssitzung in Worte zu fassen:

»Es ist offensichtlich, dass Civilis seine königliche Herkunft in den Schmutz gezogen hat. Tugan, Sohn des Wernar, hat sein Volk auf unwürdige Weise geführt und das batavische Heer in einen verheerenden und aussichtslosen Kampf gestürzt. Bitterkeit und blinde Wut waren seine Triebfeder. Auch wir haben Schuld auf uns geladen, denn wir haben uns von seinen Worten betören lassen und nicht rechtzeitig erkannt, dass Claudius Labeos Haltung die einzig richtige war: Treue dem Vertrag, der zwischen König Wernar und Kaiser Augustus geschlossen wurde.«

Kunjar traute seinen Ohren nicht. Er wollte aus seinem Versteck zwischen den Bäumen hervorspringen und ihnen geradewegs ins Gesicht schleudern, dass sie gemeine Verräter seien, aber er hielt sich zurück. Er bohrte seine Nägel in die Rinde der Eiche und hielt mit äußerster Mühe seine Wut im Zaum. Plötzlich sah er das Bild seines Lehrmeisters Fradmos vor sich und mit diesem Beispiel vor Augen wurde er merkwürdig ruhig. Gemessenen Schrittes trat er aus dem Schatten der Eichen hervor. Der Älteste schaute ihn voller Überraschung an. Alle Köpfe drehten sich in seine Richtung.

»Civilis' Sohn! Wie kann er es wagen, hierher zu kommen? Unerhört!«

Der Älteste fragte streng: »Was machst du hier? Ist dein Vater zu feige, um sich selbst für sein Tun zu verantworten? Schickt er deswegen seinen Sohn?«

»Mein Vater weiß nicht, dass ich hier bin!«

Der Vorsitzende Wanar stand auf und sprach: »Kunjar, ich rechne es dir hoch an, dass du deinen Vater verteidigen willst, aber du kannst ihm nicht mehr helfen. Der Rat hat bereits geurteilt und dein Vater ist in Ungnade gefallen. Wir haben keinen König mehr.«

Mit gefasster Stimme begann Kunjar: »Der Volksrat rief ihn zum König aus und nur er kann ihn absetzen.«

Wanar schluckte, aber antwortete genauso beherrscht: »Der Rat der Adligen handelt selbstverständlich nur im Einverständnis mit dem Volk.«

»Trotzdem muss erst der Volksrat beratschlagen. Und zu ihm gehören alle kampffähigen Männer, die ihr Leben für ihr Volk wagten und die noch immer ihrem Befehlshaber die Treue halten.«

Unbehagliches Schweigen folgte, in dem Kunjar die Laute des Waldes hören konnte: das Rauschen der Blätter, das Singen eines Vogels. Die Ratsmitglieder hatten zwar seiner Rede gelauscht, aber ob sie seine Argumente gelten lassen würden, wusste er nicht. Vielleicht hatte er es falsch angepackt, indem er ihre Befugnisse angefochten hatte.

Der Älteste ergriff das Wort und sprach nun bedächtig und sogar milder als zuvor: »Kunjar, wir verstehen deine Enttäuschung und bewundern deinen Mut. Du musst aber die veränderte Lage bedenken. Wir sind des Kampfes überdrüssig. Das Volk hat ein Recht auf Frieden. Es ist seiner Heimat beraubt worden und von Hunger und andauernden Entbehrungen erschöpft. Du kannst unser Bote sein! Überbringe Civilis die Nachricht, dass von nun an Claudius Labeo den Befehl über die batavischen Truppen übernehmen und die Friedensverhandlungen mit den Römern führen wird.«

Kunjar wollte ausrufen, dass auch sein Vater den Frieden wollte und dass Labeo ein gemeiner Verräter war, aber in ihm sprach Fradmos: Kämpfe mit dem Geist.

»Claudius Labeo ist tot«, sagte er schlicht.

Diese Nachricht schlug wie ein Blitz aus heiterem Himmel ein. Stimmen wurden laut, einige Ratsmitglieder machten ihrer Erschütterung und Empörung Luft. Andere standen auf und eilten einem alten Mann zu Hilfe: Labeos Vater. Einer dieser Männer deutete auf Kunjar und schrie: »Greift diesen Flegel und fesselt ihn!«

Labeos Vater trat nach vorne und heiser vor Erregung rief er: »Wie lange noch müssen wir Civilis' Grausamkeit erdulden? Erst hat er meinen Sohn getötet und nun schickt er seinen Sohn, uns zu verhöhnen!«

»So war es nicht!«, rief Kunjar.

»Greift den Sohn des Tempelzerstörers!«, schrie der Priester.

»Mein Vater hat die Zerstörung des Tempels nie gewollt«, rief Kunjar zurück.

Die Versammlung drohte in Chaos auszuarten. Kunjar sah, dass er das tun musste, was er hatte vermeiden wollen. Er nahm sein Horn und blies kräftig darauf. Das Signal riss plötzlich ab, denn herbeieilende Adlige schlugen ihm das Instrument aus der Hand. Doch das Alarmsignal war gehört worden, und während Kunjar ergriffen wurde, erschienen seine Reiter mit gezogenem Schwert zwischen den Bäumen.

»Entweihung der heiligen Stätte!«, zeterte der Priester. »Der Fluch der Götter wird euch treffen.«

Von den Waffen der Krieger bedroht ließen die Adligen Kunjar wieder los.

»Häuptling«, sagte Kunjar, »ich habe das Recht, gehört zu werden.«

»Wer den heiligen Wald mit Waffengewalt schändet, hat keine Rechte mehr«, rief der Priester empört.

Kunjar wollte ihn fragen, woher er, als Diener eines römischen Tempels, sich das Recht nahm, hier über Schändung des germanischen Waldes zu reden, aber einer der Versammelten rief laut: »Lasst diesen jungen Mann ausreden. Er hat genau wie meine Söhne sein Leben für die batavische Sache gewagt.«

Der Sprecher, der von hoher, eindrucksvoller Gestalt war, hatte sich neben Wanar gestellt. Es war Bragor, der früher ein berühmter Krieger gewesen war und dessen drei Söhne in Civilis' Heer dienten.

Kunjar fragte sich, ob Bragor bereits wusste, dass einer seiner Söhne in der letzten Schlacht umgekommen war.

Aber Wanar erhob Einspruch: »Der Priester hat Recht. Wer Soldaten auf uns ansetzt, verliert seine Rechte.«

Diese Worte verunsicherten die Krieger. Hier und da bäumte sich ein Pferd auf.

Und da rief jemand: »Römische Reiter!« Einen Augenblick später glänzte das Metall von Panzern zwischen den Bäumen. Ein Offizier sprang leicht und mit einem eleganten Schwung seines Mantels aus dem Sattel. Kunjar erblasste, denn da trat Aulus mit dem sicheren Schritt eines römischen Offiziers, der die Lage unter Kontrolle hat, auf die Versammelten zu.

Nun ist alles verloren, dachte Kunjar.

»Was ist hier los?«, fragte Aulus in einem Ton, der eine deutliche Antwort verlangte.

»Der Rat der Adligen tagte gerade«, erklärte Wanar, »und er kam zu dem Schluss, dass Civilis seines Amtes enthoben wird. Wir wollen einen ehrlichen Vertrag mit Rom schließen und haben Claudius Labeo als Unterhändler gewählt. Aber der Sohn des Civilis meldet uns eben, dass Labeo getötet wurde. Dass diese Nachricht für große Aufregung gesorgt hat, kannst du dir denken.«

»Aufregung sagst du? Wir hörten das Schallen eines Hornes und ich sehe Reiter mit dem Schwert in der Hand.«

Auch wenn Kunjar nur Abneigung gegen seinen alten Studiengenossen empfand, musste er jetzt doch wohl oder übel eine Erklärung abgeben: »Sie gaben meinem Vater die Schuld für Labeos Tod und wollten mich gefangen nehmen, als ich sie über die wahre Sachlage aufklären wollte.«

Aulus schaute ruhig um sich. Kunjars Worte ließen ihn scheinbar gleichgültig. Wie ihn diese römische Überheblichkeit anwiderte!

»Häuptling«, sagte Aulus, »ich möchte, dass der Rat seine Arbeit fortsetzt und dass die Reiter sich zurückziehen.«

Er wartete nicht auf Antwort, sondern gab seinen Soldaten ein Zeichen, dass sie Ruhestellung einnehmen sollten. Während er den Kinnriemen seines Helms löste, fragte er: »Hoffentlich stört es euch nicht, wenn ich mich dazusetze?«

Er lachte entwaffnend und schaute Kunjar unbefangen an: »Wenn ich es richtig verstanden habe, ließ der Rat dich nicht ausreden. Zu Unrecht, Häuptling, denn nicht Civilis, sondern die Tenkterer haben Claudius Labeo getötet.«

Kunjar war genauso verblüfft wie alle anderen und er wunderte sich, dass der Römer schon über alles unterrichtet war und nun freimütig die Wahrheit kundtat.

»Wir wussten von dieser Versammlung«, sagte Aulus, »und darum hielten wir ein wachsames Auge auf das, was hier vorging. Häuptling, lass Civilis' Sohn sprechen.«

Der Priester wollte noch etwas einwerfen, aber die Anwesenheit eines römischen Offiziers hielt ihn zurück. Kunjar beobachtete, wie einige Edlen mit Widerwillen ihre Plätze wieder einnahmen. Doch gab es auch Männer, die ihn wohlwollend betrachteten. Als Wanar ihm zunickte, räusperte er sich und fing mit seiner Erzählung an. Er berichtete, wie er auf dem Weg zu der heutigen Zusammenkunft von Claudius Labeo überfallen worden war und wie die Tenkterer ihn mit knapper Not gerettet hatten. Er betonte, dass Labeo es auf sein Leben abgesehen hatte, dass diese Absicht aber durch den Anführer der Tenkterer vereitelt wurde und dass der Bataver nachher selbst getötet wurde.

»Glaubt diese Lügen nicht!«, schrie Labeos Vater. »Diesen Anschlag auf meinen Sohn hatte Civilis geplant und er selbst führte ihn aus – mit Hilfe der Tenkterer!«

»Häuptling, ich habe Verständnis für den Schmerz eines Vaters, aber das, was ich sage, ist wahr.«

Wanar strich sich über den Bart und sagte: »Durch das Eingreifen dieses verehrten Tribuns hier hast du, Kunjar, das Wort erhalten. Auch wenn es stimmt, dass Labeo nicht in einen Hinterhalt gelockt, sondern in einem ehrlichen Kampf erschlagen wurde, ändert das doch nichts an dem Entschluss dieser Versammlung: Dein Vater ist von heute an kein König mehr. Wir werden einen anderen an die Spitze der batavischen Truppen stellen. Dieser wird dann mit Cerialis verhandeln.«

Wanars Worte ernteten Beifall. Der Häuptling platzte schier vor Stolz und machte durch seine Erklärung dem Römer Aulus, der hier aufgetreten war, als ob er das Sagen in dem Rat hätte, unmissverständlich klar, dass er, Wanar, nur eine Gewalt anerkennen würde, nämlich die des Kaisers in Rom, der hier in Untergermanien von General Cerialis vertreten wurde.

Kunjar bemerkte, dass Aulus durch diese Worte für kurze Zeit irritiert war. Dann aber fragte er: »Du scheinst daran zu zweifeln, Häuptling, dass Civilis' Sohn von Labeo überfallen wurde. Aus welchem Grund ziehst du auch mein Zeugnis in Zweifel?«

»Auf was gründest du deine Behauptung, dass die Tenkterer Civilis' Sohn gerettet haben?«

»Das wurde mir von einigen Soldaten berichtet, die mit knapper Not diesem Blutbad entronnen sind.«

»Das Zeugnis von verwirrten Flüchtlingen und Feiglingen genügt dir? Vergiss nicht, dass Civilis den Befehlshaber Labeo als seinen persönlichen Feind ansah. Wochenlang war er hinter ihm her. Mit allem Respekt, Tribun, aber es wundert mich, dass du als römischer Offizier Claudius Labeo, der stets ein treuer Diener Roms war, so wenig Achtung entgegenbringst.«

Das waren vermessene Worte, die Wanar sprach, der sich in diesem Augenblick von keinem einzigen Soldaten, weder Römer noch Bataver geschützt wusste. Labeos Vater bedankte sich bei ihm mit einer Verbeugung für seine mutigen Worte. Aber in Kunjars Ohren klangen sie falsch und hohl. Noch vor einem Monat hatte derselbe Wanar seinen Vater gelobt. Diese Ratssitzung verlief ganz anders, als er sich vorgestellt hatte. Nach Aulus' Einschreiten hatte es für einen Augenblick so ausgesehen, als würde sich das Blatt zu seinem Vorteil wenden. Doch warum der überzeugte Römer für ihn eine Lanze gebrochen hatte, war ihm ein Rätsel. Hatte dieser in einer plötzlichen Anwandlung von Sympathie für seinen früheren Studiengenossen gehandelt? Das konnte er nicht glauben. Was immer auch mitgespielt haben mochte, er hatte den Eindruck, dass Aulus nichts Wichtiges mehr von dieser Versammlung erwartete. Kunjar bat um das Wort.

»Mach es kurz«, knurrte der Priester.

»Ich glaube nicht, dass du uns noch etwas Wichtiges zu sagen hast«, sagte Wanar.

»Doch«, entgegnete Kunjar.

XII

»Ich traue mich nicht, Kunjar!«

»Du kannst doch jetzt nicht kneifen, Frinda, da es mir endlich gelungen ist, die Zustimmung des Rates zu bekommen, dich als Zeugin aufzurufen.«

Kunjar führte sein schüchternes Mädchen unter die heilige Eiche vor den Rat der Adligen. Die Herren, die gerade noch geklagt hatten, dass ihr Magen knurrte, waren wieder ganz Ohr, denn Frinda, Enkelin Rugans, von der gesagt wurde, dass sie ertrunken sei, stand nun leibhaftig vor ihnen.

»Frinda, es freut mich, dich gesund und wohlauf wiederzusehen«, begrüßte sie Wanar. »Nun sage mir, wo hast du dich denn die ganze Zeit versteckt?«

»Die erste Zeit war ich bei der Kräuterfrau Aga, Häuptling. Später sind wir dann zusammen nach Friesland geflohen.«

»Vor wem geflohen?«

»Vor den Soldaten des Claudius Labeo.«

Die Adligen beugten sich nach vorne, um sie besser verstehen zu können, denn was diese sanfte Stimme erzählte, schlug sie ganz in ihren Bann.

»Haben sie dich denn belästigt?«, setzte Wanar sein Verhör fort.

»Eines Tages, als Aga unterwegs war, um Kräuter zu suchen, haben die Soldaten ihre Hütte durchsucht.«

»Und wo warst du da?«

»Ich hielt mich in der Wurzelgrube versteckt.«

»In der Wurzelgrube?«, wiederholte Bragor verständnislos. Einige lachten grob. »Hattest du eine solche Angst vor den Soldaten?«

»Nicht so sehr vor den Soldaten, sondern vor allem vor Claudius Labeo, denn er hatte die Soldaten auf mich gehetzt.«

Labeos Vater mischte sich ein: »Hört ihr das? Wieder die gleichen Verdächtigungen gegen meinen Sohn. Das könnt ihr jetzt gut machen, da er sich nicht mehr verteidigen kann.«

»Ja«, schnauzte der Priester, »hinter diesen Lügen und Verleumdungen steckt nur einer: Civilis.«

Wanar mahnte zur Ruhe. Sein Gesicht, das von weißen Haaren umkränzt war, sah streng aus. Kunjar merkte, dass Frinda nahe daran war zusammenzubrechen.

»Nicht schlappmachen, Frinda, das Schlimmste kommt ja erst noch.«

»Kann sie nicht alleine für sich zeugen?«, fragte Wanar gnadenlos. »Musst du ihr die Worte vorsagen?«

»Nein, Häuptling, aber sie kann ein ermutigendes Wort gut gebrauchen.«

»Komm, Mädchen«, sagte der Älteste. »Mach es kurz. Die Ratsmitglieder werden schwer auf die Probe gestellt.«

Frinda schluckte und sagte dann mit fester Stimme: »Ich bin aus unserem Dorf geflohen und bei Aga untergetaucht, nachdem ich feststellen musste, dass mein Großvater ermordet wurde.«

»Was sagst du?«, stammelte der Älteste.

Die Anwesenden waren erst sprachlos, dann taten sie ihre Empörung laut kund. Jeder wusste doch, dass Rugan an Altersschwäche gestorben war.

Wanar war aufgestanden.

»Ihr Männer«, sagte er, »ich glaube, dass es keinen Sinn hat, diesem Mädchen noch länger zuzuhören. Ich sehe, dass ihr Geist noch immer verwirrt ist, wie das ja schon nach dem Tod ihres Großvaters zu bemerken war.«

»Ich weiß nur zu gut, dass das, was ich erzähle, wahr ist!«, rief Frinda. »Mein Großvater wurde ermordet, nachdem er von Veledas Prophezeiung benachrichtigt worden war.«

Der Name der Priesterin fesselte die Zuhörer von neuem und mit gesteigerter Aufmerksamkeit lauschten sie dem, was jetzt auf sie zukam.

»Kinor, Sohn unseres Führers, dessen Tod wir sehr bedauern, und Krieger im Dienst von Civilis, kam vor einigen Monaten in unser Haus. Er überbrachte Grüße von Kunjar, aber vor allem wollte er den

Batavern von einer Weissagung der Veleda berichten, die er im Auftrag des Königs als Rat für den kommenden Kampf bei ihr geholt hatte. Veleda prophezeite, dass die Bataver nur dann den Sieg erringen würden, wenn sie wie ein Mann hinter Civilis stehen würden. Die Seherin hatte außerdem auf die Bedeutung des Adligenrates hingewiesen, und das war der Grund, warum Kinor Rugan bat, Wanar zu holen. Kinor konnte nicht warten, bis der Rat zusammengerufen wurde, und es schien ihm auch zu genügen, wenn der Häuptling die Botschaft empfing. Wanar kam also hinzu und hörte die göttliche Prophezeiung.«

»Das Mädchen stellt die Begebenheiten anders dar, als sie sich in Wirklichkeit ereignet haben. Ihr Geist ist durch Wahnvorstellungen verwirrt«, sagte Wanar. »Vielleicht ist das die Folge davon, dass sie so lange mit Agas krankem Geist Umgang hatte.«

»Wer mit Waldgeistern umgeht, wird von ihnen angesteckt«, spottete der Priester. »Sie hat lange genug dummes Zeug geredet.«

Aber der Älteste ließ sich nicht im geringsten von solchen Einwänden beeinflussen, sondern fragte das Mädchen: »Du sprichst von Mord. Wie kommst du darauf?«

»An dem Tag, an dem Kinor fortging, kam Wanar zu Besuch. Er sprach lange mit meinem Großvater. Kurz darauf wurde mein Großvater krank. Er klagte über heftige Bauchkrämpfe und sagte, dass er von Wanars Met getrunken hatte. Er bat mich dringlich Aga aufzusuchen, um ein Gegengift zu holen. Das habe ich sofort getan, aber als ich zurückkam, fand ich meinen Großvater tot auf dem Boden liegen.«

»Lächerlich«, höhnte Wanar. »Dieses Mädchen ist krank!«

»Vielleicht hast du recht, aber wir wollen erst ihre Geschichte bis zum Ende hören«, bestimmte der Älteste.

Einige andere waren der gleichen Meinung.

Dadurch ermuntert erzählte Frinda weiter: »Ich war völlig erschüttert, und wie ich es erwartet hatte, suchte mich Wanar nach der Bestattung meines Großvaters auf. Er fand, dass ich nicht alleine in unserem Haus bleiben sollte und schlug mir vor, zu ihm zu ziehen.

Als ich mich weigerte, drohte er mich einzusperren. Eines Nachts hörte ich Stimmen um das Haus. Eine Stimme, die vorgab Rugans Geist zu sein, rief meinen Namen. Ich zitterte vor Angst in meinem Bett. In der Morgendämmerung bin ich dann zu Aga geflüchtet und sie hat sich wie eine Mutter um mich gekümmert.«

»Ich fordere die Feuerprobe, damit deutlich wird, dass sie lügt.«

»Die Feuerprobe!«, kreischte der Priester.

»Die Feuerprobe«, wiederholte Labeos Vater.

»Ich schenke diesem Mädchen Glauben!«, erklang Bragors Stimme. »Wanar hat uns etwas vorgelogen!«

»Wie wagst du es«, rief Wanar. »Ich habe mich um sie gekümmert. Und habe ich euch nicht von Kinors Besuch erzählt und euch Veledas Prophezeiung überbracht?«

Bragor entgegnete: »Aus deinem Mund klang die Weissagung aber ganz anders. Du hast uns gesagt, dass Veleda Einheit bei den Batavern unter einem neuen Anführer wollte, und für dich war das Claudius Labeo.«

»Ich sagte das, weil Civilis uns verraten hat. Veleda wollte die Einheit unter dem wahren Anführer, der das Beste für sein Volk tut.«

»Ich fordere die Feuerprobe!«, brüllte der Priester.

»Ja, die Feuerprobe!«, riefen einige Adlige.

Frinda zitterte am ganzen Leib und drückte sich ganz eng an Kunjar. Dieser schrie verzweifelt: »Glaubt ihr doch! Rugan wurde ermordet, weil er ahnte, dass Wanar mit uns allen ein doppelbödiges Spiel trieb!«

»Ja«, pflichtete Frinda ihm bei. »Mein Großvater sagte: Veleda legt den Finger genau auf die Wunde, die uns zugrunde richten wird, nämlich den Verrat des Labeo. Er genießt nämlich mächtigen Schutz, auch im Bataverland.«

»Ich dulde das nicht länger«, erboste sich Labeos Vater. »Haltet ihr den Mund zu.«

»Du bist nicht der Einzige, der einen Sohn verloren hat«, rief Bragor ihm zu.

Auffallend ruhig ergriff Wanar das Wort: »Seht was Civilis mit einem bloßen Boten vermag: in dem Rat der Adligen Uneinigkeit säen. Das braucht uns nicht zu wundern. Civilis spürt nun, dass er sich in einer schwierigen Lage befindet, und versucht, mit allen Mitteln seine Macht zurückzugewinnen. Männer, durchschaut doch ihr Spiel und bleibt bei eurem Entschluss: Civilis wird abgesetzt!«

Lautes Stimmengewirr zeugte von der Uneinigkeit unter den Anwesenden. Manche zweifelten an Wanars Worten, andere wiederum an Frindas Geschichte.

»Einen Augenblick, Männer, vielleicht kann ich Klarheit schaffen.«

Zum zweiten Mal an diesem Abend blickte Kunjar Aulus verdutzt an.

XIII

Aulus sprach: »Die Römer wollen Frieden, Cerialis und der Kaiser wollen Frieden. Auch der Adligenrat will Frieden.«

Die Adligen nickten zustimmend.

»Kaiser Vespasianus möchte einen dauerhaften Frieden, der sich auf das alte Bündnis zwischen Kaiser Augustus und König Wernar stützt. Der Kaiser weiß, dass es viele Gründe gibt, die zum Ausbruch des Krieges geführt haben, und dass die größten Fehler von Neros Stellvertretern gemacht wurden. – Ich sage Stellvertreter, denn Nero wusste kaum, was sich in Untergermanien abspielte. Nach der Ermordung des Statthalters Capito ordnete Nero eine Untersuchung an. Diese brachte aufsehenerregende Enthüllungen.«

Die Adligen lauschten gebannt seiner Rede und nahmen den kühlen Abendwind gar nicht wahr. Noch nie hatten sie eine so aufregende Ratssitzung erlebt.

Nach einer kurzen Pause fuhr Aulus fort: »Der Anschlag auf Capito wurde nicht, wie man erst dachte, von dem rachsüchtigen Sohn des batavischen Anführers Paulus verübt, sondern von einem römischen Legionssoldaten im Auftrag des Admiral Burdo.«

»Burdo!«

Der Name ging wie eine Welle durch die Versammlung.

»Die Zungen lösten sich erst, nachdem Burdo zum zweiten Mal auf dem Rhein besiegt worden war und Hand an sich gelegt hatte. Aus Angst vor dem Tyrannen hatten diejenigen, die von dem Verbrechen wussten, bis dahin geschwiegen.«

»Was trieb ihn zu diesem Mord?«, fragte der Priester völlig entgeistert.

Kunjar bemerkte, dass der blinde Glaube des Priesters an die römische Gerechtigkeit ins Wanken geriet.

»Burdo wusste wie kein anderer, wie sehr die Grenzen bedroht wurden. Immer wieder kam es zu Zwischenfällen an der Reichsgrenze. Die wachsende Korruption und das Abbröckeln der römischen Gewalt waren ihm ein Dorn im Auge. Auf der anderen Seite bewunderte er Feldherren wie Paulus und Civilis, die innerhalb des römischen Heeres ihre Kohorten fest im Griff hatten. Er sah mit Sorge voraus, dass in absehbarer Zeit die Macht der Römer auf die einheimischen Befehlshaber übergehen würde. Schuld an diesen Missständen hatte Nero, aber mehr noch der korrupte Capito. Und so entstand in Burdos Kopf der tollkühne Plan, selbst die Macht in Untergermanien zu ergreifen.«

»Meinst du, es stimmt, was der Offizier da sagt?«, flüsterte Frinda.

»Ja, und es macht mir vieles deutlich«, antwortete Kunjar.

»Du scheinst den Offizier gut zu kennen?«

»Und wie! Es ist Aulus, Sohn des Marcellus. Wir hatten zusammen Unterricht bei dem Griechen Fradmos. Aber hör jetzt zu, Frinda, denn das, was Aulus sagt, ist äußerst wichtig.«

Und der Römer fuhr fort: »Um an die Macht zu gelangen, schmiedete Burdo einen verwegenen und gewissenlosen Plan, in den er den Präfekten von Castra Vetera miteinbezog. Paulus und Civilis erhielten den Befehl, an dem Feldzug gegen Vindex teilzunehmen. Außerdem wurden sie mit einer geheimen Mission betraut, nämlich mit den Aufständischen zu verhandeln. Später wurden sie wegen dieser vertraulichen Gespräche des Hochverrats bezichtigt.«

»Diese Schufte«, zischte Kunjar.

»Paulus wurde hingerichtet und Civilis wurde nach Rom überführt, um dort abgeurteilt zu werden. Alles verlief nach Wunsch. Die Gefahr, die von dem herausragenden batavischen Kämpfer Civilis ausging, war fürs Erste gebannt. Die Söhne der zwei Verurteilten, Kinor und Kunjar, waren allerdings noch am Leben. Burdo gab also seinen Soldaten den Auftrag, Civilis' Frau und Kinder während ihrer Rückreise ins Bataverland zu erledigen.«

»Wie konnte ich bloß diesem Admiral vertrauen?«, stöhnte Kunjar. »Er war es also, der uns auf dem Rhein verfolgen ließ.«

Aulus schien sehr genau unterrichtet zu sein. Alles deutete darauf hin, dass er oft in hoher Gesellschaft verkehrte.

»Aber Asminda und ihre Kinder hatten Glück. Am Ufer der Bucht, in der sie Zuflucht vor ihren Verfolgern suchten, trafen sie zufällig auf einen batavischen Spähtrupp.«

»Die Götter waren mit uns«, flüsterte Kunjar.

»Burdo gab sich aber noch nicht geschlagen und versuchte weiterhin mit allen Mitteln den Sohn des Civilis in seine Macht zu bekommen. Dieses Mal wollte er sicher gehen. Er bestellte, unter dem Vorwand wichtiger Besprechungen, den Vorsitzenden des batavischen Rates zu sich.«

»Wen?«, frage der Älteste.

»Das Stammesoberhaupt – Wanar!«

»Das nimmst du sofort zurück!«, fuhr Wanar in an, der leichenblass geworden war.

»Hast du nicht mit Burdo gesprochen?«, fragte Aulus.

»Ja, aber nicht über das, worauf du anspielst.«

»Doch. Burdo kannte deinen Hass gegen Wernars Geschlecht. Schon dein Vater hegte diesen Hass gegen den früheren König.«

»Gemeiner Verleumder!«, rief Wanar. Und zu den Adligen gewandt: »Brüder, ich schließe diese Versammlung. Es ist Torheit, diese Lügen noch länger anzuhören.«

»Ich bleibe!«, rief Bragor.

»Ich auch!«, rief der Älteste.

»Wir bleiben, erzähle weiter Offizier!«, tönte es von allen Seiten.

Wanar wollte gehen, doch trieben ihn einige batavische Krieger wieder auf die Lichtung zurück. Zitternd – doch nicht wegen der Herbstkälte – nahm Wanar seinen Platz wieder ein.

»Du Wanar, warst damit einverstanden, die ›königliche Bande‹, wie du sie nanntest, auszurotten. Später nahmst du es auf dich, den Rat zu besänftigen, als Kunjar wegen eines aufgebauschten Zusammenstoßes mit Crispinus festgenommen wurde. Inzwischen wurde Burdo ein unerwartet großes Glück zuteil: Paulus' Sohn wurde Soldat in der batavischen Kohorte in Colonia! Crispinus, in der Zwischenzeit zum Centurio befördert, brachte Burdo auf einen heimtückischen Plan: Sie würden den Statthalter Capito umbringen lassen, den Mord aber Kinor in die Schuhe schieben und Civilis als Auftraggeber anzeigen. Zwei Fliegen mit einem Schlag!«

»Lüge nur weiter«, spottete Wanar. »Wer soll das glauben?«

»Ja«, rief Bragor, »ich glaube dem Römer. Jetzt erinnere ich mich wieder an die Ratssitzung, in der du Claudius Labeo ungehemmt seine falschen Anschuldigungen gegen Civilis hattest vorbringen lassen, während du, wie ein weiser Vater, dich nicht einmischtest und Civilis auf keinerlei Weise verteidigtest. Wie muss es dich geärgert haben, als der Volksrat Civilis zum König ausrief.«

»Der Volksrat rief einen ehemaligen römischen Soldaten zum König aus, der sein Volk in ein elendes Abenteuer stürzte, um seine persönliche Rache zu nehmen«, entgegnete Wanar.

»Das will ich nicht bestreiten«, sagte der Tribun zu jedermanns Überraschung, »aber bevor es so weit kam, wurde Civilis zweimal falsch angeklagt: erstens wegen eines Komplotts, in das er mit Vindex verwickelt gewesen sein sollte, und zweitens als Auftraggeber des Mordes an Capito. Was den Mord betrifft, lief nicht alles so wie Burdo und Crispinus es geplant hatten. Kinor konnte entkommen. Crispinus und Burdo fielen bei Vitellius in Ungnade. Auch wenn die Ungnade im Falle Burdos nur zum Schein war, fühlte Burdo sich doch so erniedrigt, dass er Rache bis zum Tod schwor. Kunjar und Civilis bekamen das dann auch zu spüren. Kunjar wurde in Colonia überfallen und verhaftet, doch die Tenkterer konnten ihn befreien. Später wurden Civilis' Ehefrau, Sohn und Schwester von Burdo gefangen genommen.«

Die Zuhörer waren durch Aulus' Worte wie gelähmt.

Schließlich ergriff Bragor das Wort: »Wir glauben dem Tribun. Civilis und seine Familie wurden belästigt und verfolgt. Das Bataverland wurde gebeutelt und geschröpft und von völlig unrechtmäßigen Erhebungen heimgesucht. Das alte Bündnis wurde dadurch zuschanden gemacht. Ihr Adligen wart alle Zeugen, wie der Volksrat mit unserem Einverständnis, Tugan, Sohn von Wernar, zum König ausgerufen hat. Wenn Civilis Schuld trägt, tragen wir alle Schuld.«

Mehrere Ratsmitglieder nickten zustimmend.

Der Älteste fragte: »Was denkt der Rat? Widerrufen wir unseren Beschluss?«

»Nein!«, schrie Labeos Vater.

»Jawohl!«, rief Bragor mit noch kräftigerer Stimme.

Die Mehrheit schloss sich Bragor an.

»Jetzt reicht es aber!«, kreischte Wanar, während er zutiefst gekränkt Schutz bei dem römischen Priester suchte. »Seit wann sitzt der Älteste dem Rat vor?«

Aber der Priester sprang nicht für ihn ein. Der Tempeldiener saß völlig niedergeschmettert da, von tiefem Zweifel erschüttert.

Der Älteste ergriff erneut das Wort: »Wanar, zu viele Dinge sprechen gegen dich. Wir haben das Recht, dich abzusetzen.«

»Feigling!«

»Und du bist ein Mörder!«, schrie Frinda. »Du hast meinen Großvater umgebracht! Hätten uns die Götter nicht beschützt, dann wärst du auf die gleiche Weise mit mir und Kunjar verfahren.«

»Ergreift ihn!«, rief Bragor und schritt sofort auf Wanar zu. Trotz seiner Gegenwehr, wurde Wanar von den Soldaten abgeführt.

Der Älteste seufzte tief und sagte: »Ihr Männer, ich erkläre diese bewegte Sitzung für beendet.«

EPILOG

Möwen flogen kreischend über die zerstörte Brücke. Jetzt, da das sich langsam zurückziehende Wasser überall sterbende Fische zurückließ, wagten sie sich weit ins Landesinnere vor. Die Landschaft bot einen trostlosen Anblick: die Brücke, die in der Mitte durchgebrochen war, der dunkle Fluss und rundherum das sumpfige, tote Land. Civilis schaute seinen Sohn von der Seite an und lächelte. Kunjar dachte an die Zeit zurück, als sein Vater ihn noch vor sich auf sein Pferd nahm. Es schien fast, als wäre diese Zeit zurückgekehrt.

»Ich danke dir, mein Sohn, für alles, was du getan hast. Ich habe dich falsch beurteilt!«

»Alles wendet sich zum Guten, Vater.«

»Das glaube ich nicht, denn ich habe viele Fehler gemacht.«

»Die Römer haben nicht das Recht, sie dir anzukreiden.«

»Die Römer tun, was ihnen gefällt.«

»Aulus hat uns versichert, dass der Kaiser Frieden will.«

»Seinen Frieden.«

Civilis starrte ins Leere und sagte nachdenklich: »Auch wenn sie jetzt gesiegt haben, das Römische Reich ist wie eine morsche Eiche. Der heutige Friedensschluss wird sie noch eine Weile stützen, aber der nächste Sturm wird sie fällen.«

Sie standen am Rande der einen Brückenhälfte. Civilis hatte darauf bestanden, dass er und Cerialis an diesem Ort Frieden schlössen, denn hier konnten die Römer, falls sie feindliche Absichten hatten, ihn nicht ergreifen. Erst wenn sie zu einer Übereinkunft gelangt wären, würden die Bataver Baumstämme vom diesseitigen Ufer zum jenseitigen hinüberschieben und so die Brückenteile wieder miteinander verbinden.

»Dass du diesen Ort ausgewählt hast, deutet nicht auf großes Vertrauen«, urteilte Kunjar.

»Ich bin oft zu gutgläubig gewesen, Kunjar.«

»Aber Aulus ...«

»Aulus hat, zu deiner und meiner Überraschung, gezeigt, dass er unser Freund ist. Er hat ehrlich und mutig gehandelt, aber er ist und bleibt nur ein einfacher Tribun. Er besitzt nicht einmal die Vollmacht eines Botschafters. Wenn es Frieden geben wird, dann wird dieser zwischen dem Kaiser und dem König geschlossen.«

»Dann ist es eine gute Sache, dass du König bleibst.«

»Es ist eine gute Sache, dass Wanars Komplott entlarvt wurde. Das, was der Rat der Adligen, diese Bande von Feiglingen, letztendlich über mich beschließen mag, hat wenig Bedeutung. Es sind unsere Kämpfer, die schließlich entscheiden werden.«

Über das dunkle Wasser legte sich langsam der rosa Schein der aufgehenden Sonne.

»Es wird ein schöner Tag, mein König«, lachte Kunjar.

»Spotte nicht, Kunjar.«

»Ich spotte nicht. Ich bin sicher, dass Wotan mit uns ist. Heute wird Frieden geschlossen und du bleibst König.«

»Auch wenn der Volksrat will, dass ich König bleibe, werde ich doch abdanken. Ich habe meine Pflicht getan, auch wenn nicht alles nach Wunsch verlief.«

In der Ferne auf dem Landrücken wurden Gestalten sichtbar. Civilis schaute gespannt hin. Ein Reiter ritt voran, von seinem Heer gefolgt. Auch die Römer waren offensichtlich auf alles vorbereitet. Kunjar schaute hinter sich. Dort standen die Bataver auf dem Ufer, wie immer bereit, sofort jeden Befehl auszuführen. Erst jetzt merkte

Kunjar, wie sehr er diese Männer liebte. Er hatte Freud und Leid mit diesen harten, manchmal grausamen Haudegen geteilt. Wie schön wäre es, wenn es zu einem gerechten Frieden kommen könnte.

Der Krieger, der vorausritt, war Cerialis. Als er das Flussufer erreichte, stieg er vom Pferd und schritt über das übriggebliebene Brückenteil zur Flussmitte. Im Hintergrund erkannte Kunjar Aulus und seinen Vater Marcellus und daneben ... Asminda, seine Mutter, mit seinem Bruder Vinir, der inzwischen ein großer Junge geworden war. Dass sie dabei waren, das deutete darauf hin, dass die Römer alles daran setzen würden, einen Friedensvertrag zustande zu bringen.

Civilis bat Kunjar zurückzutreten. Dann fing er mit seiner Rede an, die sich wie eine vorbereitete Ansprache anhörte. Er tat so, als ob er niemand erkannt hätte, weder Marcellus noch seine Frau Asminda. Civilis sprach über Vespasianus wie über einen alten Freund. Er erinnerte auch an den Brief, den der General ihm damals geschickt hatte. Darin hatte er Civilis um Unterstützung in seinem Kampf gegen die Bande gebeten, die derzeit in Rom regierte. Civilis zog alle Register. Geschickt stellte er es so dar, als habe er während des ganzen Aufstandes immer der Sache seines alten Generals gedient. In seinem Schlusswort bat der König um Erneuerung des alten Vertrags zwischen Augustus und Wernar.

Cerialis antwortete ruhig, aber mit eiserner Miene. Er gestand Neros und Capitos Fehler und die Freveltaten ihrer Untergebenen zu. Er gab ebenfalls zu, dass Vespasianus tatsächlich einen Brief an Civilis geschrieben hatte, der über das Heer zu ihm gelangt war. Aber er legte es Civilis schwer zur Last, dass er Castra Vetera auf feige Weise verwüstet hatte.

Civilis entgegnete, dass es mitten im Krieg geschehen war. Und hätten nicht auch die Römer Batavodurum zerstört, er dagegen Colonia verschont?

Cerialis sagte, dass er noch nicht zu Ende gesprochen habe. Er legte Civilis noch weit mehr zur Last, dass er einen allgemeinen Aufruhr in Gallien heraufbeschworen hatte.

Abermals wollte Civilis etwas einwerfen, aber Cerialis machte eine beschwörende Gebärde.

»Der Kaiser«, schloss er, »will Frieden schließen auf dem Boden der Versöhnung. Auf beiden Seiten wurden Fehler gemacht. Der Kaiser bietet dem König an, den alten Vertrag wiederherzustellen. Du siehst, dein Freund Marcellus ist mitgekommen. Deine Frau und dein Sohn sind bei guter Gesundheit. Das sind Beweise unseres guten Willens!«

Von da an ging alles sehr rasch: Civilis kreuzte die Arme über der Brust und diese Gebärde wurde von Cerialis übernommen. Beide Befehlshaber streckten dann einen Arm in die Höhe und danach brach auf beiden Ufern lauter Jubel aus. Der Frieden war besiegelt! Die vorbereiteten Baumstämme wurden ausgelegt. Als Erste schritten die Feldherren über die improvisierte Brücke und umarmten einander. Darauf folgten die anderen. Auch Kunjar begab sich ans andere Ufer. Er sah, wie Civilis und Marcellus einander umarmten, und hörte, wie sein Vater zu seinem Freund sagte: »Ich danke dir, Marcellus. Es war ein guter Einfall, den Weinhändler zu mir zu schicken.«

»Es war der einzige Weg, um dich von meinen Vermittlungsversuchen zu unterrichten«, lachte Marcellus.

Und dann stand Kunjar auf einmal vor seiner Mutter. Zum ersten Mal sah er Tränen in ihren Augen. Kunjar küsste sie und wischte ihre Tränen weg.

»Das ist der glücklichste Tag meines Lebens«, sagte sie.

»Auch für mich«, lachte Kunjar, »vor allem wenn heute abend auch Frinda dabei sein wird!«

Er hob Vinir auf.

»Bin ich noch immer ein Feigling, Brüderchen?«

Vinir schwieg. Er begriff, dass er von nun an besser auf seine Worte achten musste.

NACHWORT

Die Bataver waren auch schon früher für Schriftsteller eine Quelle der Inspiration. So haben die niederländischen Dichter P. C. Hooft und J. van den Vondel bereits im 17. Jahrhundert ihre Heldentaten in Dramen behandelt. Dort wurden die batavischen Krieger als eine Art früher holländischer Helden gefeiert. Dank akribischer historischer Forschung wissen wir heute mehr über die Bataver und den Anführer ihres Aufstandes im Jahre 69 nach Christus. Dennoch bleibt Iulius Civilis eine komplexe Figur, die noch immer viele Fragen aufwirft. Diese Fragen müssen auch heute von einem Autor, der sich mit diesem Thema auseinandersetzt, mit Hilfe seiner Phantasie beantwortet werden. Auch heute vergleicht er historische Begebenheiten mit Situationen in der eigenen Zeit.

Iulius Civilis hatte, als er den Aufruhr begann, bereits 25 Jahre lang Rom treu gedient. Er kannte also die militärischen Stärken des römischen Heeres durch und durch. Warum stürzte er sich dann in dieses verwegene Abenteuer?

Der Geschichtsschreiber Tacitus gibt in seinen *Historien* auf diese Frage teilweise eine Antwort. Civilis hegte einen bitteren Groll wegen des Leides, das ihm persönlich angetan worden war. Die Hinrichtung seines Bruders Paulus, seine eigene Verhaftung und nicht zuletzt die Haltung des römischen Heeres den Batavern gegenüber empfand er als eine Missachtung seines jahrelangen, treuen Dienstes.

Aber es gab noch andere Gründe: Civilis griff die allgemeine Unzufriedenheit in Bataverland (Tacitus spricht von der »Insel der Bataver«) auf. Der batavische Adel, von denen die meisten das römische Bürgerrecht besaßen, sah seine bevorzugte Position unter den Verbündeten bedroht. Civilis besaß ja die Freiheit, selbst Truppen zu rekrutieren, und seine Befehlshaber durften die eigenen batavischen Kohorten und Reitereinheiten anführen.

Als Vitellius einen großen Teil der batavischen Rheintruppen für seinen bevorstehenden Kampf um die kaiserliche Macht einforderte, war für Civilis die Zeit reif. Dank der Unterstützung weiterer germanischer Stämme und der Gallier, aber auch der übergelaufenen römischen Einheiten schwoll der Aufstand in kürzester Zeit zu einem großen Krieg an.

Dennoch gibt es Hinweise, dass Civilis niemals an ein großes Reich ohne Römer glaubte. Der nüchtern denkende Veteran hatte mit seinen Feldzügen nur ein begrenztes Ziel vor Augen: die Römer bis zu Caesars Rhein, das heißt bis zur Waal zurückdrängen. Als das nicht mehr erreichbar schien, zeigte er sich, ohne längeres Zögern, zu Verhandlungen bereit, so dass das Bündnis mehr oder weniger aufgrund der alten Bedingungen erneuert wurde.

In diesem Jugendbuch ist aber nicht Civilis, sondern sein Sohn die Hauptfigur. Wird er in den *Historien* erwähnt? Tacitus erzählt, dass Civilis die Stadt Colonia schonte, weil dort seinem Sohn Schutz gewährt wurde. In unserer Geschichte bekommt dieser Sohn einen Namen: Kunjar. Seine persönlichen Erlebnisse sind fiktiv. Die Schlachten, an denen er sich beteiligte, werden aber in den *Historien* geschildert. Möglicherweise hat dieser Sohn des Civilis in Colonia die griechisch-römischen Sitten und Gebräuche kennen gelernt. In seinem Stamm allerdings lebten noch stark die germanischen Traditionen. Man kann sich leicht vorstellen, wie dieser junge Bataver in innerem Zwiespalt gelebt hat. Er lebte zwischen zwei Kulturen. Das hört sich wie ein modernes Schicksal an und drängt sich als Vergleich auf.

Der Autor

NAMEN

Aga:	Kräuterfrau; wohnt im heiligen Wald
Asminda:	Gattin des Civilis, Mutter von Kunjar und Vinir
Aulus:	Sohn des Ratsherren Marcellus
Burdo:	Admiral der römischen Rheinflotte
Capito:	Statthalter von Untergermanien; hat in der Hauptstadt Colonia seinen Wohnsitz
Cerialis:	römischer Befehlshaber; mit dem Zurückdrängen und Besiegen des germanisch-gallischen Aufstandes beauftragt
Civilis:	Iulius Civilis (eigentlich: Tugan), batavischer Befehlshaber; bekam seinen lateinischen Namen von einem der Iulischen Kaiser (Tiberius oder Caligula); Civilis heißt »der Freundliche, der Gutwillige«; Sohn des Königs Wernar, Bruder des Paulus und Vater von Kunjar
Claudius:	römischer Kaiser, der von 41 bis 54 regierte
Claudius Labeo:	siehe Labeo
Crispinus:	römischer Wachtmeister, später Centurio
Fradmos:	griechischer Lehrmeister; Sklave des Verwalters Petronius
Frinda:	Enkeltochter des alten Rugan
Galba:	römischer Kaiser; Nachfolger von Nero; regierte 7 Monate (68–69)
Gladiator:	Spitzname eines batavischen Offiziers; rechte Hand des Civilis
Kinor:	Sohn von Paulus, Vetter Kunjars
Kunjar:	Sohn von Civilis und Asminda; Vetter Kinors

Labeo:	Claudius Labeo; batavischer Befehlshaber; bekam seinen lateinischen Namen von Kaiser Claudius
Marcellus:	römischer Offizier (Tribun); später Ratsherr (Quaestor) in Colonia, Vater von Aulus
Nero:	römischer Kaiser (54–68); Nachfolger von Claudius
Otho:	römischer Kaiser; Nachfolger von Galba; regierte 3 Monate (69)
Paulus:	Claudius Paulus; Sohn von König Wernar und Bruder des Civilis, Vater von Kinor
Petronius:	Verwalter in Colonia, Vater von Silvia
Rugan:	batavischer Adliger; als ältestes Mitglied des Rates der Adligen »der alte Rugan« genannt; Großvater von Frinda
Silvia:	Tochter des Verwalters Petronius
Veleda:	Priesterin und Seherin; wohnte in einem Turm an der Lippe, ein Nebenfluss des Rheins
Vespasianus:	General; später römischer Kaiser (70–79); Nachfolger von Vitellius
Vindex:	Statthalter von Mittelgallien (Gallia Lugdunensis); organisierte einen Aufstand gegen Nero (68)
Vinir:	Sohn von Civilis und Asminda, Bruder Kunjars
Vitellius:	römischer Kaiser (69); Nachfolger von Otho; regierte 8 Monate
Waldur:	Tenkterer, Freund von Kunjar
Wanar:	Vorsitzender des Rates der Adligen
Wernar:	früherer König der Bataver; Vater des Civilis und Großvater Kunjars

ZEITTAFEL

– **68 n. Chr.**
–
– Aufstand von Vindex
–
– Paulus † • Civilis gefangen
– Nero † • Galba wird Kaiser • Civilis frei
–
–
– Capito †
–
–
–
– **69 n. Chr.**
– Vitellius wird in Colonia zum Kaiser ausgerufen • Galba † •
– Otho wird Kaiser in Rom
–
– Otho † • Vitellius wird Kaiser in Rom
–
–
– Beginn des batavischen Aufstandes
–
–
–
– Brand des Capitols • Vitellius †
– **70 n. Chr.**
– Zerstörung des Lagers Castra Vetera
–
–
–
–
–
–
–
–
– Ende des Aufstandes
–
– **71 n. Chr.**

Kunjar in Bataverland

Kunjar in Colonia

Kunjar als Soldat

Vespasianus an der Macht →

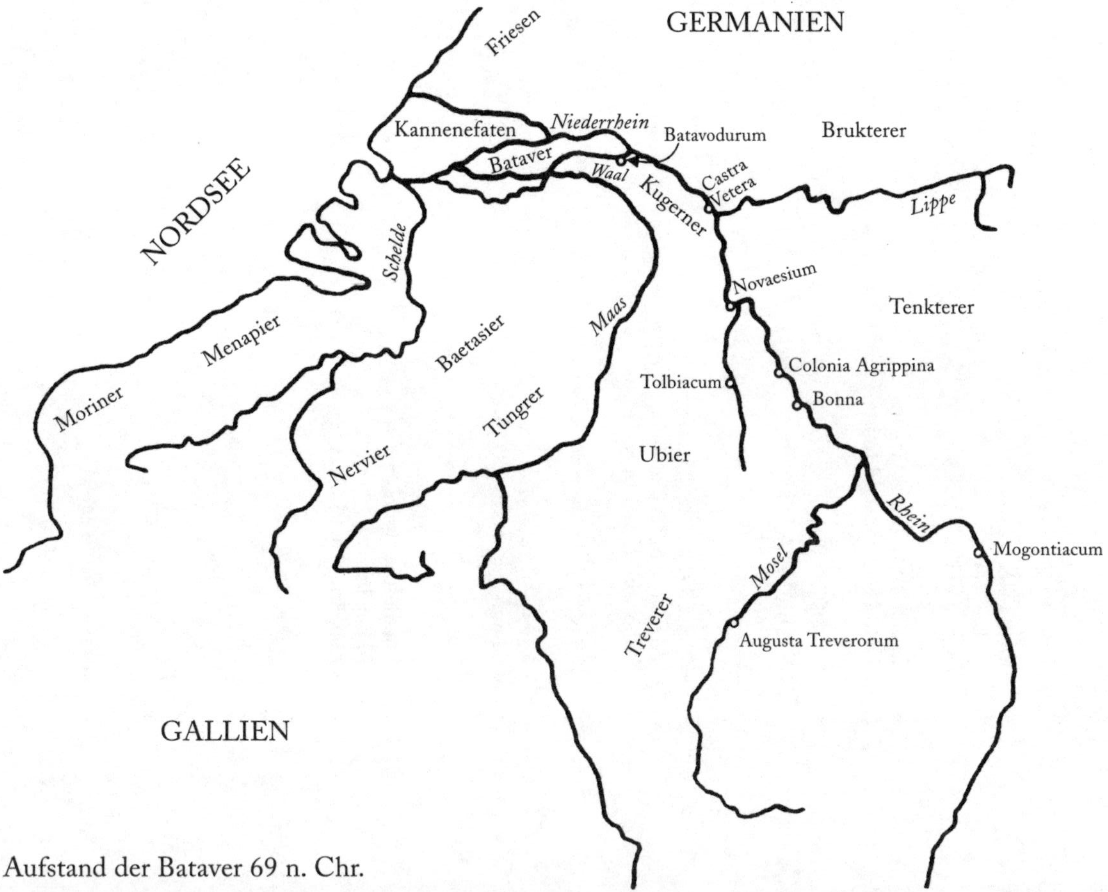

Aufstand der Bataver 69 n. Chr.

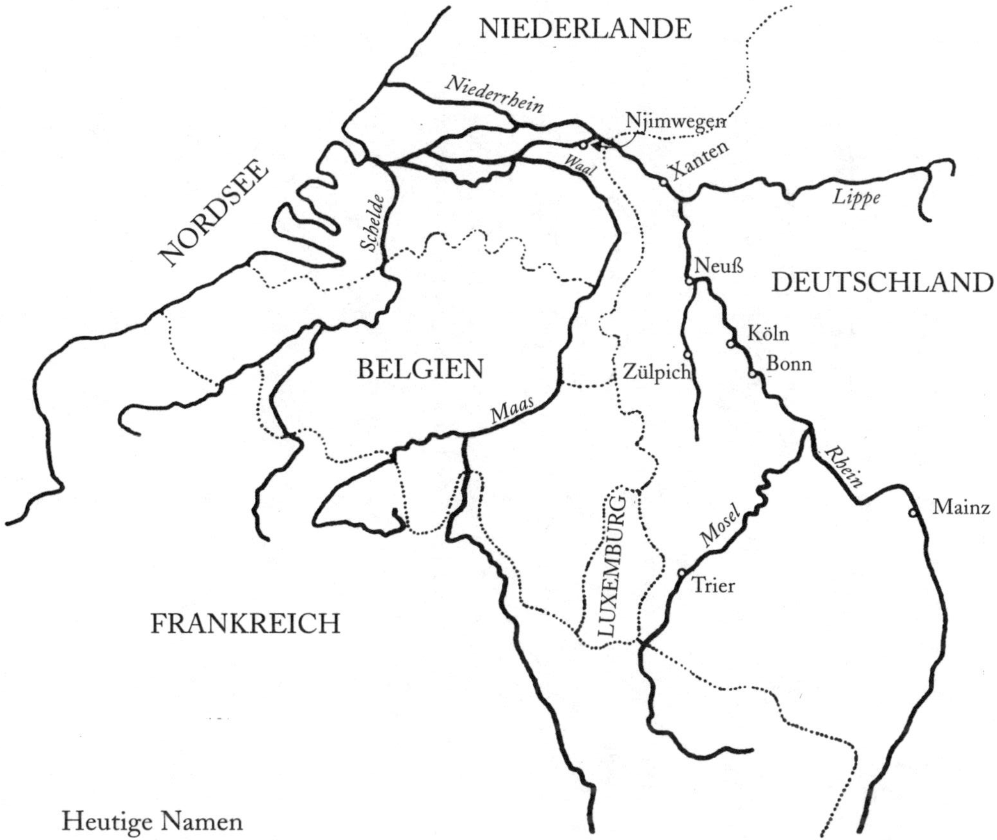
NIEDERLANDE
NORDSEE
Niederrhein
Njimwegen
Waal
Xanten
Lippe
Schelde
Neuß
DEUTSCHLAND
Köln
Bonn
BELGIEN
Zülpich
Maas
Rhein
Mosel
Mainz
LUXEMBURG
Trier
FRANKREICH
Heutige Namen

Rosemary Sutcliff

Die glorreichen Dreihundert

256 Seiten, gebunden

Eine Geschichte vom Hof des Königs Mynydogg im frühen 7. Jahrhundert, wo dreihundert junge Krieger dem siegreichen König Artus nacheifern.

Lubrin und das Sonnenpferd

118 Seiten, 4 farbige Bilder, gebunden

Eine packende Geschichte aus der Welt der Eisenzeit, in der Realistisches und Magisches noch innig verbunden sind.

Das Stirnmal des Königs

272 Seiten, gebunden

Die Lebensgeschichte eines Gladiators, der nach einem Kampf um Leben und Tod seinen Freund töten muss. Von einem schottischen Stamm zum Königssohn erwählt, opfert er nach vielen Heldentaten sein Leben.